KB133587

누벨 솔레이 3

바다를 안고 달에 잠들다

후카자와 우시오 지음

김민정 옮김

아르띠잔

한 재일 코리안의 개인적인 사정과
근대사의 굴곡이 얽히고설킨 이야기

《바다를 안고 달에 잠들다》가 한국어로 출간되어 감개무량합니다. 먼저 이 책을 품어주신 분들께 감사드립니다.

한국에서 출판된 졸저 《가나에 아줌마》에서는 여러 재일 코리안(제2차 세계대전 전후 일본에 건너온 한반도 출신을 남북 관계없이 부르는 말)의 모습을 통해 한국인들이 잘 모르던 그야말로 '다양한 재일 코리안들의 삶'을 표현했습니다. 그리고 이번에는 일본에도 '한국의 독재 정권에 대항하여 민주화를 위해 투쟁해온 인물들이 있었다'는 그냥 지나칠 수 없는 사실을 기반으로 소설을 썼습니다.

이 소설은 부모님이 이사를 하실 때 제가 짐 정리를 돕다가 사진 한 장을 발견한 일이 계기가 되었습니다. 그 사진은 아버지와 김영삼 전 대통령이 나란히 찍힌 사진이었습니다. 왜 아버지가 대통령과? 무슨 일인지 궁금하여 아버지께 여쭸더니 "김대중 씨와 찍은 사진도 있었는데 잃어버렸다"고 하신 후 "방일한 김대중 전 대통령을 지원하는 일을 했었다"고 덧붙였습니다.

솔직히 말씀드리자면 저는 그전까지 아버지의 인생에 대해서 깊이 알려고 해본 적도 없었고, 아버지도 딱히 언급한 적이 없었기에 그 고백을 듣고 조금 충격을 받았습니다. 하지만 그 자리에서 자세히 묻지는 못했고 언젠가 시간을 마련해 아버지의 이야기를 들으려고 했는데 하루하루 바쁘게 살다 보니 기회를 잡지 못했습니다. 그렇게 잊고 지내던 어느 날, 한 기자 분이 저에게 아버지의 경력을 물었고 저는 아버지에 대한 이런저런 얘기를 했습니다. 그분이 아버지를 취재하고 싶다기에 자리가 마련되었고, 저도 아버지의 동의를 얻어 그 자리에 동행했습니다. 그리고 저는 아버지가 일본에 온 자세한 경위와 젊었을 때 한국 독재정권에 맞서 싸웠다는 사실을 알게 되었습니다.

어머니로부터 "아버지는 항상 집에 없었어", "옛날엔 생활도 어려웠지", "네 아버지 덕분에 일본 전국, 여기저기 이사는 또 얼마나 많이 다녔는데" 하는 말을 들은 적이 있지만, 그것이 무엇을 의미하는지는 생각도 안 해봤고, '재일 코리안이 일본에서 살면서 고생하는 것은 당연한 일이겠지', '사업도 쉽지만은 않았겠지' 정도의 수준으로만 이해했습니다. 설마 아버지가 한국 독재정권에 맞서 싸웠을 거라고는 눈곱만큼도 상상하지 못했습니다. 그리고 부끄러운 일이지만 제 자신도 조국인 한국의 근대사, 정치 정황에 대해 관심도 없었고 알지도 못했습니다. 아니, 일본에서 사회적 약자로 살아가야 했기에 사는 데만 정신이 팔려 있던 까닭에 그런 것을 배울 기회를 놓친 건지도 모릅니다. 정체성으로 오랜 갈등을 겪으며 조국과 거리를 두고 살아야겠다고 생각한 적도 있습니다. 물론 지금은 그런 제 자신을 부끄럽게 생각합니다.

아버지의 이야기를 듣고 저는 소설을 써야겠다고 확신했습니다. 그리고 제2차 세계대전 이후 한국이 어떤 길을 걸어왔는지 제대로 알아야겠다고 마음먹었습니다. 매우 늦었지만, 저 스스로가 자신의 뿌리에 눈을 떴다는 의미이기도 합니다.

저는 한국의 현대사를 배우기 시작하고 더 자세히 아버지의 이야기를 듣고 그 주변 사람들도 취재했습니다. 제 자신이 얼마나 무지했는지를 부끄럽게 여기면서 겸허한 자세로 자료와 문헌을 찾아 읽었습니다. 그리고《바다를 안고 달에 잠들다》를 완성했습니다.

이 이야기는 허구와 실화가 섞여 있습니다. 먼저 아버지는 올해 90세(1931년생)로 건재하십니다. 83세가 되시는 어머니와 가끔 부부싸움을 하시지만 사이 좋은 부부로 살고 계십니다.

소설 속에서는 수기 속 아버지의 고백과 그것을 읽는 딸 이애의 현재가 교차합니다. 아버지와 똑같이 주인공 이상주는 제2차 세계대전이 끝난 후 얼마 지나지 않아 미군이 통치하는 고향에서 정치 활동을 하다가 쫓기듯 친구들과 함께 일본으로 건너왔고, 그 후 조국은 남북으로 분단되었습니다. 이야기 속에는 김일성이 북한 독립을 표명한 날, 세 명의 젊은이들이 깊은 밤, 일왕이 사는 왕궁[황거]에서 낚시를 하고 "제기랄, 둘로 잘라버릴 거야"라며 도마 위 잉어를 눈물을 흘리며 조리하는 모습이 담겨 있습니다. 이 이야기는 아버지가 실제로 황거에 가서 슬쩍 잉어를 잡아 온 이야기에서 태어난 에피소드인데, 소설로밖에 표현할 수 없는 장면 중 하나입니다. 그 후 육이오 전쟁, 정치적 혼란기에 관해 교과서나 신문에서 읽고 이해하는 데만 몰두해 생활마저 위협받던 사람들의 존재를 실감하기는 쉽지 않습니다. 그래서 그들의 하루하루의 생활을 자세히 묘사해 삶 자체가 국가에 좌지우지되어야 했던 사람들의 모습을 그려내기 위해 애썼습니다.

저는 특히 재일 코리안의 문제를 소설로 쓸 때 고유명사로 뭉뚱그려 하나의 집단으로만 표현하기보다 그들을 좀 더 가까이에서 느낄 수 있도록, 개인의 생활과 경험을 중시하며 글을 써왔습니다. 아버지를 모델로 한 논픽션을 써도 될 텐데 굳이 왜 소설이냐고 물으신다면 다음과 같이 대답하겠습니다. 자료를 읽고 취재를 하면서 또 김대중 전 대통령의 자서전과 아버지의 옛날이야기를 접하며 과거를 이야기할 때 어느 정도 자의적인 부분이 들어갈 수밖에 없다고 느꼈습니다. 한 사람의 스토리에 어느 정도 픽션의 요소가 포함된다면 아예 허구를 기본으로 한 소설 형태로 쓰면서 진실을 담아 전하는 방법을 택하기로 했습니다.

독자 여러분께서 소설 속 이야기 중 어디까지 사실이고 어디까지 허구인지 궁금해하시는 분이 계실지도 모릅니다. 이상주의 친구이자 함께 바다를 건너온 진하와 동인은 허구의 인물이지만 취재를 통해 만난 사람들을 모델로 창작했습니다. 그리고 소설 속 이애의 오빠 종명은 심장병을 앓다가 완치되는 인물인데, 실은 같은 심장병으로 사망한 제 언니가 있습니다. 종명을 위해 천 마리 종이학을 접는 에피소드는 제 실제 경험담을 고스란히 담았습니다.

저는 원래 소설은 소설일 뿐이라고 여기는 사람이며, 제 개인사와는 다른 이야기들을 주로 써왔는데, 이 소설과 저는 탯줄로 이어져 있습니다. 따라서 집필을 하면서 망설인 적도 주춤한 적도 있습니다. 특히 종명을 묘사하면서 여러 번 숨 고르기를 했습니다. 자식의 질환과 죽음, 어머니의 병은 제 현실 속 아버지가 운동을 그만두게 된 큰 원인 중 하나였습니다. 사실 아버지에게 아버지의 인생을 소설로 쓰겠다고

양해를 구했을 때, 아버지는 저세상으로 간 언니를 모델로 한 에피소드는 절대로 쓰지 말라고 하시며 "나에게도 가슴이 찢어질 것 같은 이야기란다"라고 덧붙이셨습니다. 그러나 작가의 업보라는 것이 쓰지 않고는 배길 수가 없는 것입니다. 그래서 소설 속에서만이라도 종명이 계속 살아주기를 바랐습니다.

아버지는 제가 어릴 적엔 집에 거의 안 계셨고 집에 계셔도 성격이 까다롭고 불같아 솔직히 저는 아버지가 불편했습니다. 아버지와 제 사이도 별로 좋지 않았습니다. 결혼도 빨리 집을 나가고 싶다는 강한 동기에서 한 선택이었습니다. 그런데 아버지도 나이가 들더니 성격이 온화해지셨습니다. 요즘은 손자들이 놀러 오는 날을 손꼽아 기다리고 좋아하는 책을 읽고 한국 드라마를 보며 평안한 날들을 보내십니다. 저와의 관계도 양호합니다. 큰소리로 화만 내고 가족들에게 고압적이던 아버지가 요즘은 자주 웃으십니다. 그것은 나이가 들어서이기도 하지만 한국의 정세 변화도 한몫했습니다. 조국이 군사정권의 탄압하에서 자유를 빼앗긴 것이, 그리고 투쟁을 포기할 수밖에 없었던 것이 아버지의 가슴에 얼마나 큰 상처를 남겼는지, 아버지의 인격을 고집스럽고 격정적으로 바꾸었는지 저는 아버지 옆에 있으면서도 알지 못했습니다. 그런데 아버지가 여든이 넘고, 제가 40대 후반이 되자 이제야 저는 아버지의 진심을 이해할 수 있게 되었습니다. 그것은 이 소설을 위해 아버지의 이야기를 상세히 듣고 주변을 취재하면서 아버지의 인생을 엿볼 수 있었기 때문입니다. 그런 의미에서 저는 이 소설을 쓴 것을 진심으로 다행이라고 생각합니다.

조국이 민주화를 달성했을 당시, 이미 민주화 운동에서 발을 뺀 아버지는 자신이 조국의 민주화에 아무런 기여를 하지 못했다는 안타까움과 쓸쓸함이 가득했다고 합니다. 그러나 민주화를 진심으로 기뻐하며 오랜 족쇄가 풀린 것, 조국의 민중이 기뻐하는 마음에 강한 연대감을 느꼈다고 하셨습니다. 돌이켜 보면 민주화 이후 아버지는 전에 없던 밝은 표정을 보이셨습니다. 아버지는 오랫동안, 제가 취재를 시작하기 전까지는 젊었을 때 열정을 쏟아부은 민주화 운동에 대해 침묵을 고수해오셨습니다.

즉, 제가 아버지에게 자세한 이야기를 들은 것은 최근의 일입니다. 그런데 이제는 친정에 가면 그 시절 이야기를 주저 없이 늘어놓으십니다. 저에게, 라기보다 스물넷, 스물하나인 제 자식들, 그러니까 아버지의 손자, 손녀들에게 들려주시는데, 자신의 뿌리에 대해 꼭 알려주시려는 강한 결심 때문인 것 같습니다. 그리고 그럴 때 아버지는 조국에 대한 애정, 손자 손녀에 대한 깊은 사랑이 섞여 자애심으로 충만해 보입니다.

이 소설에는 한 재일 코리안의 개인적인 사정과 근대사의 굴곡이 말할 것도 없이 얽히고설켜 있습니다. 이 허구와 사실이 얽히고설킨 가족사를 통해서 재일 동포 가족에게도 다양한 양상이 있음을 그려냄과 동시에 아버지와 딸, 부모와 자식의 보편적인 관계도 그려내려고 애썼습니다. 국가와 개인, 굳건한 의지와 냉혹한 현실 사이, 그 경계에서 고뇌하는 인간의 비애도 그렸습니다.

재일 코리안은 구세대와 신세대, 민단계와 조총련계, 일제 치하에서 징용되어 일본으로 온 사람과 해방 후 민주화를 믿고 나라를 떠난 사람들 등 제각기 조국에 대한 감정과 의지를 품고 살아가고 있습니다. 그럼에도 재일 코리안에 대한 편견은 일본에서도 한국에서도 여전합니다. 고생하며 살아오신 아버지를 비롯해 재일 코리안 한 사람, 한 사람도 다양한 인생을 살아왔고, 또 살고 있을 게 분명합니다. 일본에서 민주화 운동, 반정부 운동을 해온 사람들 중에서도 이야기의 등장인물이자 상주의 친구, 동인처럼 자신의 의사를 끝까지 굽히지 않은 사람이 있는가 하면 가족을 위해 또 살아남기 위해 그 의지를 굽혀야 했던 사람들도 있습니다.

아버지는 자주 "내 인생은 별거 없었다", "원하는 대로 살지 못했다", "꿈을 이루지 못했다", "자랑할 게 없는 인생이었다"라고 하셨는데, 영웅이 되지 못한 사람, 역사에 이름을 남기지 못한 사람, 민주화 투쟁의 의지가 꺾인 사람일지는 몰라도 차별과 억압이 밀물처럼 몰려드는 그 역경 속에서 가족을 지키고 살아왔다는 사실은 충분히 자랑스럽게 여겨야 한다고 믿어 의심치 않습니다. 가족을 위해서 살아가는 길을 택한 아버지를 저는 자랑스럽게 생각합니다. 그리고 깊은 감사를 드리고 싶습니다.

저는 이 소설을 집필하기까지 아버지의 인생에 등을 돌리고 살아왔습니다. 그런 제가 이 이야기를 쓰면서 아버지의 인생을 알고 그것을 받아들였습니다. 그것은 제 자신을 긍정하는 일이기도 했습니다. 이 책을 쓰면서 제 스스로가 살아가도 된다고 누군가에게 인정을 받은 것 같아 내심 안도했습니다.

코로나 19 바이러스가 극심한 가운데 90세가 되신 아버지는 "인생을 끝내기 전에 마지막으로 고향 삼천포로 가서 부모님 산소에 인사를 드리고, 친척들에게도 고향에게도 작별 인사를 하고 싶다"라고 자주 말씀하십니다. 말년에 코로나 19 때문에 또다시 "가고 싶어도 가지 못하는" 상황이 된 것이 가슴 아픕니다. 하지만 이 소설을 한국의 여러분께 전해드릴 수 있는 것은 한 줄기 빛인지도 모릅니다.

민주화 이전에 가고 싶어도 가지 못했던 조국에 아버지가 얼마나 가고 싶어 사셨을지, 그리고 그 의지를 포기하고 일본에서 살아가기로 했을 때 느끼셨을 서글픔과 안타까움을 일본에서 태어난 저는 상상도 할 수 없지만, 이 소설을 통해 아버지의 마음을 대변하려고 노력했습니다.

일본에서 생활한 지 75년 가까이 되었지만 아버지의 마음은 항상 조국을 향해 있습니다.

부디, 이런 남자가 있었다, 는 이야기를 읽고, 기억해주세요.

한국의 독자 여러분이 《바다를 안고 달에 잠들다》를 읽고 어떻게 느끼실지 매우 궁금합니다. 그리고 이 책을 통해 조국과 또 거기 사는 분들과 인연을 맺을 수 있다는 생각에 가슴이 설렙니다.

제 마음은 늘 조국의 여러분과 함께 있습니다.

일본에 사는 저도 한국에 사는 여러분도 코로나를 잘 이겨냅시다. 그리고 멀지 않은 미래에 함께 웃는 얼굴로 가까이에서 마주하기를 기대하겠습니다.

코로나 19가 종식되어 아버지와 함께 한국을, 고향 삼천포를, 아무 걱정 없이 찾아갈 날이 오기를 손꼽아 기다립니다.

한국의 독자 여러분, 늘 건강을 잘 챙기시길 바랍니다.

도쿄에서 후카자와 우시오

◇ **이상주**(미곡통장명: 문덕윤, 일본명: 후미야마 도쿠노부)

삼천포 출신으로 노동운동에 가담했다가 쫓기는 몸이 되어 동창인

한동인, 강진하와 함께 일본으로 가는 밀항선에 오른다.

◇ **한동인**(미곡통장명: 김태룡, 일본명: 가네다)

이상주, 강진하와 함께 일본으로 건너와 와세다대학에 진학한 후,

민주화 운동을 글로 지원하는 역할을 맡는다.

◇ **강진하**(미곡통장명: 박영옥, 일본명: 기노시타)

이상주, 한동인과 함께 밀항한 후 막노동을 하며 한국의 민주화 운동

에 동참한다.

◇ **안철수**(일본명: 야스카와)

이상주와 한동인, 강진하의 밀항을 도운 인물로, 한국전쟁에 의용군으

로 참전한다.

◇ **조일남**(일본명: 도요타 가즈오)

무일푼으로 밀항한 이상주, 한동인, 강진하에게 빈방을 빌려준다. 한

국전쟁 때 의용군으로 참전한다.

◇ **조은숙**(일본명: 도요타 나미코)

조일남의 동생으로, 고급 댄스홀에서 일하고 있다.

○ **권경귀**

한동인의 아내로, 우에노에서 식료품을 취급하는 부잣집 딸이다.

○ **남용숙**(일본명: 도시코)

플라스틱 공장의 딸로, 재일 한국청년동맹 사무소에서 사무를 보고
있다.

○ **김추상**

일본으로 건너갈 때 같은 배로 밀항한 젊은이.

○ **고구연**

김추상의 친구로 일본에서 돈을 벌려고 밀항한다.

○ **문이애**(일본명: 분리에)

이상주의 딸로 여덟 살짜리 딸 '하나'를 키우고 있다.

○ **문종명**(일본명: 후미야마 가네아키)

이상주의 아들로, 일본인으로 귀화해서 살아가고 있다.

○ **김미영**

한동인의 딸로, 이상주를 삼촌처럼 생각한다.

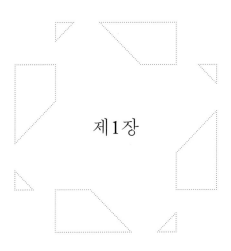

제1장

1

아버지가 돌아가셨다.

조문객들에게 연신 머리를 조아리면서도 리에는 이 현실을 도저히 받아들일 수가 없었다.

곱게 화장을 한 아버지의 시신은 아버지가 아니라 마치 아버지를 닮은 인형 같았다. 어딘가에 아버지가 건강히 살아 계실 것 같다는 생각마저 들었다.

아버지는 아흔이란 나이에 비해 정정해 보였다. 지난 1, 2년간 허리와 무릎 때문에 고생하긴 했지만 정신은 말짱했다. 올 정월에도 여전히 기고만장한 태도로 갖은 참견을 하지 않으셨던가.

그날은 오빠 가네아키의 아들이자 대학생인 고타가 설 음식에 거의 손을 대지 않고 깨작거린 것이 아버지의 심기를 건드렸다. 고타는 한국 음식을 그다지 좋아하지 않았다.

"이놈 자식, 밥은 잘 먹고 있느냐?"

아버지가 고타에게 물었다.

"응? 뭐 그냥……."

고타가 대답하자 아버지는 눈을 부릅떴다.

"그냥이 뭐야? 밥은 언제 어느 때든 제대로 잘 먹어야지."

아버지가 언성을 높이자 그 자리에 있던 가족 모두 쥐죽은 듯 조용해졌다.

고타는 어이가 없다는 듯 뾰로통한 표정을 지었다.

"고타야, 할아버지가 말씀하시는데 '네' 하고 대답해야지."

올케인 준코 언니가 어떻게든 수습을 하려고 끼어들었다.

"엄마까지 진짜. 시끄럽게 왜 그래?"

고타는 준코 언니를 보며 귀찮다는 듯 말했다.

"엄마한테 버릇없게 그게 무슨 태도야?"

아버지가 더 격양된 목소리로 소리쳤다.

"너는 사내자식이 아들 놈을 어떻게 키운 거야?"

오빠한테까지 날벼락이 떨어졌다.

아버지가 구급차에 실려갔다고 가사 도우미가 리에에게 급히 연락을 해 온 것이 3일 전이다. 하필이면 송편 때문에 돌아가시다니, 조국의 풍습을 소중히 여기던 아버지다운 최후라는 생각이 들었다.

반달 모양의 송편은 음력 8월 15일 추석 차례상에 오르는 한 입 크기의 떡이다. 그 떡이 그만 목에 걸려버렸다. 아버지는 음식을 잘 씹지 않고 급하게 꿀꺽 삼키는 버릇이 있었다. 그런 식으로 드시다 보니 요

몇 년은 툭하면 사레가 들렸다.

　송편은 누가 준 걸까? 아버지가 사 오신 것일까? 친정에서는 이제 껏 추석을 챙긴 일이 한 번도 없었는데 혹시 아버지 혼자 차례라도 지 내신 걸까?

　5년 전에 어머니가 돌아가신 후, 아버지는 누구에게도 짐이 되고 싶지 않다며 얘기도 들어보지 않고 리에와 오빠가 추천하는 요양원을 무작정 거절했다. 아버지 혼자 사는 메구로의 아파트에는 이틀에 한 번씩 가사 도우미가 찾아와 요리와 청소를 했다. 리에도 한 달에 한두 번은 꼭 아버지를 만나러 갔다. 예전에는 아버지와 툭 하면 부딪혔는 데, 이혼한 후 더구나 어머니가 돌아가신 후로는 아버지와 연락을 거 의 하지 않고 지내는 오빠와 달리 자꾸 아버지가 눈에 밟혔다.

　아버지는 혼자 살면서도 딱히 불편해 보이지 않았다. 가사 도우미 가 만드는 요리에 만족하지 못하고, 근처 식당이나 편의점, 슈퍼에 가 서 좋아하는 음식들을 사다 드셨다. 술은 못하시는데, 대신 단 것을 좋 아해서 늘 단자와 전병을 드셨다. 아버지는 먹는 것에 대한 집착이 남 달라 "밥은 잘 챙겨 먹었니?"라고 입버릇처럼 말씀하셨다.

　어른이 된 후, "밥 먹었냐"는 말이 한국인들 사이에서는 인사 대신 흔히 쓰이는 말이란 걸 알게 되었지만, 어릴 적에는 정말 듣기가 싫었 다. 살을 조금이라도 더 빼고 싶어 다이어트를 하던 사춘기 시절에는 이 말을 들을 때마다 신경질부터 났다. 한국 음식을 제대로 먹었는지 체크당하는 것 같아 숨이 막혔다.

　중학생 시절, 리에가 밤늦게까지 시험공부를 하고 있을 때면 귀가 한 아버지가 방문을 열고 들여다보며 대뜸 "밥은 잘 챙겨 먹었니?" 하고 물은 적이 한두 번이 아니었다. 시험 전날에는 아버지가 직접 사 온 소꼬리를 푹 고아 만든 꼬리곰탕을 먹었다.

아버지는 한국 음식에 목숨을 건 사람이었다. 그것도 혼자만 먹으면 될 것을 가족에게도 강요했다. 특히나 김치 사랑이 유별나 매 끼니 때마다 식탁에 올라야 했다. 더구나 직접 만든 것만 고집하셔서 나이가 드신 후 김치를 담그기가 힘들어진 어머니가 슈퍼에서 사 온 김치를 내놓은 것이 화근이 되어 부부싸움을 한 적이 있을 정도였다.

리에가 초등학교에 갓 올라갔을 무렵, 무심코 김치를 내뱉었다가 아버지에게 들켜 크게 혼이 난 적이 있었다. 어머니가 된장국 국물에 김치를 씻어주어 간신히 입에 넣을 수 있게 되었지만, 계속 씹다 보면 짠맛이 입안에 퍼지고 눈가에 눈물이 맺혔다. 지금이야 매운 음식을 좋아하게 되었지만, 그 시절에는 고춧가루가 잔뜩 묻은 빨간 음식은 질색이었다. 열 살 많은 오빠는 절대 입에 대지 않았다. 그런데도 오빠는 한 번도 꾸지람을 듣지 않았다.

한번은 어머니가 생선조림을 했는데 아버지 드시라고 고춧가루를 넣고 조리한 것과 리에와 가네아키를 위해 간장에 조린 것 두 가지를 내놓으셨다. 거기 발끈한 아버지가 상을 뒤엎은 적도 있었다.

"가네아키는 그렇다고 쳐도, 리에는 매운 음식을 먹을 수 있게 키워야 돼."

아버지는 얼굴이 붉으락푸르락하면서 노기등등해 있었다. 일본에 살고 있는데 왜 그렇게 한국 음식만 고집하는지 리에는 도저히 이해할 수 없었다.

여행을 갈 때도 반드시 김치를 챙겨서 가야 했다. 리에가 사립중학교에 합격한 기념으로 봄방학에 가족 모두가 처음으로 해외여행을 떠났다. 시드니 호텔에 도착해 여행 가방을 열자마자 김치 냄새가 진동을 했다. 옷에도 김치 냄새가 배어 있었다. 고약해서 참을 수가 없었을 뿐만 아니라 창피하고 지긋지긋했다.

아버지의 인간관계에 대해 리에는 아는 것이 없었다. 밤중에 조문을 온 사람들 중에 리에가 아는 사람은 거의 없었다. 그나마 얼굴이 낯익은 사람은 리에의 회사 동료들뿐이었다. 오빠는 자기 회사엔 가족끼리만 치른다고 전하고 조문을 거절했다고 한다.

오빠는 결혼을 계기로 일본 국적을 취득했는데, 이제 와 재일 교포라는 사실이 들통나면 곤란하다며 그 사실을 철저히 숨기고 살고 있었다. 또 준코 언니와 고타도 오빠가 한국인으로 보이는 것을 싫어했다. 그래서 평소에도 오빠네 가족은 '문이애(文梨愛, 일본식 발음으로 분리에)'라는 본명을 쓰는 리에와 딱히 친하게 지낼 생각은 없어 보였다. 어머니가 생전에 "네가 한국 이름을 쓰니까 입장이 좀 난처한가 봐. 오빠 상황도 이해해줘"라고 했던 말이 떠올랐다.

오빠뿐만이 아니다. 아버지 자신도 '후미야마 도쿠노부[文山德允]'라는 일본 이름으로 살아왔다.

집안에서는 한국 음식과 한국 방식을 고집하는 아버지였지만, 밖으로 나가면 일본인인 척했다. 숨기고 사는 편이 거북한 상황을 회피할 수 있다는 것은 이해할 수 있지만, 리에는 아버지의 그런 모순을 용서할 수 없었다.

그래서 대학에 다닐 때도 사회인이 된 지금도 '분리에'라는 이름으로 살고 있다. 고등학교를 졸업하고 대학에 들어갈 때 오빠가 일본 국적을 취득하는 것에 반발이라도 하듯 '후미야마'라는 성을 '분'으로 되돌렸다. 그때 어머니는 반대했지만, 아버지는 아무 말씀도 하지 않으셨다. 그런데 한국식 한자 읽기로 '문이애'라고 하지 않고, '분리에'라고 일본식으로 부르고 있다. 결국 자신도 이도 저도 아닌 애매한 처지다.

리에가 한국 성으로 되돌린 이유는, 자꾸 쉬쉬하려는 것 같은 부모에 대한 반항심 때문이기도 했다. 부모님은 오빠에겐 일절 아무것도 강요하지 않으면서 리에에게는 억지로 김치를 먹였다. '시치고산'[1] 때도 후리소데[2] 대신 억지로 한복을 입혀 사진을 찍었다. 리에는 그 시절에 대한 원망도 컸다. 또 한국인이란 사실을 들키지 않으려고 벌벌 떨던 오빠가 얄밉고 야속했다.

리에는 한국인과 결혼했다. 그런 결정에도 실은 가족에 대한 복잡한 심정이 영향을 끼쳤다. 어머니와 오빠를 놀라게 해주고 당황스럽게 만들자는 마음과, 아버지가 기뻐해주지는 않을까 싶은 마음이 뒤섞여 있었다. 자신이 누구인지, 결혼을 하면 더 이상 고민하지 않아도 될 것이라고 생각했다. 그런데 맘처럼 되지 않았다.

그는 성인이 되어 일본에 온 '뉴커머 한국인'[3]으로, 일본의 대학원

1 만 3세, 5세, 7세가 된 아이들의 건강과 밝은 미래를 빌어주는 일본식 전통으로, 주로 전통 의상을 입고 절이나 신사에 가서 소원을 빌고 사진을 찍는다.
2 소매가 긴 일본 전통의상으로 보통은 결혼하지 않은 여성이 입으며, 최근에는 시치고산, 성인식, 졸업식 등에서 여성들이 자주 입는 기모노이다.
3 일본에 거주하는 한국인은 크게 두 가지로 나뉜다. 전쟁 당시나 그 전후에 온 이들과 그 후손들로 일본 정부로부터 '특별영주자격'을 얻은 사람을 '재일 교포' '재일 동포' '구 정주자'라고 부른다. 한편, 1989년 한국의 해외여행 자유화 이후에 일본에 건너온 사람들과 그 자손들을 '신 정주자', 즉 '뉴커머'라 부른다. '현지 교민'이라고 부르기도 한다.

에서 연구를 하고 있었다. 스물여덟 살 때 한국인과 교류하는 모임에서 만났다. 그 시절 리에는 한국어를 열심히 배우며, 한국인과 만나기 위해 다양한 모임에 적극적으로 참여했다. 그리고 10년 전, 서른 살에 결혼을 하고 3년 만에 이혼했다. 지금은 여덟 살 된 딸, 하나를 키우며 풀타임으로 일하고 있다.

리에는 이혼할 때 하나의 친권을 따냈다. 그리고 하나를 남편의 호적에서 뺀 후 '오하나'에서 '분하나'로 성도 바꿔주었다. 하나도 일본 성인 '후미야마' 대신 '분'을 썼다. 어린이집에서도 초등학교에서도 '분하나'였다. 하나는 한국어로 '1'이란 의미로 한국에서는 흔한 이름이다. 일본어로는 꽃이란 의미가 있다. 일본에서도 한국에서도 같은 발음으로 불리기를 원하는 까닭에 한자 대신 히라가나로 이름을 지었다.

그런데 초등학교에 들어간 후로 이름이 이상하다, 외국인 같다, 한국인이다 하면서 하나를 놀리는 아이들이 생겼다. 하나는 때론 울면서 돌아오기도 했다. 그 후로는 일본 이름을 써야 할지 사실 좀 망설여졌다. 자기 자신의 일이라면 얼마든지 참고 견딜 수 있지만, 어린 딸이 이런 아픈 경험을 하는 것은 도저히 참기가 힘들었다.

한국에서 태어난 한국인과 결혼하고 보니 한국에 있는 남편의 가족들은 리에를 한국인으로 쉽게 인정해주지 않았다. 리에는 한국어가 어눌하다는 이유로 늘 핀잔을 들었다. 그래서 필사적으로 한국어를 공부했다. 한국어가 늘면서 어느 정도 대화를 할 수 있는 수준이 되었지만 시댁 식구들 중 리에의 노고를 알아주는 이는 없었다. 시아버지는 리에 따위는 관심도 없다는 태도로 일관하며 말을 시키지도 않았고, 시어머니는 리에가 이야기하는 도중에 말을 끊거나 무슨 말을 하는지 잘 모르겠다며 여러 번 반복하게 하거나 발음을 일일이 지적하는 등 심술궂게 굴었다. 시어머니는 "한국인이 되려면 아직 멀었다"라고 입버릇처럼 말했다. 또 하나가 태어났을 때는 손녀가 일본인으로 크는 게 싫다면서 한국에서 키워야 한다고 억지를 부렸다.

결국 한국에서는 재일 한국인들이 한국인으로 인정을 받지도 못하는데, 굳이 일본에서 이런 힘든 일을 겪으면서까지 한국인이라고 주장한들 무슨 소용이 있을까. 이혼도 했는데 딱히 본명을 고집해야 할 이유가 과연 있을까.

리에는 부동산 회사에서 영업을 담당했다. 집주인이나 집을 보러 온 고객이 "한국인 담당자라 꺼림칙하다"고 했다는 말을 상사로부터 전해 들은 일도 있다. 집주인에 따라서는 외국인이나 재일 동포에게 집을 빌려주지 않는 경우도 있다 보니 그 사이에서 난처한 상황에 처하곤 했다. 전 회사에 있을 때는 상사가 반강제적으로 일본 이름을 쓰라고 해서 결국 회사를 그만둔 적도 있었다.

"싱글맘으로 사는 게 그렇잖아도 힘든 일일 텐데 짐을 조금이라도 더는 게 낫지. 무리하지 말고 그냥 일본 이름을 쓰고 살아. 아니면 가네아키처럼 아예 일본 국적을 취득해도 된다."

이혼 후 아버지가 리에에게 던진 말이 떠올랐다.

"괜찮아요. 이 정도쯤 싸워 이겨야죠. 차별하는 사람들에게 절대 굴복하지 않을 거예요."

태연한 듯 대답했지만 아버지는 "싸울 필요 없다"고 짧게 말했다.

그때는 부모나 오빠와 달리 한국인임을 감추지 않고 당당하게 살아가려고 노력하려는 자신을 왜 더 칭찬해주지 않는지 궁금했다. 예전에는 그렇게 노력하라고 하더니!

어머니는 재일 교포 2세였는데, 어릴 때 심한 차별을 받은 트라우마 때문인지 자신이 한국인이란 사실을 철저하게 감추고 살아왔다. 학창 시절에 "조센징"이라고 놀림을 받았고, 누군가가 학교 건물 2층에서 화분을 던져 자칫하면 큰 부상을 입을 뻔했다는 에피소드도 여러 번 들었다.

아버지도 거의 본명을 쓰지 않고 살아왔다. 그래서 리에는 오빠가 빈소에서도 장례식장에서도 일본 이름인 '후미야마 도쿠노부'를 쓰자고 제안했을 때 문제가 없을 것이라 생각했다. 아버지도 그러기를 바랄 것이라고 리에는 순순히 고개를 끄덕였다. 또 오빠가 만난 적 없는 아버지의 친척들에게는 납골 후 연락을 하면 될 것이라고 하자 리에도 그러자고 대답했다. 납골은 오빠가 원하는 대로 장례식이 끝난 후 일주일 뒤에 치를 예정이다.

일본에는 아버지의 친척이 단 한 사람도 없었다. 또한 아버지는 어머니의 친척들과 오랜 기간 연락을 끊고 지내왔다. 그래서 조문객이 적은 외로운 빈소였다.

큰외삼촌 집에서 제사를 지내다가 터진 사건에 대해 오빠와 어머니한테서 들은 적이 있다. 그 사건을 생각하면 리에는 속이 다 쓰렸다. 그날은 외할아버지 기일이자 리에가 태어난 날이기도 했다.

"음식 종류도, 음식 자리도, 절도 다 틀렸다고!"

아버지는 흥분해서 언성을 높였다고 한다. 얼굴이 붉으락푸르락하며 역정을 내는 아버지에게 아무도 대꾸를 하지 못하고 분위기만 싸늘하게 식었다. 다들 고개만 숙이고 있을 뿐이었다. 아버지가 외갓집 체면을 뭉개버렸다고 어머니는 몹시 밉살스러운 듯 여러 번 그 얘기를 하셨다.

오빠는 그때 초등학교 저학년이었는데 좌불안석이었던 것이 확실히 기억난다고 했다.

그 일이 계기가 되었는지는 알 수 없지만 외갓집 친척들은 아버지를 멀리했으며, 서로 오가는 일도 점점 줄어들었다.

오빠가 준코 언니와 결혼할 때 아버지는 반대하셨다. 오빠가 결혼할 사람이 있다고 해도 아버지는 준코 언니를 만나려고 하지 않았다.

"일본 사람이랑 결혼은 절대로 안 돼."

아버지는 딱 잘라 말했다.

"일본에서 태어나 일본 사람들 사이에서 살아가는데 일본 사람이랑 결혼하지 말라니, 무슨 소리를 하시는 겁니까? 그리고 아버지도 일본 사람의 가면을 쓰고 사셨잖아요."

오빠는 반론했지만 아버지는 귀를 열지 않았다.

"이것만큼은 안 돼. 꼭 결혼을 해야겠다면 호적에서 파야겠다."

아버지는 오빠의 눈도 보지 않고 말을 우물거렸다.

오빠는 어쩔 수 없이 교회에서 친척들만 초대해 결혼식을 올린 후 혼인신고를 했는데, 아버지는 결혼식에 불참했다. 그리고 한동안 아버지와 오빠는 인연을 끊고 살았다. 첫 손자 고타, 그것도 한국에서는 중대한 의미를 지닌 아들이 태어난 것을 계기로 화해를 하고 관계는 수복되었다. 아버지는 '고타'라는 이름을 지어주었지만, 두 사람 사이가 완전히 좋아졌다고는 할 수 없었다. 차로 30분 거리에 살면서도 오빠는 친가에 자주 오지 않았다. 당연히 준코 언니네 가족 중 어느 한 사람도 아버지의 빈소를 찾지 않았다.

아흔 살이면 호상이라고 해도 조문객 중 비탄에 빠진 것처럼 보이는 사람은 아무도 없었다. 하나도 처음에는 울다가 손님들이 계속 오가는 것을 보고 긴장했는지 지금은 가만히 앉아 있다.

리에는 아버지가 돌아가셨다는 사실에 동요했지만, 깊은 슬픔도 상실감도 느낄 수 없었다. 눈물이 한 방울도 나지 않는 것이 너무나 갑작스러운 죽음을 받아들일 수 없어서인지, 아버지에 대한 자신의 애정이 부족하기 때문인지 알 수 없었다. 하나가 태어난 후, 하나를 통해 조금이나마 아버지와 거리가 좁혀졌다고 생각해왔는데 아무리 아버지가 비뚤어진 성격이었다 해도 자신은 왜 이리 박정한 사람인 걸까?

오빠를 보니 얼굴이 파랗게 질려 있긴 했지만 차분한 모습이었다.

오빠가 어렸을 때 아버지는 거의 집에 없었다고 한다. 가끔 집에 오면 "밥은 잘 챙겨 먹었니?" 하고 물은 후, "공부는 잘하고 있느냐?"로 넘어갔다고 한다.

리에의 기억으로는, 아버지는 오빠에게 공부에 대해 이것저것 자세히 묻지 않았다. 오빠는 몸이 약해 걸핏하면 병원에 가고, 감기에 걸렸네, 설사병이 났네, 피곤하네 하며 금세 이불을 뒤집어쓰고 누워버렸다. 부모님은 그런 오빠에게 약했다. 그래서 리에는 "오빠만 치사하게!" 하며 오빠를 질투했다. 아버지도 그리고 물론 어머니도, 리에를 더 엄하게 대했다. 특히 어머니는 두 눈을 뜨고 못 볼 정도로 오빠만 특별히 아꼈다.

리에가 중학교 입시 준비를 할 때 아침마다 일찍 일어나 공부를 했는데, 그럴 때면 아버지까지 일찍 일어나 리에 옆에 앉아 리에를 감시했다. 리에가 하품이라도 하면 정신 차리라며 불같이 화를 내며 머리를 쥐어박았다.

다른 사람보다 노력하거라, 지지 말고 싸워라, 포기하면 안 된다 등 귀에 못이 박힐 정도로 아버지는 내내 같은 얘기만 했다. 중학교 입시도 그만두고 싶다고 여러 번 말했지만, 그럼에도 불구하고 억지로 입시를 치르게 했다. 게다가 커서 의사나 변호사가 되라고 강조했다. 재일 교포로 살아가다 보면 여러모로 불리한 상황에 처하게 된다며 꼭 전문직이 되어야 한다는 것이었다.

오빠가 어렸을 때 자주 집을 비웠던 아버지는 아들에게 못한 것을 딸에게 해주려는 듯 매일같이 집에 들어와 리에가 하는 일에 훈수를 뒀다.

아버지는 평범한 동네 공립학교에 다니다가 그다지 유명하지 않은 사립대학을 졸업하고 아무도 모르는 중소기업에 다니는 오빠 대신 리에에게 많은 기대를 걸고 있는 것 같았다.

"의사도 변호사도 싫다니까!"

리에가 반항이라도 하면 공부를 할 수 있다는 건 행복하다는 뜻이라며 금세 주먹이 날아왔다.

리에가 대학교 문학부에 진학한 것을 성에 차지 않아 하던 아버지는 술자리 때문에 귀가가 늦어지면 "이러라고 대학에 보낸 거 아니다"라며 크게 꾸짖으셨다. 리에는 모든 일에 간섭을 하는 아버지를 더 이상 견디지 못하고 취직과 동시에 집을 나왔다.

아버지의 대화는 항상 일방적이었다. 화목하고 단란한 가족이었던 기억은 거의 없다. 여든이 넘어 사업을 정리하고 집에서 지내는 시간이 늘어도 어머니를 돕기는커녕 항상 폭군처럼 굴었기 때문에 부부 사이가 좋다고도 할 수 없었다.

아버지는 텔레비전을 독점하고 한류 드라마, 그중에서도 사극을 보며 식사를 했다.

"내가 열심히 만들어도 네 아버지, 한 번도 맛있다는 말을 해본 적이 없어. 고맙단 소리도 못 들어봤다."

어머니는 그렇게 토로했다. 그래서 리에는 어머니가 만든 음식을 먹을 때마다 "어쩜 이렇게 맛있을 수가!" 하고 좀 요란하게 칭찬하면서 고맙다고 했는데, 아버지 들으라고 일부러 그렇게 하기도 했다.

"얘, 이 집에 둘이 사는데 늘 혼자만 먼저 먹어. 그리고 내가 아직 다 먹지도 않았는데 자기 과일을 달라고 명령을 한다."

"텔레비전 보면서?"

"그래, 내내 한류 드라마만 보고 있지. 한국말 안 잊으려고 그런대. 일본에 온 지 오래되었고, 이제 와서 돌아갈 것도 아닌데, 한국어 좀 잊으면 어떻다고."

어머니는 고개를 저으며 한탄했다.

오빠와 같은 또래로 보이는 50대쯤 되어 보이는 여성이 분향을 기다리는 것이 눈에 뜨였다. 상복을 입었는데도 불구하고 자태가 아름답고 태도가 온화하며 분위기가 우아했다.

"오빠, 저 사람, 김미영 씨 아냐? 저기."

귓속말을 하자 오빠는 리에의 시선을 따라가다가 볼을 살짝 움직이고는 허둥지둥했다. 아버지가 마지막으로 통화를 한 상대방이 바로 눈앞에 있다고 생각하니 리에도 괜히 가슴이 두근거렸다. 미영이 어깨를 떨며 울기 시작해서 더욱 놀랐다.

아버지는 사실, 주변 사람들로부터 사랑을 받을 만한 성격은 아니었다. 친구도 거의 없었을 것이다. 그런 아버지의 죽음을 이렇게 슬퍼하는 사람이 있다니! 대체 누구일까? 아버지와는 어떤 관계였을까?

리에는 아버지가 돌아가신 후 휴대폰 이력을 봤다. '김미영'이란 모르는 이름이 떴는데, 통화 이력이 가장 많은 상대였다. 그런 사람에게 사망 사실을 알리지 않으면 실례가 될 것 같아 일단 연락을 했다. 그때 미영에게 아버지와의 관계를 물었더니 옛날부터 알고 지내는, 도움을 많이 주신 분이라고만 하기에 더 이상 자세히 묻지 않았다.

그저 알고 지내던 사이인데 이렇게 통곡을 할 리가 없다.

미영에게 직접 물어보고 싶어서 스님의 독경이 끝나기만 기다렸다가 장례식장을 샅샅이 찾아봤지만 벌써 집에 갔는지 아무 데도 없었다.

잠시 후 조문객도 줄고, 관이 놓인 빈소에는 가족을 포함해 몇 사람만 남아 간신히 자리를 지키고 있었다.

하나는 피곤한지 축 늘어져 있었다. 리에는 오빠에게 하나를 데리고 집에 가겠다고 전한 후, 빈소를 빠져나가려고 했다. 그때, 어르신 한 분이 아버지의 관 옆으로 바짝 다가갔다.

"아이고."

어르신은 아버지의 시신을 위에서 감싸 안으며 소리를 높여 우셨다. 풍체가 좋은 어르신이었는데, 온몸을 들썩이며 통곡했다. 깜짝 놀란 리에가 주변을 둘러보자 인상을 쓴 오빠의 얼굴과 미간을 잔뜩 찡그린 준코 언니의 모습이 눈에 들어왔다. 다른 조문객들도 당혹스러운 눈초리로 어르신을 쳐다보고 있었다.

"아이고, 아이고."

"누가 널 이렇게 일본인으로 만들어놨니."

어르신은 한국어로 소리를 높였다.

머리가 하얗고 주름이 깊어 여든이 넘어 보이는데, 아버지 친구일까? 돌아가신 건 어떻게 알고 찾아왔을까?

리에는 귀찮아질 만한 일에 끼어들고 싶지 않았다. 어르신의 등장에 놀라서 얼어붙은 하나를 데리고 얼른 빈소를 빠져나왔다.

다음 날 장례식이 끝난 후, 리에는 오빠와 함께 납골함과 영정사진을 들고 아버지가 혼자 살던 아파트로 돌아왔다. 아버지가 돌아가신 직후에도 아파트에 왔었는데 그때는 방을 천천히 살펴볼 여유가 없었다. 다시 보니 거실 겸 부엌에 아버지가 계실 것 같았다.

소파의 푹 파인 흔적은 아버지가 누워 계시던 자리일 것이다. 리에는 가슴이 아팠다. 아버지는 이제 어디에도 없었다. 화장터에서 유골을 주워 담을 때는 남의 일처럼 느껴져서 아무렇지도 않았는데, 아버지가 식사를 하시던 식탁에 유골함이 올려진 것을 보니, 억제했던 감정의 파도가 휘몰아쳤다.

얼른 식탁에서 눈을 뗐다. 대여해 온 DVD가 텔레비전 앞에 쌓여 있고, 마시다 남은 녹차가 컵 안에 담겨 있었다. DVD는 조선왕조 시절을 그린 한류 사극이었다. 아버지는 죽기 직전까지도 조국을, 또 한국어를 잊고 싶지 않았던 것일까?

"누가 널 이렇게 일본인으로 만들어놨니."

빈소에서 울고불고 소리치던 어르신이 떠올랐다.

리에는 "있잖아, 오빠" 하며 말을 걸었다.

"언니한테 들었는데, 그 할아버지, 아버지와 무슨 관계인지도 안 밝히고, 혼자 우시다가 가셨다며? 그러니까 간단하게 정리하면서 아버지 유품 좀 잘 살펴보자. 김미영 씨 일도 있고 말야. 그 두 사람이 누구인지 단서라도 나오지 않을까."

"그래, 한번 찾아보자."

침실은 동성인 오빠가 보는 게 낫겠다는 결론에 리에는 거실과 부엌을 담당했다.

여기저기 아버지의 체취가 잔뜩 남아 있었다. 숨이 막힐 것 같아 창문을 열고 단서를 찾아 헤맸다. 그런데 딱히 심증이 가는 물건이 나오지 않았다. 냉장고 안에 들어 있는 시판 김치를 보니 아버지가 애처롭게 느껴졌다.

"오빠, 거기는 어때?"

복도에서 말을 걸며 문을 열자, 오빠가 책상 앞에서 서랍을 연 채로 공책 같은 것을 훑어보고 있었다.

"대충 봤는데 특별한 것은 없었어. 오빠는 어때? 그게 뭐야?"

"어, 별거 아니야."

오빠는 노트를 덮고 책상 서랍도 닫았다. 아버지 회사 장부인가?

"그래? 여기 오래 있는 것도 좀 슬프고 지치니까 먼저 갈게. 오빠는?"

"나는 조금 더 있다가 갈게."

"그럼 아버지가 빌린 DVD, 내가 쓰타야에 갖다주고 갈게. 반환 기간이 내일 아침까지야."

리에는 DVD를 몇 개 챙겨 현관을 나섰다.

2

해가 떨어지고 어둠이 내리기까지 기다렸다가 몸을 숨겼던 풀숲에서 나왔다. 주변을 한번 빙 둘러보았다. 체구가 가장 작은 내가 정찰역을 맡았다.

주변이 온통 고요했다. 인기척은 전혀 느껴지지 않았다.

"괜찮아."

사방을 살핀 후 낮은 목소리로 말하자, 강진하와 한동인도 발걸음 소리를 죽이고 나타났다.

여기까지 들키지 않고 도망쳐 왔으니 다행이지만, 언제 또 경찰이나 우익 놈들이 잡으러 올지 알 수 없었다.

오늘 밤 출발하는 밀항선에 몸을 실으려면 발걸음을 재촉해야 했다.

우리는 말없이 계속 걸었다. 나는 공포와 불안감으로 당장이라도 눈물이 터질 것만 같았다. 강한 척을 했지만 겨우 열여섯이었다.

물소리가 들려와 강이 가깝다는 것을 알 수 있었다. 누가 먼저랄 것 없이 안도의 한숨을 내쉬었다.

"거의 다 왔어."

진하가 발걸음을 재촉했다. 나도 동인도 뒤를 따라갔다.

드디어 강가로 나왔다. 폭이 2미터 정도인 강은 물살이 셌다. 목이 말랐던 나는 손을 뻗어 강물을 떴다.

"안 돼!"

평소엔 온화한 동인이 드물게 큰 소리를 냈다.

"작년 가을에 봉기로 죽은 놈들의 시체가 떠내려간 곳이야. 우리 동기들도……."

동인은 낮고 침통한 목소리로 말했다.

8개월 전 10월, 이곳에서 내부로 꽤 들어간 경상남도 대구에서 노동자 총파업이 대규모 시위로 발전하면서 경찰과 격하게 충돌해 사망자가 났으며, 이 마을까지 도망쳐 온 사람들도 있었다. 그들에 따르면 일반 노동자뿐만 아니라, 미군정의 곡물수집 정책과 일제강점기 시대의 잔재인 소작농제 유지 정책에 반대한 농민들도 함께 일어났다고 한다. 이윽고 경상남도 이 마을, 저 마을까지 소동이 번지면서 데모와 파업이 빈번하게 일어났고 몇 번인가 폭동도 있었다.

나와 구제중학교[4] 동급생이던 진하, 동인도 데모에 참가했다. 나에게는 다이쇼 데모크라시[5] 시절에 일본 중앙대학에 유학한 큰아버지가 있었는데, 큰아버지는 일본에서 독립운동을 했었다. 나는 그 큰아버지의 영향을 크게 받았다.

---

4 1947년 학교교육법이 시행되기 이전, 남학생을 대상으로 한 중등교육을 담당하던 교육기관.
5 1910년부터 1920년대에 걸쳐 일어난 정치, 사회, 문화 각 방면에 걸친 민주주의적 운동을 일컫는 말.

그런데 금세 계엄령이 발령되고 경찰이 폭동을 진압하기 시작했다. 체포된 사람도, 산으로 도망친 사람도 있었다. 빨갱이를 다 잡아들여야 한다며 보복을 하는 경찰과 우익에게 맞아 죽은 사람도 적지 않았다.

다행히도 우리들은 위험천만한 순간은 모면했지만 언제 체포될지 모르는 상황이었다.

6월 중순, 나는 진하, 동인과 함께 여기서 도망치기로 작정했다.

바위너설에 도착하자, 하늘에는 흐릿한 초승달이 떠 있었다.

인기척은 느껴지지 않았지만 그래도 누가 볼까 봐 해안에서 떨어져서 걷다가 눈앞에 보이는 허름한 빈 초가집에 몸을 숨겼다.

"정시에 도착했군."

진하는 그렇게 말한 후 "저거다!" 하고 손가락으로 가리켰다.

눈을 크게 뜨고 보니 저쪽에 배가 한 척 정박해 있었다.

"저거냐? 너무 작지 않아?"

열 명이면 꽉 찰 것 같은 크기의 통통배였다. 저런 배로 외국까지 나갈 수 있을까?

"지금 우리가 찬밥 더운밥 가릴 때냐."

진하는 자기 사기를 북돋우려는 듯 "으라차차" 하고 기합을 잔뜩 넣은 후 "가자!"며 양손에 짐을 들고 배가 있는 곳으로 서둘러 걸어갔다. 근육이 제대로 두드러진 등이 긴장한 탓에 뻣뻣해지면서 더 툭 불거져 나왔다.

나는 좀 망설이다가 나보다 머리 하나쯤 더 키가 큰 동인을 올려다봤다.

"상주야. 우리도 가자. 여기 있다간 죽게 생겼어."

동인이 차분한 목소리로 말하고 먼저 뛰어갔다.

나는 뒤를 돌아다봤다. 매일 보던 산인데 지금은 간신히 그 능선만 얼핏 보였다. 그 서쪽으로 시선을 옮겼다. 검은 덩어리처럼 보이는 곳이 우리 집이 있는 마을이었다.

내가 아버지에게 혼이 날 때면 항상 걱정스러운 눈길로 나를 바라보던 어머니가 생각났다. 어머니는 후처로, 나는 어머니의 첫아들이었는데 우리 집에는 전처 자식인 형, 태주가 있었다. 아버지는 태주 형이 어머니를 일찍 잃은 것을 가엽게 여겨 장남인 태주 형에게 후했다. 태주 형은 영악하고 거만한 성격이었다.

"상주가 훔쳤어요."

태주 형은 아버지의 돈을 몰래 훔치고는 내 탓으로 돌리곤 했다.

"상주가 깼어요."

태주 형은 김칫독을 깨고도 내 잘못으로 돌렸다. 나는 매번 태주 형의 잘못을 뒤집어썼는데 아무리 변명을 해도 아버지는 태주 형의 말만 믿었다. 그때마다 나는 아버지에게 꾸지람을 들었고 때로는 주먹으로 맞기도 했다.

어머니는 후처라는 당신의 입장과 피가 섞인 친모가 아니라는 자책 때문인지, 태주 형을 혼내지도 또 나를 감싸지도 못했다. 내가 아버지에게 맞는 것을 시뻘게진 눈으로 바라만 보고 있었다. 어머니가 슬퍼하는 모습을 보는 것이 나는 몹시 안타까웠다.

나는 집에서는 참을 만큼 참았지만 밖에 나가면 과감하게 행동하기도 했다.

사범학교 추천 입시 때 일본인 학우가 추천을 받은 일이 있었다. 내가 그 학우보다 성적이 더 좋았는데도 나는 조선인이라는 이유로 추천을 받지 못했다. 그 학우는 교사에게 뇌물까지 주었다고 한다. 나는 그 일을 도저히 용서할 수가 없었다. 분노가 치밀어 올라, 곤봉으로 교내 유리창이란 유리창은 모조리 깨부쉈다.

교사가 우리 집으로 찾아왔고, 아버지는 무릎을 꿇고 사과했다. 그날 나는 아버지에게 크게 혼이 났고 심하게 맞았다. 아픈 것은 참을 수 있었다. 하지만 어머니가 저 뒤편에 숨어 나를 보면서 눈물을 흘리는 것은 견딜 수가 없었다.

내가 없으면 어머니가 슬퍼할 일도 참아야 할 일도 줄어들 것이다. 아버지에게 나는 말썽만 피우는 차남이니까, 내가 없어도 신경 쓰지 않으실 것이다. 자식이 여덟이나 되니 하나쯤 빠져도 별일 없을 게 분명했다.

지금쯤 어머니는 무엇을 하고 계실까? 밥을 짓고 계실까? 시래기 된장국을 한 번만 더 먹고 싶다.

아버지에게 혼이 난 다음 날이면 어머니는 "잘 먹어야 된다"고 하시며 내가 좋아하는 시래기 된장국을 끓여주셨다. 시래기가 잔뜩 들어간 된장국은 몸을 따뜻하게 데워주는 다정한 음식이었다. 어머니가 끓인 된장국에 얼마나 많은 용기를 얻었던가.

주머니 속을 뒤져 복주머니가 있는 것을 확인했다.

복주머니는 운수대통을 바라는 주머니다. 어머니가 손수 만드신 걸로, 벼슬이 멋진 수탉을 수놓은 것이었다. 나는 수탉, 여동생은 모란,

그런 식으로 어머니는 아이들마다 하나씩 정해서 자수를 놓아주셨다.

"수탉은 영리하고 인내심도 강하다. 그러니까 상주 너한테 딱이다. 수탉은 매일 새벽 같은 시간에 울어. 그래서 신뢰라는 의미도 있단다. 또 그 날카로운 발톱으로 싸워서 이기는 용기와 강인함까지 있지. 수탉처럼 영리하고, 인내심이 강하고, 신뢰받는 강인한 남자가 되거라."

어머니는 그렇게 말씀하시며 복주머니에 바늘로 수를 놓으셨다.

주머니 속에 있는 복주머니에는 돈도 조금 들어 있었다.

아무도 없는 틈을 타 아버지 금고를 철사로 따서 지폐뭉치를 꺼냈다. 100엔짜리 지폐 한 장과 10엔짜리 지폐와 1엔짜리 지폐, 또 50전짜리 지폐가 섞여 있었다.

도둑질은 처음이었다. "네 이놈, 또 훔쳤냐?"며 기막혀 할 아버지를 생각하니 억울한 마음도 있었지만, 한편으로는 차라리 미움을 받는 편이 이 집에서 미련 없이 떠날 수 있을 것 같았다.

어머니, 미안합니다. 제가 정말로 돈을 훔치고 말았어요.

나는 우리 집 쪽을 보면서 복주머니를 손에 꼭 쥐었다.

어머니에게 마지막 인사를 하고 배에 오르고 싶었지만 이미 때가 늦었다.

어머니, 안녕히 계십시오. 그리고 고향이여, 잘 있거라.

가슴속으로 마지막 인사를 한 후 바다를 향해 달려갔다.

파도도 잔잔하고 항해는 순조로웠다.

출발할 때에는 그나마 흐릿하게 비추던 달빛도 어딘가로 사라져버렸다. 밀항하기에 더없이 좋은 칠흑 같은 밤이었다.

밀항선에 오른 사람은 나와 진하, 동인 이외에도 넷이나 더 있었다. 총 일곱 명이었다.

그중 한 사람은 마흔 살쯤으로 보이는 배를 운전하는 어부 박진철로, 그에게 100엔을 내면 일본 땅까지 데려다준다고 했다. 나머지 세 남자는 나보다 조금 나이가 많아 보였다.

여섯 명의 밀항자는 각자 자신의 짐을 끌어안고 배 바닥에 웅크리고 앉았다. 문은 단단히 닫혀 있었다. 보아하니 잡은 생선을 보관하는 장소 같았다. 코를 찌르는 생선 비린내에 환기도 전혀 되지 않아 숨을 쉴 수가 없었다. 깜깜한 데다 바닥이 젖어 있어 미끄러지기 십상이라 움직이는 것도 위험했다. 그렇다고 전원이 다리를 뻗고 누워 있을 만한 공간도 아니었다.

밀항자들은 좁고 갑갑한 곳에서 어깨를 바짝 붙이고 앉아 있었지만, 어느 누구 하나 좀처럼 입을 열지 않았다. 나는 불안감을 떨치지 못하고, 가방만 꼭 끌어안은 채 주머니 안에 넣은 어머니의 복주머니를 만지며 마음을 진정시키려고 애썼다. 일본은 어떤 곳일까? 일본인들 틈 속에서 살아갈 수 있을까?

중학교에 올라갔을 무렵, 우리 집이 소유한 건물에 일본인학교 교장 선생님이 살고 있었다. '스즈키 헤이타'라는 사람이었다. 그 선생님이 편의를 봐준 덕분에 나는 조선임임에도 불구하고 해방 전 1년 동안 일본인학교에 다닐 수 있었다. 우리 반에는 나 이외에도 조선인이 한 명 더 있었다. 우리 둘 다 따돌림을 당하지는 않았다. 그렇지만 일본 말만 쓰고, '구니모토 다다오[国本直男]'라는 일본 이름을 써야 한다는 것이 굴욕적이었다. 그래서 나는 일본인에게 지지 않으려고 누구보다도 열심히 공부하려 했지만, 그 시절에는 매일이 군사 교련이었다.

사범학교 입시추천서 때문에 내가 난동을 부렸을 때 스즈키 선생님은 내 얘기에도 귀를 기울이셨고, 나는 퇴학을 면할 수 있었다. 선생님은 아버지에게 내 입장을 설명하시며 내 편을 들어주셨다. 스즈키 선생님 같은 사람을 만난 것은 행운이었다.

해방 후 일본에 돌아가게 된 스즈키 선생님은 나를 불러 마지막 인사를 한 후, "앞으로는" 하며 내 눈을 똑바로 쳐다보셨다.

"너희가 새로운 조선을 만들어가야 한다. 훌륭한 사람이 되어 좋은 나라를 만들거라."

스즈키 선생님의 말씀은 내 마음을 뒤흔들었다. 나는 "예" 하며 고개를 끄덕였다.

"그러려면 지금보다 더 열심히 공부해야 한다."

내 손을 두 손으로 꼭 쥐었다.

스즈키 선생님의 크고 메마른 손의 감촉이 되살아났다. 이렇게 일본에 가게 되었으니 꼭 대학에 진학해 학업에 매진해서 조국을 위해 최선을 다할 수 있는 힘을 키울 것을 꿈꿨다.

잠시 후, 이 숨이 막힐 것 같은 공기를 바꿔볼 심산인지 한 사내가 초에 불을 붙이고 "자기소개라도 하자"고 했다.

"난 안철수다. 스물셋. 전쟁 때 징용 간 아버지를 따라 일가족 모두 일본으로 건너갔지. 근데 나만 빼고 공습으로 다 죽어버렸어. 해방 후엔 일본과 한국을 오가고 있지. 뭐 장돌뱅이지. 그래도 그냥 먹고살 만하다."

밀수입, 밀수출을 하고 있다는 것일까? 험악한 인상은 혹시 그런 장사를 하기 때문일까?

"고향인 삼천포엔 오랜만에 갔다 왔다. 작은아버지가 돌아가셔서 우리 할아버지, 할머니 형편이 말도 아니라 내가 용돈 좀 드리고 왔지."

"저는 김추상입니다. 고구연과 저는 스물입니다."

얼굴이 얄상하고 섬세한 인상의 청년이 입을 열었다. 물통을 비스듬히 메고 있었다.

"일본에 가면 대학교에 다니고 싶어요."

나와 뜻이 비슷한 김추상에게 괜한 친근감이 생겼다.

"이렇게 고생을 해서 일본에 가는데 꼭 부자가 되어야지. 나는 사업에 성공해서 잘 먹고 잘살 거다."

고구연이 밝은 목소리로 말했다.

망망대해로 노를 젓고 나아가는 보잘것없는 통통배라는 운명 공동체 안에서 서로 몸을 딱 붙이고 앉아, 아슬아슬한 불빛 아래 자기소개를 하고 나니 불안한 기분이 조금쯤 가벼워졌다. 그래도 상대방이 어떤 사람인지 모르기에 도망을 치는 중이라고 솔직하게 다 털어놓을 수는 없었다.

연장자부터 서로의 신변을 밝혔고, 곧 우리 차례가 되었다.

"저희들도 추상 형님, 구연 형님처럼 일본에 가서 뭔가를 해보려고……"

진하가 우리 셋을 대표해 얘기를 하는 도중, 배가 기우뚱거리기 시작했다. 촛불이 쓰러져 불이 꺼지고 곧 대화도 끊겼다.

6월은 바닷물결이 잔잔하다고 들었는데 파도가 휘몰아쳤다. 아무데나 좀 잡고 있고 싶은데 바닥이 어두운 데다 주변을 여기저기 더듬

어봐도 붙잡고 의지할 만한 곳이 없었다. 파도가 치는 대로 짐과 함께 몸도 절로 털썩털썩, 데굴데굴 뒹굴다가 벽과 짐, 또 배에 탄 사람들끼리도 부딪쳤다.

머리가 어질어질하고 누군가가 위를 쥐어짜듯 고통스러웠다.

우욱. 토할 것 같다고 생각한 순간 토사물이 쏟아져 나왔다. 나뿐만이 아니라 여기저기서 다들 구토에 시달렸다. 파도는 더욱 세게 휘몰아치고 배는 상하좌우로 끊임없이 흔들렸다. 이대로 가다가 뒤집어지는 것이 아닌지 걱정스러울 정도였다. 여기저기 부딪히고 나니 토사물 범벅이 되어 있었다. 상황이 어떤지도 모르겠고 속만 계속 울렁거렸다. 나는 수차례 토했는데 그러다 속이 다 비었는지 헛구역질만 나왔다.

파도가 잔잔해지기를.

기도하는 마음으로 가만히 기다렸는데 엔진음조차 들리지 않았다.

이대로 떠내려가다가 붙잡히는 게 아닐까?

불안한 마음으로 파도에 모든 것을 맡겼다. 어떻게든 타박상을 줄여보려고 몸을 최소한 작고 둥글게 웅크렸다.

"이런 건 아무것도 아니다. 이 정도론 안 죽으니까 걱정하지 마."

안철수의 말에 용기를 얻었다. 하지만 점점 의식이 몽롱해졌다.

누군가 몸을 흔들어 깨우기에 눈을 떴더니 진하의 얼굴이 보였다. 정신을 잃고 있었던 모양이다.

"상주야, 괜찮냐?"

진하가 겨우 안심한 표정을 지었다.

햇빛이 눈부셨다. 물간 뚜껑이 열리고 햇살이 들어오는 것을 보고 아침이 밝았다는 것을 알았다.

"파도가 멈췄구나."

"어어, 이제 괜찮아. 엔진도 다시 움직인다."

그 말을 듣고 보니, 그제야 엔진 소리가 똑똑히 들려왔다.

배의 바닥에는 앉아 있는 사람도 있고, 누워 있는 사람도 있었다. 동인은 눈을 뜬 채로 바닥에 몸을 던지고는 축 늘어져 있었다. 쉰내가 가득하고 사람도 짐도 모두 꾀죄죄했다.

그 후에도 배는 흔들렸다 멈추기를 여러 번 반복했다.

나는 주머니 안에 넣은 복주머니가 잘 있는지 옷 위를 만져 확인한 후, 어머니의 얼굴을 그리며 뱃멀미를 견디었다.

왜소한 체격의 어머니는 항상 우는 것 같았다. 잠 못 드는 내 등을 자상하게 쓰다듬어주시던 그 따뜻한 손길이 생각나 눈물이 터질 것 같았지만 꾹 눌러 참았다. 사나이는 눈물을 보이면 안 된다고 어릴 적부터 들으며 컸기 때문이다.

"지금쯤 대마도 근처를 지나고 있을 거다. 대마도만 지나면 육지까지는 이제 3분의 2는 온 거다."

저녁 녘, 박진철이 갑판에서 그렇게 고하는 것을 듣고 우리는 마음이 들떴다.

절대 붙잡히지 않고 잘 도망쳐 일본 땅에 도착할 수 있을 것이다. 혼자가 아니라 동지들이 있다.

마음속으로 되뇌며 스스로를 격려했다.

그러나 대마도 앞바다에 도착했을 무렵 다시 파도가 몰아치는지 배가 정신없이 흔들렸다.

"괜찮다, 괜찮다"고 반복하며 중얼거리고 있을 때 갑작스러운 타격에 몸이 붕 뜨는 것을 느꼈다.

귀청이 떨어질 것처럼 빽빽대는 굉음에 머릿속이 하얘졌다.

다음 순간, 내 몸은 차디찬 바다로 던져졌다.

나는 바닷속으로 점점 가라앉아 어느새 꽤 깊은 곳에 도달해 있었다.

숨을 쉴 수 없어 고통스러웠다.

물 위로 올라가보려고 안간힘을 썼지만, 바닷물은 차갑고, 무거웠다. 양 팔다리를 필사적으로 움직이며 허우적댔는데 왼쪽 다리에 지독한 통증이 느껴졌다.

양팔과 오른쪽 다리만으로 허우적댔더니 물 뒤로 조금 뜨는 것 같았는데, 옷이 자꾸 몸에 달라붙어 아무리 발버둥을 쳐도 해수면까지 도달할 수 없었다.

더 이상 숨을 멈추고 있을 수 없게 되었을 때, 간신히 해수면까지 상승해 얼굴을 들이밀고 해수를 뱉어냈다.

그런데 다시 파도가 몰려왔고 나는 또다시 바닷속으로 가라앉았다. 왼쪽 다리가 움직이지 않아 제대로 헤엄을 칠 수가 없었다. 또 한 번 바닷물을 듬뿍 마셨다.

숨쉬기가 힘든 정도가 아니라 코, 목, 폐가 모두 아파왔다. 왼쪽 다리 통증이 심해지면서 온몸이 통증 덩어리가 된 것 같았다. 안간힘을 다해 허우적대봐도 몸은 점점 바다 아래로 가라앉았다.

이대로 죽는 걸까. 이게 끝인 걸까. 죽기 싫다. 아니 꼭 살아남아야 해.

파도 사이로 간신히 얼굴을 내민 순간, 혼신의 힘을 다해 소리를 치려고 했는데 목소리가 나오지 않았다. 공포가 온몸을 휘감았다. 빳빳하게 굳은 몸이 점점 바닷속으로 빨려 들어갔다.

어머니, 어머니, 살려주세요.

정신이 희미해져가고 있을 때, 누군가가 내 왼팔을 잡아 끌어 올렸다.

"상주야, 임마! 정신 차려!"

나를 살려준 것은 동인이었다. 절박한 표정의 동인은 다른 사람처럼 보였다.

"꼭 붙들어."

눈앞에 보이는 약 1미터 평방의 나뭇조각은 부서진 배의 일부인 게 분명했다.

해수를 쿨럭쿨럭 뱉어내고 나뭇조각에 매달렸다.

내가 정신을 좀 차리자 동인은 내가 매달린 나뭇조각을 끌며 헤엄치기 시작했다. 대마도인 것 같은 섬이 눈앞에 보였다. 생각보다 가까웠다.

해안에 도착한 순간 그저 살아 있다는 사실에 마냥 감사했다. 동인이 살려주지 않았다면 목숨이 붙어 있을 리 없었다. 어선은 대마도 앞바다에서 암초에 부딪혀 완전히 부서져버렸다.

"동인아, 고맙다. 이 은혜는 평생 갚을게."

"서로 도와야지. 나한테 무슨 일이 생기면 그땐 네가 도와줘."

동인은 그 준수한 얼굴에 미소를 가득 담고, 혼자 잘 걷지도 못하는 나를 부축해주었다.

나는 흠뻑 젖은 바지 주머니에 손을 넣었다. 짐도 물도 식량도 모두 바다로 떠내려갔지만 복주머니는 무사했다. 복주머니를 꺼내 가슴에 대자 어머니의 슬픈 얼굴이 선명하게 떠올랐다

안철수, 고구연, 진하 모두 자기 힘으로 헤엄쳐서 대마도에 상륙해 있었다. 그런데 배를 몰던 박진철과 김추상의 모습이 눈에 뜨이지 않았다.

우리 다섯은 주민들의 눈을 피해 숲으로 들어가 아침이 오기만을 기다렸다. 젖은 옷을 벗어 한동안 나뭇가지에 걸어 말렸다.

밤바람이 찼다. 발가벗고 있어서인지 이가 덜덜 떨렸다.

"서로 끌어안고 있거라."

안철수의 말에 진하와 동인과 나는 서로 끌어안고 체온을 유지하려 했다. 안철수와 고구연은 등을 맞대고 서로의 몸을 비비댔다. 그럼에도 해가 뜰 때까지 우리는 내내 덜덜 떨며 밤을 지새웠다.

아침이 밝았다. 김추상의 시신이 해안에 떠올라 있었다. 퉁퉁 불은 시신은 처참하게 변해 있었다. 옷차림과 비스듬히 건 물통으로 그가 김추상임을 간신히 알아볼 수 있었다.

고구연과 함께 바다로 달려가 김추상의 시신을 끌어안고 흐느꼈다. 일본에 가면 대학에 다니고 싶다고 했는데……. 김추상은 그 꿈을 이루지 못한 채 바다에서 목숨을 잃었다. 나도 진하도 동인도 할 말을 잃고, 그저 묵묵히 서 있었다. 자칫하면 자신이 당했을지도 모를 일이었다.

나는 김추상의 시신을 보며 그의 말을 유언으로 삼아 꼭 대학에 가겠다고 맹세했다.

안철수가 시신은 감춰두는 게 좋다기에 다리를 다친 나를 제외한

나머지 사람들이 나뭇가지를 주워 와 맨손으로 땅을 파서 숲속에 그를 묻었다. 고구연은 하염없이 눈물을 흘리고 있었다. 매장이 다 끝난 후에야 겨우 눈물이 멈춘 듯했다. 박진철의 행방에 대해서는 아무도 입도 벙긋하지 않았고, 찾아보자는 이도 없었다.

김추상의 유품이 된 물통을 안철수가 열어, 다 함께 마셨다. 목이 어찌나 말랐는지 삼킬 때 꿀꺽하는 소리가 사방에 울려퍼지는 것 같았다. 나는 그가 이렇게 우리를 살려준 것에 대해 감사했다. 다른 사람들도 김추상이 남겨준 귀한 물을 고맙게 받아 마시는 것 같았다.

"앞으로 어떻게 할 건지 입이라도 맞춰두자."

안철수가 입을 열자 벌거숭이 다섯 사내는 나무 그늘 아래 빙 둘러 앉았다. 따사로운 햇빛이 벌거벗은 몸을 감쌌다.

"경찰서에 가서 배가 난파되었다고 자수하자."

안철수는 뜻밖의 제안을 했다.

"형님, 무슨 소립니까? 잡혀서 수용소로 끌려가 강제송환 당할지도 몰라요."

고구연의 말에 모두 고개를 끄덕였다.

"그렇다고 사실대로 말하자는 건 아니다."

"그게 무슨 뜻이죠?"

고구연이 되물었다.

"일본에 살던 조선인들이 최근 대부분 한반도로 돌아가고 있다. 그러니까 우리들도 그 사람들 흉내를 내면 돼. 조선에서 온 것이 아니라 일본에서 조선으로 건너가려다가 대마도 앞바다에서 난파당했다고 하자는 거다."

"그러니까 조선으로 돌아가려는 사람으로 둔갑하자는 겁니까?"

진하가 묻자 안철수는 그렇다고 대답했다.

"조난자 행세를 하자는 거다. 굳이 조선으로 돌아가겠다는 조선인을 각별히 조사하진 않을 거야. 금세 풀려날 거다."

"정말 그렇게 순순히 풀어줄까요?"

진하가 고개를 갸우뚱했다.

"그냥 이대로 숨어서 내지까지 도망가면 거기서부터 자유롭게 움직일 수 있잖아요."

나도 끼어들었다.

"배가 없어서 일본까지 갈 수단도 없고, 헤엄쳐서 갈 만한 거리도 아니다. 네놈은 몸도 성치 않은데, 괜히 무리하다가 목숨이라도 잃으면 여기까지 도망친 의미가 없잖냐. 게다가 도망을 친다 해봤자 여긴 섬이라 금세 발각될 거야. 몸을 숨길 곳도 거의 없어. 연락선을 타려고 한들 항구엔 경찰들이 쫙 깔렸다. 결국 잡히게 될 거야."

안철수의 말은 일리가 있었다. 진하와 동인을 번갈아 봤다. 그들도 그 방법밖에 없겠다는 듯 나와 눈을 맞추고 고개를 끄떡였다.

"죽이 되든 밥이 되든 철수 형님 계획에 한번 걸어봅시다. 잡히는 것보다야 자수하는 편이 낫지."

동인이 침착하게 말하자, "그래. 그래" 하며 고구연이 줄곧 고개를 끄덕였다.

"내게 맡겨주면 알아서 할게. 자수하는 게 싫은 놈은 여기서 헤어지자."

안철수의 말에 반대해 자리를 뜨는 사람은 아무도 없었다.

나는 경찰서에 가는 것이 두려웠지만 지금은 그게 최선이란 생각이 들었다. 산전수전 겪을 만큼 겪어본 사람 같은 안철수의 말에는 설득력이 있었고, 그는 믿음직스럽게 보였다.

"어서 옷 입고 경찰서로 가자."

안철수가 엉덩이를 떼자, 고구연이 따라 일어섰다. 진하와 동인은 양쪽에서 나를 부축해 일으켜 세웠다.

우리는 조난자로 위장해 자수했다. 안철수가 말한 것처럼 유별난 취조를 받는 일도 없었다. 이름도 가짜 이름을 대충 지어 말했는데 일일이 조회도 하지 않아 시시할 정도였다. 우리는 하카타[6]로 이송된 다음 날 석방되었다.

드디어 일본까지 도망을 왔다고, 목숨을 부지하게 되었다고 가슴을 쓸어내렸다.

비록 자유의 몸이 되었건만, 일본에 아는 사람도 하나 없는 나와 진하, 동인은 어찌해야 좋을지 막막했다. 짐도 다 떠내려가버리고 주머니에 든 몇 푼과 몸뚱이 하나가 다였다. 게다가 도망치는 일에만 정신이 팔려, 도망친 후의 계획은 세우지도 않았다.

여기까지 동고동락했으나 친척이 사는 교토로 가겠다는 고구연과는 거기서 헤어졌다.

우리는 먹고살기 위해 일을 해야 했지만, 어디서 무엇을 하면 좋을지 예상조차 할 수 없었다. 아직 고작 열여섯이었다. 더구나 다리를 다

6　규슈 북부 후쿠오카에 있는 항구 마을이다. 하카타항은 1899년에 개항한 이래, 동아시아의 다양한 항구와 이어지는 해양의 거점이었으며, 조선통신사 또한 하카타항을 통해 일본에 입항했다.

친 나는 직장을 구하러 돌아다닐 만한 처지도 아니었다. 일자리는 고사하고 오늘 밤 당장 몸을 누일 곳도 없었다.

전쟁이 끝난 후 2년이 지난 하카타항은 외지[7]에서 돌아온 사람, 내지[8]에서 돌아온 사람, 귀환병사 등으로 번잡스러웠다.

귀환병의 모습을 보자 계향이 떠올랐다.

내가 아직 학교에 들어가기 전이었다. 우리 집에서 식모로 일하던 열여섯 살 계향이 트럭 짐칸에 실려 끌려갔다. 나는 계향을 몹시 좋아했다. 잠 못 드는 밤마다 계향이 나를 업고 자장가를 불러줬다. 자식들이 차례로 태어나면서 나만 돌볼 수 없었던 어머니를 대신해 계향이 나를 보살폈다. 배앓이가 잦은 나에게 복대를 만들어주고, 대주 형님한테 혼이 난 날에는 눈물을 글썽이는 나를 위해 무릎을 빌려주었다. 사탕을 주고 달래주었다.

"계향이 누나, 가지 마."

나는 트럭 뒤를 열심히 쫓아갔다.

"상주야!"

계향은 엉엉 울면서 트럭 짐칸에서 빠져나오려고 했지만 옆에 있던 남자가 그녀의 손을 잡아끌어 억지로 앉혔다. 멀어져가는 트럭 운전석에 일본 군인이 앉아 있던 사실을 나는 잊을 수가 없었다.

한반도에서 그들은 항상 군복을 깔끔하게 다려 입고 등을 곧게 펴고 구둣발 소리를 내며 걸었다. 일본 군인이란 우리들로부터 소중한 것을 빼앗아 가는 존재였다.

---

7 조선, 중국, 대만 등 일본에 편입된 나라 및 지역들.
8 일본 본토를 일컫는다.

그러나 하카타에서 본 귀환병은 구깃구깃 주름진 더러운 군복을 입고 있었다. 공허한 눈으로 멍하니 앉아 있거나, 지금의 나처럼 다리를 절거나, 팔이 없는 사람도 있었다. 때가 낀 안대를 하고 꾀죄죄한 모습으로 얼쩡대다가 지나가던 사람과 부딪혀 멱살을 잡힌 귀환병도 봤다.

전쟁으로 상처를 입은 것은 우리 조국만이 아니었다. 일본도 깊은 상처를 입고 있었다. 조선을 위에서 짓누르고 지독한 고통을 주던 일본군의 모습은 더 이상 찾아볼 수 없었다. 전쟁에서 패한다는 것은 모든 것이 뒤집어진다는 의미다.

하카타 거리에는 공습의 흔적이 생생했다.

건물의 대부분이 불타버려, 도시 전체가 새까맸다. 시야가 탁 트여 바다 저편까지 내다볼 수 있었다. 가까스로 공습을 피해 홀로 남은 큰 건물이 주변을 더 휑하게 보이게 했다. 불에 타 재가 되어버린 곳에 텐트와 함석으로 대충 지은 집들이 줄을 이었고, 거기 사는 사람들이 밥을 지으려고 지핀 불에서 연기가 솟아오르는 것이 보였다.

그 옆을 미군 지프가 으스대며 달리고 그 뒤를 아이들이 바싹 좇았다. 구멍 난 옷에 맨발인 아이들도 있었다. 어른들의 옷차림도 대부분 남루했다. 일본인학교 동급생과 그 가족들의 깔끔한 옷차림과 비교하면 천지 차이가 나 깜짝 놀랐다.

고향에서는 모습을 드러내지 않고 넘실넘실 밀려오는 것 같던 미군이, 여기서는 살아 숨 쉬는 병사로 눈앞에 서 있었다. 일본이 미군의 점령지가 되었다는 사실을 피부로 느낄 수 있었다. 어른들은 그 미군한테서 담배를 받아 피우고, 아이들은 껌이나 초콜릿을 던져주는 그들

주변을 맴돌았다.

나는 이상하게도 미군이 무섭지 않았다. 항상 웃는 그들의 밝은 모습은 한반도를 항쟁의 피바다로 몰아넣은 범인과는 동떨어진 모습이었다.

나는 전쟁이 끝난 땅을 처음 보았는데, 전쟁으로 모든 것이 파괴되고 폐허가 된 모습에 큰 충격을 받았다. 동시에 뜻밖에도 일본인이 미군을 원망하지 않고 순종적으로 행동하는 것을 쉽게 이해할 수 없었다. 도시를 불태워버린 장본인과 팔짱을 끼고 걷는 화장이 짙은 일본인 여성도 있었다. 그녀들은 교태를 부리며 우리 앞을 지나가곤 했다.

저 사람들은 굴욕을 느끼지 않는 것일까?

나는 당혹스러웠지만, 하카타의 일본인들은 그저 바삐 오갈 뿐이었다.

새로운 건물이 잇따라 세워지는 중이었다. 여기저기에서 망치와 톱 소리가 울려 나왔다. 노면 전차에는 넘치도록 많은 사람들이 타고 있었고, 나는 그 사람들의 열기에 압도되었다.

태어나서 지금까지 경상남도 해변 마을을 떠나본 적이 없었던 나에게, 하카타는 너무나 혼란스러운 장소였다. 내가 과연 이런 곳에서 살아갈 수 있을지 불안만 커져갔다.

진하와 동인도 자신이 없는지 내내 말수가 적었다. 무엇보다 아무것도 먹지 못해서 배가 고프고 기력도 나지 않았다.

"먼저 밥이나 먹자. 따라와."

당장이라도 쓰러질 것 같은 우리들을 보다 못한 안철수가 도깨비 시장으로 데려갔다. 불탄 자리에 판잣집과 포장마차가 빽빽이 들어선 도깨비시장도 사람들로 복작댔다.

좁은 골목에 가게들이 몰려 있었다. 미군부대 방출품을 파는 노점상에는 물건이 가득했다. 손님들은 통조림, 식료품, 의료품 등을 서로 밀고 당기며 앞다투어 사 가려고 했다. 말다툼과 소소한 분쟁이 끊이질 않아 매우 소란스러웠다. 그 밖에도 쌀을 파는 가게, 밀가루를 취급하는 가게도 있었다. 음식점도 많았다. 우동 가게와 찐빵을 쭉 늘어놓고 파는 가게가 눈앞에 나타나자, 공복이 더 심해졌다. 우엉을 튀기는 가게 앞을 지날 때는 그 고소한 냄새 때문에 뱃속에서 꼬르륵 소리가 났다.

안철수는 도깨비시장에도 아는 사람이 있는지 재일 동포가 하는 작은 포장마차로 우리를 데려가 밥을 사주었다. 어머니와 비슷한 나이로 보이는 몸뻬를 입은 아주머니가 혼자 가게를 꾸리고 있었다.

"아이고, 잘 왔네, 잘 왔어."

아주머니가 작은 목소리로 말했다.

"여기선 조선말은 작은 소리로 해야 돼. 근데 자네들, 우리 아들보다 어려 보이는데 배 타고 여기까지 왔나?"

아주머니의 조선말을 들으니 지금까지 나를 옥죄던 팽팽한 긴장감이 탁 풀어지는 것 같았다. 사투리도 우리 고향과 비슷했다.

"청년은 다리를 다쳤구만. 큰일이네. 에고, 불쌍해라."

내 팔을 잡고 그래도 살아 있어 얼마나 다행이냐고 했다.

"자, 많이들 먹게."

아주머니는 고구마[9]가 든 된장국을 가져오셨다.

---

9 제2차 세계대전 당시 정세 악화로 인해 일본 국내에서는 식량부족이 심각한 문제로 주목

뜨거운 된장국을 마시니 그제야 살아난 기분이 들었다. 멸치 다시가 어머니가 해주신 맛과 비슷했다. 된장국을 먹고 나니 긴장이 풀려 눈가에 눈물이 맺혀 서둘러 소매로 닦았다. 다들 먹는 데 정신이 팔려 내 눈물을 눈치채지 못한 것 같아 다행이었다.

우리 셋은 한마디도 하지 않고 허겁지겁 국물까지 남김없이 들이켰다.

"아이고, 안 됐네. 안 됐어. 배가 많이 고팠나 보네. 더 먹게. 추가 요금은 안 받을 테니까 한술 더 뜨게."

아주머니는 된장국을 한 그릇씩 더 가져오셨다.

안철수는 자기는 됐다며 숨도 안 쉬고 된장국을 들이켜는 우리를 보며 미소 지었다. 그는 멸치를 안주로 막걸리를 맛깔스럽게 마셨다.

된장국을 먹다 보니 여기서 어떻게든 버텨보자는 생각이 불끈 솟았다. 어머니가 "잘 먹어야 한다"고 하시던 기억이 되살아나, 나는 두 번째 된장국까지 남김없이 꿀꺽 들이켰다.

"이제 좀 든든하겠구나. 네놈들은 여기서 기다려라. 나는 볼일이 좀 있어. 금세 올 거다."

그렇게 말하고 안철수는 어디론가 사라졌다.

"그래, 어디서 온 거야?"

아주머니가 물었다.

"경상남도 삼천포라는 곳입니다."

을 받았으며, 1943년 이후 고구마는 식량부족을 해결하기 위한 주요 농작물로 각광을 받기 시작했다. 패전 후에도 식량부족으로 고구마가 대량생산되어, 가난한 집에서는 주로 고구마를 주식으로 먹을 정도였다. 고구마를 넣고 지은 밥, 고구마 된장국은 흔하게 먹는 음식이었다.

진하가 대답하자 아주머니는 또 "아이고"라고 했다.

"수고가 많았군. 나도 경상남도 출신이라네. 진주 쪽이야."

"진주라고요? 저희 고향과 가깝습니다."

내가 대답하자 아주머니는 "그렇지" 하며 쓸쓸한 표정을 지었다.

"해방 후 고향으로 돌아갔는데 먹고살 방도가 없었지. 작년에 다시 여기로 돌아왔어."

아주머니는 "거기선 다들 어떻게 지내나?" 하고 물었다.

"쉽지 않습니다. 여기저기서 폭동이 일어나고 있어요. 난장판입니다."

"아이고, 우리 조선 사람들은 참 불행한 운명을 타고났어."

아주머니는 고개를 크게 젓고는 "아이고"만 되풀이했다.

"자네들 부모님은 건강하신가?"

"조선에 계십니다."

나는 어머니의 얼굴을 떠올리며 대답했다.

"우리 아들 놈은 특공대로 뽑혀 나가 죽어버렸어. 두 번 다시 만날 수 없지. 저마다 사정이 있겠지만 자네들은 부모님이 살아 계실 때 꼭 돌아가야 하는 거 잊지 말게."

과연 돌아갈 수 있을까. 나는 주머니에 손을 넣고 복주머니의 자수를 한 올, 한 올 따라 만졌다.

아주머니는 가슴팍에서 아들 사진을 꺼내 보여주셨다. 군복을 입은 열여덟 살 청년이 양복을 입은 아버지와 기모노를 입은 어머니와 나란히 서 있는 사진이었다. 길고 작은 눈이 아주머니를 쏙 빼닮았다.

나는 아무리 봐도 일본인으로밖에 보이지 않는 가족사진을 보며 일본에 살던 조선인들에게는 우리와는 전혀 다른 아픔이 있었으리라 짐작했다.

착한 성격이었다는 아주머니 아들에 대한 얘기를 듣고 있을 때 안철수가 돌아왔다.

"자, 이거, 너희들 몫이다. 이게 있어야 안심할 수 있다. 앞으로 여기서 살 수 있어."

안철수는 나와 진하, 동인에게 책자를 하나씩 건넸다.

"이게 뭡니까?"

진하가 책자를 들춰보며 물었다.

"미곡통장이라는 쌀 배급 통장이다. 신분증명서지."

"근데 제 이름이 아닙니다."

동인이 말하자 "그건 맞다" 하고 안철수가 얼굴을 가까이 가져다 댔다.

"유령수첩이지. 도깨비시장에서 사 온 거야. 여기는 돈만 있으면 신분도 살 수 있는 곳이다. 밀항을 했으니 본명으로 살아갈 생각은 하지 말게."

"그렇습니까? 근데, 저, 이거 얼마나 합니까?"

주머니에서 돈을 꺼내려고 하자 안철수가 내 팔을 낚아채며 "됐다"고 했다.

"네놈들 돈 얼마 없는 거 나도 알고 있다. 그러니까 됐고. 우린 같은 고향 출신이다. 그것도 구사일생으로 살아난 사이니까 돕는 게 당연한 거야."

"정말로 고맙습니다. 덕분에 목숨을 건졌어요."

56

미곡통장을 쥔 손에 힘이 잔뜩 들어갔다.

"이 은혜 잊지 않겠습니다."

진하가 눈물을 흘렸다.

"돈은 꼭 갚겠습니다."

우리 셋은 감사하다고 연신 머리를 조아렸다.

"돈은 괜찮다니까."

안철수는 그렇게 말하고, 아주머니에게 또 막걸리를 시켰다.

안철수에게 받은 미곡통장에는 전혀 모르는 이름과 생년월일이 찍혀 있었다. 진하는 박영옥朴永玉, 쇼와 3년(1928년) 2월 3일생. 동인은 김태룡金太竜, 쇼와 2년(1927년) 5월 27일생. 나, 이상주의 미곡통장에는 문덕윤文德允, 다이쇼 15년(1926년) 9월 10일생이라고 적혀 있었다.

오늘부터 나는 문덕윤으로 살아가게 되는 것이다. 내 원래 나이보다 다섯 살이나 많았다. 나는 통장을 뚫어져라 쳐다보며 새 이름과 생년월일을 머릿속에 새겼다.

제2장

1

    아버지의 죽음에도 꿈쩍 않던 오빠가 아버지 방에 홀로 남은 것은 아버지에 대한 그리움 때문이라도 믿고 싶었다.

    아파트를 빠져나온 리에는 아버지가 빌린 DVD를 반납하러 쓰타야로 향했다. 그런데 쓰타야 앞에서 발이 떨어지지 않았다. 지금 이 DVD를 돌려주면 아버지의 일상이 영영 사라질 것만 같았다.

    어머니가 돌아가셨을 때에는 아버지가 어머니의 물건을 직접 처리하셨다. 사십구일재를 맞이하기 전에 부부가 세트로 쓰던 밥그릇을 비롯해 식기를 모두 버리셨다. 어머니의 방에서는 침대 등 가구가 사라지고 옷장에는 어머니의 옷이 거의 남아 있지 않았다. 어머니의 자취가 사라진 텅 빈 집안을 보고 리에는 충격을 금치 못했다.

    "아버지, 엄마 유품, 저는 보지도 못했는데, 참 박정도 하셔라."

    리에가 잔소리를 하자, 아버지는 "나도 힘들다. 네 엄마 물건이 있으면……" 하고 들릴 듯 말 듯한 소리로 대꾸하곤 고개를 떨궜다.

DVD 반납 기간이 내일 아침까지여서 리에는 그냥 집으로 가져가기로 했다.

리에의 집은 아버지가 사는 아파트에서 두 정거장 떨어진 곳에 있다. 해가 기울기 시작한 하늘을 올려다보자 또렷한 달이 리에를 내려다보고 있었다.

"달이란 건 태양이 되고 싶었는지 모르겠다."

어머니의 납골을 끝냈을 때 초저녁 하늘에 떠오른 달을 보고 아버지가 나지막한 목소리로 말했다.

"저 달이 꼭 나 같구나. 네 엄마한테는 태양을 보여주고 싶었는데."

그 말은 어떤 의미였을까?

리에는 달빛을 따라가듯 집으로 향했다.

"엄마 왔어" 하고 현관문을 열자 딸아이 하나가 뛰어나와 리에의 허리춤을 안았다. 하나는 고별식에서 입고 있던 남색 원피스를 입고 있었다. 화장터로 데려가지 않고 하나를 먼저 집으로 보냈다.

아이를 돌봐주는 우에다 씨가 미안한 표정을 지었다.

"하나가 피곤한지 오자마자 잤어요. 지금 막 일어났고요. 그래서 옷도 못 갈아입혔는데……."

좋아하던 할아버지의 죽음을 이해할 수 없었는지 하나는 지난 며칠간 떼를 쓰고 울다가 멍하니 넋 놓고 앉아 있기를 되풀이했다. 잠이 안 오는지 리에의 침대로 찾아와 가슴에 얼굴을 묻기도 했다.

"미안해, 하나야. 두고 갔다 와서."

"엄마, 오늘은 이제 아무 데도 안 갈 거지?"

"응."

리에의 대답을 듣고 안심했는지 하나는 꼭 안고 있던 팔을 서서히 풀었다. 리에는 하나와 같은 눈높이가 되도록 무릎을 꿇었다.

"그럼, 엄마가 이제는 우리 하나랑 계속 같이 있어야지."

"진짜?"

기분이 금세 좋아진다.

우에다 씨가 가고, 하나의 옷을 갈아입혔다. 리에는 침실에서 상복을 벗으며, 자기도 모르는 사이에 한숨을 내쉬었다.

"엄마, 이거 할아버지 건데. 왜 우리 집에 있어?"

하나가 DVD를 손에 들고 침실로 들어왔다. 아버지에게 하나를 맡긴 적이 있었는데, 그때 보았는지 하나는 그 DVD가 할아버지 것이라는 걸 알아보았다.

"어, 쓰타야에 가져다주려고 할아버지 댁에서 챙겨왔어."

"돌려주면 안 돼, 엄마."

하나가 DVD를 끌어안으며 사뭇 엄숙하게 말했다.

"그래, 바로는 안 돌려줄게."

그렇게 미소를 짓자 하나도 안심했는지 "응" 하고 고개를 끄덕였다.

"이 드라마는 할아버지 조상님 이야기라던데."

"조상님? 하나야, 할아버지가 그런 말씀을 하셨어?"

"응. 할아버지 가족들의 아주아주 오래된 얘기라고 하셨어."

"어머, 그랬구나."

"엄마도 같이 보자."

하나와 나란히 텔레비전 앞에 앉았다. 귀에 익은 주제곡을 듣고 있으니, 마음이 심란했다. 지난주까지 아버지는 매일 똑같은 자리에 앉아 그 드라마를 보고 있었을 것이다. 소파에 앉아 드라마를 보며 눈물을 뚝뚝 떨어뜨렸을 아버지의 모습이 눈에 선했다.

리에가 기억하기에 아버지는 한국 드라마를 볼 때만 눈물을 흘리셨다. 텔레비전 화면에 비친 드라마를 가만히 보고 있으니 아버지의 생전 모습이 하나둘 떠올랐다. 문득 아버지가 바로 옆에 있는 것 같은 기분이 들었다.

5년 전에 돌아가신 어머니는 만년에 툭하면 아버지에 대한 불만을 털어놓았고, 그건 해가 갈수록 심해졌다.

"더 자상한 사람이랑 결혼할 걸 그랬어."

"아버지가 애정 表現이 좀 서툴긴 하지. 그래도 항상 맛있는 과일이랑 비싼 고기도 사 오시잖아."

"그건 자기가 먹고 싶어서 사 오는 거지."

"아닐걸. 엄마가 좋아하는 걸 주로 사 오시던데."

리에 역시 아버지가 지긋지긋하게 느껴질 때가 없지 않았지만, 아버지에 대한 어머니의 힐난조를 듣다 보면 괜히 아버지를 옹호하고 싶어졌다.

"나를 그렇게 끔찍이 생각한다면 왜 따뜻한 말 한마디를 못 하니? 집에서 유세만 떨지. 아버지는 1세라 나 같은 2세랑은 이것저것 다르니까 어쩔 수 없겠지만, 나는 사이 좋은 부부 보면 좀 부럽고 쓸쓸하더라. 너도 알 거 아냐? 너도 한국에서 건너온 사람이랑 결혼했잖아."

"음. 뭐, 그렇지."

어머니는 리에의 상처를 건드렸다는 사실을 자각하지 못한 것 같았다. 리에는 어머니에게 이혼한 진짜 원인을 설명하지 않고, 뉴커머와 재일 동포 사이의 성격 차이라고만 얘기했었다.

아버지와 어머니는 같은 취미가 있었던 것도 아니고, 함께 외출하는 일도 극히 드물었다. 어머니는 이것저것 배우러 다니시고 함께 자원봉사를 하는 친구들이며, 동급생, 그 밖에도 아는 사람이 많았지만, 아버지는 교우 관계가 좁았다.

리에는 어머니가 아버지에 대한 푸념을 늘어놓는 것은 어쩔 수 없는 일이라고 생각하면서도 그런 소리를 듣는 것이 몹시 언짢았다.

어머니가 돌아가시기 반년쯤 전이었다. 리에는 그동안 궁금했던 것을 솔직하게 물어봤다.

"엄마, 그렇게 안 맞는데 왜 결혼했어? 연애결혼 아니었어?"

"그땐 몰랐지. 그냥 돈도 안 밝히고, 정의감도 강한 사람이었으니까. 내 주위에 괜찮은 동포 남자가 워낙에 없었어. 내 주변 남자들이 다들 엉터리라 아버지가 그나마 괜찮아 보였던 거지."

어머니는 일손이 부족해 고민하던 한청(재일 한국청년동맹) 사무소의 부탁으로 그곳에서 일하다가 아버지를 만났다고 얘기해주었다.

"내가 꽃꽂이를 배웠거든. 그래서 사무소에도 자주 꽃을 가져가 꽂아놨지. 그런 여성스러운 모습에 첫눈에 반했다고 나중에 아버지가 불쑥 털어놓더라."

"어머나, 로맨틱하네."

"내가 보는 눈이 없었지. 결혼하고 원형 탈모증까지 생겼으니."

어머니는 그 시절엔 참 힘겨웠다고 말하며 얼굴을 잔뜩 찡그렸다.

결혼 초, 아버지에게 수입이 거의 없어서 결혼반지까지 전당포에 맡겼던 일, 오빠가 태어나도 아버지가 거의 집에 들어오지 않았던 일을 여전히 원망하고 있는 것 같았다. 어머니 말에 따르면 오빠는 젖먹이 시절부터 몸이 약해서 여간 손이 간 게 아니었다고 한다.

"그런데, 얘."

어머니는 숨을 한 번 쉬었다.

"너한테만 하는 얘긴데, 네 아버지한테는 다른 여자도 있었어. 나한테 너무하지?"

"설마……. 아버지한테 여자가 있었다고? 믿을 수가 없는데, 엄마."

리에는 피식 웃었지만 어머니는 내내 굳은 표정이었다.

"정말이야?"

리에가 묻자 어머니는 낮은 목소리로 그렇다고 대답했다.

"언제부턴데?"

"잘은 모르겠지만 너 태어나고 얼마 안 있다가. 아마 요즘도 만날 걸. 어디 가는지도 안 알려주고 외출을 할 때가 종종 있어. 요즘에는 오드코롱 같은 것도 뿌리고 다니던데, 다 늙어가지고. 자기 딴에도 영감 냄새 나는 게 싫은가 보지? 아주 꼴불견이라니까. 겉으론 점잖게 보여도 네 아버지도 남자는 남자야. 돈도 꽤 들인 것 같던데, 그 여자한테. 내가 정말 못 살겠다니까."

어머니는 "남 부끄럽게"라고 덧붙이며 묵혀두었던 이야기를 털어놓았다.

아버지가 아직 두 살짜리 하나한테 "할아버지 냄새나니?"라고 묻고는 "응, 냄새나"라는 대답을 듣고는 울적해하던 일이 떠올랐다.

"그런데 엄마는 왜 아버지한테 한 번도 안 물어봤어?"

"무서워서 못 물어봤어. 혹시 그 여자가 좋다고 이혼이라도 하자고 하면 나 혼자 너희를 어떻게 키우니? 그리고 그러다 너희까지 빼앗기면? 내가 너처럼 직장이 있는 것도 아니고, 아버지한테 얹혀사는 입장인데. 그리고 이제 와서 뭘 어쩌겠니. 어이가 없고 화도 나지만, 됐어, 괜찮다. 나도 내 친구들 실컷 만나고 신나게 살고 있으니까."

리에는 아무리 그래도 여든이 넘어 아직도 애인을 만난다니 말도 안 된다고 생각했다. 그렇게 오래 사귈 리가 없었다. 아니, 혹시 상대를 자주 바꾸는 걸까? 아닐 것 같다. 아무리 봐도 아버지는 여자들이 좋아할 만한 외모도 아니었고, 무뚝뚝하고 말투도 거칠고 배려심도 없었다.

리에는 결혼한 후에도 자주 어머니와 함께 쇼핑을 하고 커피를 마시고 식사를 하곤 했다. 이혼한 후에는 어린 하나를 키우면서 직장에 다녔기 때문에 항상 어머니의 도움을 받았다. 그래서 더욱, 아버지와 어머니 사이가 좋지 않은 것이 늘 신경이 쓰였다.

위암이 발견되었을 때에는 이미 어느 정도 단계가 진행된 상황이었다. 어머니는 순식간에 죽음을 맞이해야 했다. 어머니는 병실에서 마지막까지 아버지와 눈을 맞추려고 하지 않았다. 아버지가 어머니의 손을 잡으려 하자 그 손을 뿌리쳤다. 그 광경이 떠오를 때마다 리에는 가슴이 먹먹했다.

'만일 아버지가 다른 여자를 만난다면 그 여자는 누구일까?'

조문 온 미영의 젖은 눈동자가 머리를 스쳤다.

어느새 하나는 리에의 무릎을 베고 잠이 들었다.

어젯밤 하나는 새벽에 갑자기 일어나 자기 방으로 가더니 복주머니를 꼭 쥐고 돌아왔다.

벼슬이 있는 닭을 까만 실로 수놓은 복주머니는 하나가 다섯 살 생일에 아버지한테 선물로 받은 것으로, 아버지의 어머니, 즉 리에 할머니의 유품이었다.

아버지는 "한국 가족은 멀리 사니까 너희들은 안 만나도 된다"라며, 오빠와 리에, 어머니조차 자기 친척과 만나지 못하게 했다. 하지만 복주머니를 보면 한국에 할머니가 계셨다는 것을 느낄 수 있었다.

하얀 천으로 만든 복주머니는 몹시 오래되어 더러웠으며, 실이 끊어진 부분도 있어서 리에는 복주머니를 빨고 자수를 손봤다. 빨간 실로 테두리를 따라 수놓으니 닭의 얼굴이 귀여워지고, 입구에 달린 끈을 핑크색 리본으로 바꾸니 더 화려하게 변신했다. 하나는 리에가 수선한 복주머니가 맘에 들었는지 어디든 꼭 들고 다녔고, 아버지를 만날 때도 가져갔다.

"아니, 이게 뭔가 했네. 우리 하나가 잘 쓰고 있구나. 하나야, 고맙다."

아버지는 복주머니에 500엔짜리 동전을 넣어 하나에게 주셨다. 그 후로 하나는 할아버지 댁에 갈 때마다 돈을 달라는 듯 복주머니를 내놓았다.

"아버지, 하나한테 자꾸 돈 주고 그러지 마세요."

그러나 아버지는 내 말에는 신경 쓰지 않으셨다.

"우리 하나 주려고 할아비가 500엔짜리를 많이 모아놨지. 다음번에 오면 또 줄게."

아버지는 그렇게 말하며 사랑스럽다는 듯 하나의 머리를 쓰다듬었다.

하나를 보고 미소 짓는 아버지의 모습은 영락없는 할아버지였다. 평소에는 신경질적인 아버지가 하나한테는 애정을 듬뿍 주면서 귀여워하셨다. 한 살이 되기도 전에 부모가 이혼해서 아빠 얼굴도 모르는 하나에게 아버지가 대신 아빠 역할을 해주는 것 같아 리에는 늘 고맙게 생각했다.

하나의 머리를 가만히 쓰다듬으며 리에는 미영을 만나야겠다고 마음먹었다.

JR요코스카선 '즈시역'에서 내리기는 처음이었다.

9월 말, 즈시[10] 해안으로 해수욕을 가는 관광객은 거의 찾아볼 수 없었지만, 일요일이어서인지 역 앞은 의외로 북적거렸다. 아담한 건물이 줄을 선 조촐한 인상의 상점가는 갓 오픈한 세련된 가게와 그 옆에 자리 잡은 이름난 가게, 또 꽤나 오래된 가게들이 공존하는 향수를 자극하는 곳이었다.

좁은 보도를 지나 구글 맵을 펼치고 미영의 집으로 향했다.

리에는 고별식 날 밤에 미영에게 전화를 걸었다. 리에의 전화를 받은 미영은 딱히 놀라는 구석도 없어 보였다.

"한번 찾아뵙고 천천히 이야기를 나누고 싶은데……."

리에가 입을 열자, 미영은 바로 그러자고 대답했다.

"저도 리에 씨 아버지 일로 할 얘기가 있어요. 혹시 괜찮으시면 우

---

10 가나가와현 미우라 반도에 있는 작은 항구도시다. 도쿄 시나가와 역에서 '게힌 급행'을 타면 약 50분, 신주쿠에서 JR선으로 약 60여 분 거리다. 항구도시로 발전해왔으며, 최근에는 가마쿠라 등과 더불어 휴양지로도 인기를 끌고 있다.

리 집으로 한번 찾아오세요. 보여드릴 것도 좀 있고."

리에는 미영과 약속을 하고 오빠에겐 비밀로 하고 즈시로 찾아갔다. 오빠에게는 그녀가 아버지의 애인일지도 모른다는 얘기는 입도 벙끗하지 않았다. 원래 리에와 오빠는 별로 친한 사이도 아니었다. 아니, 오빠가 리에를 피하고 있었다. 리에는 한국인으로 살아가는 자신의 존재를 창피하게 여기는 것 같은 태도에 구역질이 났다.

혼자 찾아가기로 단단히 마음을 먹고 나섰는데 여기까지 오니 덜컥 겁이 났다.

미영의 집은 역에서 도보로 10분 거리라고 했다. 상점가에서 주택가로 들어가 미영이 알려준 즈시 카이세이 고등학교를 찾았다. 미영의 집은 바로 그 옆이었다.

리에는 다 그만두고 그냥 자기 집으로 돌아가고 싶은 마음이 들었다. 그래서 마음의 평온을 되찾고자 해안가를 걸었다. 약속 시각보다 일찍 도착했기 때문에 어느 정도 여유를 부릴 수 있었다.

134선 국도 고가도로 밑을 지나자 단번에 시야가 확 트였다. 바다가 눈앞에 펼쳐졌다. 긴장했던 리에는 자신도 모르게 숨을 내쉬었다. 바다 내음을 한껏 들이켜고 나니 마음이 좀 진정됐다.

미우라 반도 해안선 저편으로 에노섬이 보였다. 태양 빛을 받아 반짝반짝 빛나는 파도 사이로 윈드서핑용 돛이 줄지어 서 있고, 바다 저편에는 요트가 떠다니고 있었다. 도쿄에서 한 시간쯤 왔을 뿐인데 이렇게 아름다운 장소가 있다는 게 믿기지 않았다. 보트를 타거나 모래사장에서 노는 사람들이 많았는데도 바다는 마냥 조용하고 평온해 보였다.

밀려오는 잔잔한 파도 소리에 귀를 기울였다. 아버지가 돌아가신 후 잔뜩 긴장하고 있었는데 그제야 긴장이 조금 풀리는 것 같았다.

모래에 발이 쑥쑥 빠지는 것도 모르고 파도가 치는 곳까지 걸어가는데 하나 또래의 남자아이가 다가왔다. 조개껍데기를 몇 개 손에 들고 있었다.

"거기 밟지 마세요. 큰 게 있어요."

놀라서 바닥을 보니 조개껍데기가 떨어져 있었다. 태어난 지 얼마 되지 않은 아이의 주먹만 한 크기였다. 리에는 허리를 굽혀 조개를 주워 남자아이에게 건넸다.

"고맙습니다" 하고 예의 바르게 고개를 숙이고는 뛰어갔다. 리에는 남자아이의 뒷모습이 사라질 때까지 멍하니 바라봤다. 그때 문득 떠올랐다.

여기 온 적이 있었다.

까맣게 잊고 있던 기억이 떠올랐다. 리에가 지금의 하나 나이쯤 되었을까. 초등학교 2학년 때였다. 아버지가 운전하는 차를 타고 둘이서만 이곳에 왔었다. 왜 둘만 왔는지는 기억나지 않지만 그때 해안가에서 나이 차이가 좀 나는 언니와 같이 조개껍데기를 주웠다. 그리고 그 조개껍데기로 만든 표본을 여름방학 자유연구 숙제로 제출했던 것도 기억났다.

그 언니가 미영이었을까? 그렇다면 아버지는 왜 미영에게 자신을 데려온 걸까?

묵직한 돌덩이가 가슴을 짓누르는 느낌이 들면서 헤어진 남편의 얼굴이 오랜만에 떠올랐다. 바람피운 것을 인정하던 그때 그 얼굴 말이다.

"당신한테 미안한데 더 이상 내 자신을 못 속이겠어. 나는 당신 말고 그 여자를 사랑해."

남편은 무릎을 꿇고 빌면서 한국인 유학생이 임신했다는 이야기를 고백했다. 참을 수 없는 분노에 울부짖으며 집을 뛰쳐나온 기억이 떠올랐다.

리에는 밀려왔다 밀려가는 파도를 한동안 바라보며 마음을 진정시킨 후, 미영의 집으로 향했다.

미영의 집은 오래된 목조 단독주택으로 벽을 모르타르로 새로 발랐는지 건물에 흠이 없고 깔끔했다. 집 주변도 깨끗이 손질되어 있었고, 현관 앞 화단까지 세심하게 가꾼 흔적이 보였다. 화단에는 고운 백색 마가렛 꽃이 피어 있었고, 로즈마리와 라벤더 같은 허브도 심겨 있었다. 삶을 가꾸는 데 부지런한 견실한 생활자의 면모가 엿보였다.

'김'이라고 쓰인 문패 아래쪽에 있는 인터폰을 누르자 미영이 문을 열었다.

"들어오세요. 먼 길 오느라 수고했어요."

사람 속을 아는지 모르는지 너무나 해맑은 얼굴이 오히려 당혹스럽게 느껴졌지만 리에는 가볍게 묵례하고 현관으로 들어갔다. 집은 30평쯤 되었고, 1층에는 거실과 부엌이 있었다.

다다미 열다섯 장쯤 되는 거실은 부엌을 겸한 구조였다. 정리정돈이 어찌나 잘되어 있는지 전반적으로 산뜻했다. 소파에 앉자 맞은편 사이드보드 위에 놓인 작은 십자가와 조그마한 꽃병에 꽂힌 초롱꽃이

한눈에 들어왔다.

리에는 꽃 옆에 놓인 백발 여성의 사진을 발견하고, 눈을 떼지 못했다. 조금 거리가 있어 그 여성의 얼굴은 잘 보이지 않았다.

차를 들고 나타난 미영이 대각선 자리에 무릎을 꿇고 앉아 리에의 시선을 좇았다.

"우리 어머니예요. 지난 5월에 돌아가셨어요."

미영이 말했다.

"어머님이시군요."

아버지와 미영의 어머니가 어떤 사이였는지 묻고 싶었지만 입이 떨어지지 않았다.

미영은 큰 눈동자에 눈물을 머금고 미안하다며 머리를 숙였다.

"저는 정말 죄송하게 생각하고 있어요. 삼촌네 가족분들께 직접 사과하고 싶었어요."

리에는 이런 갑작스러운 전개에 뭐라고 대답하면 좋을지 몰라 가만히 있었다.

삼촌이라니? 삼촌이라면 아버지 형제의 자식인 걸까?

미영의 말을 있는 그래도 해석하면 미영은 친척이고, 사촌이 된다. 하지만 좀 친근한 아저씨를 삼촌이라고 부르기도 한다. 어느 쪽이든 아버지와 미영이 매우 가까운 사이였던 것은 분명했다.

"왜 갑자기 사과를 하세요?"

간신히 질문을 던지는데 리에의 목에서 쇳소리가 났다.

"어머니가 돌아가시고 첫 추석이라 차례를 지내려고 했어요. 근데 그날 삼촌이 오셨는데……."

미영은 볼을 타고 흐르는 눈물을 닦았다.

리에는 아버지가 미영의 어머니와 특별한 관계임을 확신했다. 그러자 하염없이 눈물을 흘리는 눈앞의 미영이 뻔뻔스럽게 느껴졌다.

"어머니 돌아가시고 맞이하는 첫 추석인데 삼촌도 오셨고 해서 제가 혼자 열심히 요리를 했어요…… 송편도 어깨너머로 배운 걸로 겨우 만들었는데…… 삼촌이 송편이 맛있다고 자꾸 그러셔서…… 제가 좀 싸드렸어요……. 그랬는데……."

미영은 목이 메는지 다시 죄송하다고 하고는 고개를 떨구고 오열했다.

그러니까 이 말은, 아버지가 미영이 만든 송편 때문에 돌아가셨단 말인가?

"설마……."

갑자기 눈물을 쏟기에 당혹스러웠는데 동시에 화가 치밀어 올랐다.

"아버지와 대체 무슨 사이였어요?"

갑자기 취조라도 하는 듯한 말투가 되었다.

고개를 든 미영은 잠시 기다리라며 자리에서 일어나 구석에 있는 선반의 서랍을 열고 사진을 몇 장 꺼내 왔다. 그러고는 그중 한 장을 리에에게 건넸다.

"이 사진은 아버지가 들고 다니시던 건데, 나중에는 어머니가 계속 지니고 계셔서 이렇게 낡아버렸어요."

세 남자가 어깨를 두르고 있는 흑백 사진이었다. 끄트머리가 닳고 닳아 당장이라도 찢어질 것 같았다. 아주 오래된 사진인지 여기저기 하얀 반점이 도드라져 보였다. 배경이 흐릿해서 어디서 찍었는지는 가늠할 수 없었다.

　남자들은 양복을 입고 있었는데 이제 20대 초반쯤 되었을까? 눈을 크게 뜨고 보니 가운데 키가 가장 작은 남자는 틀림없이 아버지였다.

　"여기가 저희 아버집니다."

　미영이 손으로 짚은 사람은 아버지 오른쪽에 서 있는 몹시 마르고 키가 큰 남자였다. 단정한 얼굴이 미영과 많이 닮았다.

　"그럼 이분은요?"

　그 사람만 흰 반점이 얼굴을 가리고 있어서 생김새를 알아볼 수 없었다.

　"강 씨 아저씨예요. 삼촌 상에도 조문을 가신 것 같은데 지금 한국에 사세요. 세 분은 동창인데 같이 일본으로 왔다고 합니다."

　"네?"

　목소리가 새어 나왔다. 아버지 관 앞에서 한국어로 울부짖던 그 어르신이었다.

　동창생이란 소리를 듣고 미영이 아버지를 삼촌이라고 부르는 것도 이해가 됐다. 그런데 그렇게 가까운 사이임에도 불구하고 아버지가 왜 가족들에게 미영 일가와의 관계를 숨겼는지 도저히 이해할 수 없었다. 떳떳한 사이라면 감출 이유가 없었을 것이다.

　"미영 씨 아버지와 저희 아버지가 생전에 자주 만나셨나요?"

　"아니요. 저희 아버지는 제가 초등학생 때 돌아가셨어요. 돌아가시기 전까지 늘 바빠서 집에도 잘 안 계셨기 때문에 아버지에 대한 기억은 별로 없어요. 대신 삼촌이 저희 집에 자주 놀러 오셔서 아버지 얘기를 해주셨어요."

아버지가 가끔 미영의 집에 놀러 갔다는 사실과 어머니가 "아버지한테 다른 여자가 있다", "요즘도 만날걸. 가끔 어디 가는지도 안 알려주고 외출할 때가 종종 있어"라고 했던 말이 드디어 하나로 연결되었다.

"여간 친한 관계가 아니었나 보네요. 저희 아버지랑 미영 씨 아버지랑."

"네, 삼촌이랑 아버진 일본에 와서도 계속 같이 지냈대요. 운동도 같이하면서 열심히 싸웠다고 했어요."

"운동? 아버지가 젊은 시절에 스포츠라도 했었나? 처음 듣는 얘기인데요. 운동은 골프밖에 안 치셨는데……. 무슨 종목인가요?"

미영은 표정을 누그러뜨리며 다른 사진을 한 장 더 보여주었다. 그 사진도 흑백이었는데 상태가 그나마 괜찮았다. 피사체의 얼굴이 또렷하게 보였다.

사진에는 낯익은 남자와 아버지와 그 친구들이 나란히 찍혀 있었다. 아까 본 사진보다 나이가 들어 보였다. 마흔 전후쯤일까? 어디선가 본 듯한 낯익은 남자도 그 정도쯤으로 보였다. 배경에 테이블이 보이는 걸로 보아 아마도 무슨 가게에서 찍은 사진 같았다.

이 남자가 누구였나 싶어 곰곰이 생각하고 있었는데, 미영이 "이 사람은" 하고 그 남자를 가리켰다.

"김대중 전 대통령이에요. 대통령이 되기 한참 전의 사진이죠."

"헉, 대통령?"

목소리가 이상하게 튀어나왔다. 그러고 보니 젊은 시절의 김대중 씨였다. 설마 그런 자리에 아버지가 있었다는 걸 상상도 안 해봐서 알아채지 못한 것이다.

"왜 대통령이랑 아버지가 같이 사진을 찍었죠?"

"우리 아버지, 삼촌, 강 씨 아저씨는 반정부운동이랄까? 민주화 운동을 하면서 김대중 대통령을 지원했어요. 우리 어머니도 같이 민주화 운동에 참여했기 때문에 삼촌이랑 동지였어요."

"아버지가 그런 일을 하셨다는 걸 전혀 몰랐는데요."

"우리 아버지가 돌아가신 후 삼촌도 운동을 그만두셨죠. 40년도 더 전의 일이에요. 한국이 아직 독재정권일 때 운동을 그만뒀기 때문에 양심의 가책을 느낀다고 하셨어요. 그런 미련 때문에 가족에게 이야기하지 못하신 건지도 몰라요."

미영은 자기 아버지가 사망한 후, 무슨 일이 생길 때마다 리에의 아버지가 미영과 그녀의 어머니를 보살펴주셨다고 했다. 미영의 의대 학비가 부족했을 때도 아버지가 도움을 주셨다고 한다.

"미영 씨는 의사인가요?"

아버지가 "의사나 변호사가 돼야 한다"고 입버릇처럼 얘기하던 것이 떠올랐다.

"네, 삼촌이 제 은인이시죠. 국립대에 떨어지고 간신히 사립 의대에 합격했는데 등록금이 비싸서 포기할 생각이었어요. 그때 삼촌이 도움을 주셨습니다. 삼촌은 늘 자상하시고 저와 어머니의 버팀목이 되어 주셨어요. 오실 때마다 맛있는 고기, 과일도 듬뿍 사 오시고, 레스토랑에도 자주 데려가시고…… 삼촌이 계셔서 아버지가 없어도 우리 두 모녀가 어떻게든 살아올 수 있었죠."

미영은 도대체 지금 누구 얘기를 하고 있는 걸까? 감정 기복이 심한 아버지가 항상 자상하셨다고 하니 믿을 수가 없었다. 그렇다고 미영이 거짓말을 할 리도 없었다. 고기와 과일 부분은 아버지와 일치했다. 그리고 등록금을 대신 내줬다는 것도 "돈도 꽤 들인 것 같던데 그 여자한테"라고 한 어머니의 증언과 맞아떨어졌다.

가냘픈 울음소리가 들렸다. 새하얀 고양이 한 마리가 입구 근처에 놓인 화분 그늘에 숨어 얼굴만 내놓고 있었다.

"두부야, 이리 와."

미영이 이름을 불렀는데 고양이는 딴청을 부리다 방에서 나가버렸다.

"두부? 한국 이름을 붙이셨군요. 귀여운 이름이네요."

"삼촌이 붙여주셨어요. 하얗다고 두부라고. 두부를 여기 데려온 것도 삼촌이에요."

"아버지가요?"

"제가 싱글인 데다 형제도 없고 어머니도 돌아가신 후 세상에 딱 혼자 남겨진 것 같았던 날이었는데…… 너무 외롭고 정신적으로도 약해져 있었을 때, 삼촌이 고양이를 데리고 오셨어요. 두부가 삼촌을 얼마나 좋아했는지 몰라요."

미영의 이야기보따리 속 아버지의 모습은 리에가 아는 아버지와 딴판이었다.

리에가 어릴 적 강아지를 키우고 싶다고 했을 때 아버지가 안 된다고 했던 일이 떠올랐다.

"리에 씨, 이것도 좀 볼래요?"

미영이 보여준 또 한 장의 색이 바랜 컬러 사진은 고교생쯤 되어 보이는 소녀와 어린 여자아이, 머리가 새카만 아버지, 그리고 몹시 맵시가 곱고 지적인 분위기의 여성이 미우라 반도를 배경으로 즈시 해안에서 수영복을 입고 찍은 것이었다. 소녀는 아마 미영일 것이고, 어린 여자아이는 의심할 여지없이 리에였다. 넷은 매우 즐거워 보였다. 아버지가 드물게 만면에 웃음을 띠고 있었다.

"이거 리에 씨가 즈시에 왔을 때 같이 찍은 사진이에요. 해안에서 조개껍데기도 주웠는데……. 기억나요? 그때는 우리 어머니, 삼촌, 저, 리에 씨랑 넷이서 수박 깨기도 하고, 삼촌을 모래밭에 묻고, 신나게 놀았는데……."

미영은 정말 즐거웠다고 덧붙였다.

그랬다. 리에도 착한 언니가 놀아준 기억이 있다. 아버지는 그날 어느 때보다도 어깨에 힘이 잔뜩 들어가 있는 것처럼 보였다. 누군가 고무보트로 바다로 나가자고 했을 때 아버지가 절대로 안 된다고 빌리지 못하게 한 일도 떠올랐다. 모래사장에서 비치볼을 주워 와 주위가 어두워질 때까지 놀다가 밤에는 불꽃놀이도 했다.

기억이란 것은 하나의 선처럼 이어져 하나를 떠올리면 차례차례로 되살아나는 것인지도 모른다.

"제가 형제가 없어서 혼자라 늘 외로웠는데 그날은 동생이 생긴 것 같아서 기분이 참 좋았어요. 그리고 오늘도 또 이렇게 얘기하게 되어서 참 기쁘고요."

역시 그때 그 언니는 미영이었던 것이다.

사진 속 아버지는 행복이 넘치는 얼굴로 미영의 어머니 옆에 자리를 잡고 있었다. 미영은 계란형 얼굴인데 미영의 어머니는 얼굴이 더

갸름했다. 지적이고 당찬 분위기가 미영과도 겹치는데, 많이 닮은 것 같지는 않았다. 미영보다 관능적인 면이 있었다.

가슴이 바늘로 찌르듯이 아파와 사진에서 눈을 뗐다.

"저, 제가 볼일이 좀 있어서 일어나야겠어요."

"어, 벌써, 요? 조금만 더 있다가 가지."

더 이상 미영의 입에서 쏟아지는 아버지 얘기를 듣고 싶지 않았다.

리에는 미영이 붙잡는 것을 마다하고 그녀의 집을 나와 해변으로 향했다.

태양이 조금 낮은 곳에 걸려 있고 수면에 비치는 햇빛도 부드러웠다. 해변가에 우두커니 서서 바다를 여유롭게 오가는 요트를 넋 놓고 바라봤다. 그제야 조금 마음이 놓였다. 하지만 머릿속은 더 뒤죽박죽이 되어 있었다.

미영에게 좀 전에 들은 아버지의 생전 모습을 곧이곧대로 받아들일 수 없었다. 도저히 혼자서 다 감당할 수 있는 일이 아니었다. 리에는 스마트폰을 꺼내 오빠의 번호를 눌렀다.

2

나와 진하, 동인은 안철수와 함께 후쿠오카에 이별을 고했다.

안철수는 동경을 거점으로 일본 전국을 떠돌아다니며 일을 한다는데 인맥도 좀 있는 것 같았다. 동경이라면 일자리를 찾기가 쉽고, 가끔 서로 얼굴도 볼 수 있을 것 같다며 같이 동경에 가자고 권한 사람은 안철수였다.

태어나서 처음으로 타보는 기차에 흥분해 창밖 풍경을 보고 있었다. 사람들로 꽉 찬 무더운 기차 안에서 장시간 흔들리다 보니 어느새 정신이 몽롱해지고, 꾸벅꾸벅 졸기 시작했다.

소란스러운 소리에 눈이 번쩍 뜨였다.

바로 옆에 있던 남자가 "야, 임마. 너 조선 놈이지?" 하고 눈을 부라리며 나를 노려봤다. 낡고 후줄근한 국민복[11] 차림이었다. 영양 상태가 나쁜지 안색도 좋지 않았다.

"조선인이면 어쩔 건데?"

안철수가 굵고 위협적인 목소리로 대꾸하며 같이 눈을 부라렸다.

"폼 잡지 말라고, 새끼야. 여기는 일본이야, 일본어로 말해."

남자도 지지 않으려고 했지만, 목소리에 힘이 하나도 없었다.

안철수는 대뜸 남자의 멱살을 잡았다. 뼈만 남은 남자는 맥도 못 추고 끌려갔다. 승객들이 두 사람과 거리를 두려고 조금씩 물러섰다. 나도 갑작스러운 상황에 놀라 뒷걸음질을 쳤다. 인파로 가득한 혼잡한 기차 안에 부자연스럽게 텅 빈 공간이 생겼다.

"너야말로 폼 잡지 마, 이 자식아! 이제 전쟁도 끝나고 조선은 벌써 일본에서 해방되었다. 우습게 보지 마!"

"그래, 해방도 됐는데 왜 아직도 일본에 있냐? 그렇잖아도 먹고살 수가 없는데, 너 같은 놈들 때문에……. 조선인이면 빨리 돌아가, 씨발!"

소변을 지릴 것처럼 벌벌 떨면서도 남자는 물러서지 않고 침을 튀

---

11 일제 시절, 국민의 옷차림에서 사치를 방지하기 위해 진한 색으로 만든, 넥타이를 매지 않는 옷을 말한다. 5.16 군사정변 이후 한국 정부가 권한 작업복인 '재건복'도 국민복과 비슷한 유형이다.

기며 대꾸했다.

"시끄러워, 새꺄! 네가 뭔 상관이야!"

"눈에 기슬린다고! 너 같은 조선인 새끼들의 더러운 얼굴이."

남자는 안철수를 향해 "퉤" 하고 침을 뱉었다.

"이 새끼가!"

격양한 안철수가 남자의 얼굴을 때리기 시작하자 승객들이 술렁댔다. 가까이에 있던 여자아이가 울음보를 터뜨렸다.

남자는 쓰러진 자리에 웅크리고 앉아 있다가 금세 다시 일어났다.

"조선인 주제에 허세는……"

남자는 그렇게 중얼거리고는 휘청휘청 쓰러질 것 같은 발걸음으로 사람들을 헤치고 옆 차량으로 옮겨갔다. 어디서 다쳤는지 오른쪽 다리를 약간 절고 있었다.

남자의 입에서 나온 말들은 하나같이 끔찍했지만 나와 똑같이 다리가 불편한 남자가 한편으론 애처로웠다.

"야, 너희들!"

안철수가 조선어로 우리 셋을 불렀다. "앞으로는" 하며 목소리를 낮췄다.

"조선말은 쓰지 마. 오늘로 끝이다. 조선인인 게 탄로 나면 계속 귀찮은 일이 생길 거야. 일본은 전쟁에서 졌지만, 조선인에 대한 인식은 하나도 변한 게 없다. 반성 따위 할 리가 없지. 그러니까 조심해라. 아까처럼 시비 거는 놈이 또 있을지도 모르니까."

"알겠습니다."

진하가 고개를 끄덕이며 대답했다. 나도 동인도 말없이 고개만 끄덕였다.

"아까 그놈처럼 약한 겁쟁이만 있는 게 아니야. 경찰, 공무원, GHQ도 다들 우리를 귀찮은 애물단지로 여기고 눈엣가시로 보고 있다. 지금까지 억눌러왔으니 보복을 당할까 봐 두렵겠지. 어쨌든 너희들은 눈에 띄면 곤란해. 그러니까 언행에 항상 조심하도록 해라."

"네, 조심할게요."

일단 대답은 했지만 안철수의 의견에 내심 동의할 수 없었다. 진하도 동인도 수긍할 수 없다는 분위기였다.

드디어 식민지에서 해방되어 이제 자유롭게 우리말을 할 수 있게 되었는데…….

내 기분을 읽었는지 안철수는 "잘 들어라" 하며 한 명씩 눈을 맞추고 다시 한번 얘기했다.

"여기는 조선이 아니다. 일본이다. 사람들 대부분이 일본인이야. 오늘은 상대가 약해서 내가 어떻게 제압했지만 나는 늘 조선인이란 걸 감추고 있다. 불필요한 싸움을 하고 싶지 않아서지. 아까 그 자식의 볼이 푹 꺼진 얼굴을 생각해봐. 자기 처지 때문에 누군가에게 분풀이라도 하고 싶어 하던 그 얼굴을."

다리를 절면서 걸어가던 남자의 뒷모습이 떠올라 기분이 씁쓸했다.

"앞으로는 일본인들 틈에서 살아가야 한다. 그러니까 각자 이름을 부를 때도 일본식으로 바꿔 불러라. 박영옥이, 너는 박朴씨니까 기노시타[木下], 김태룡이, 너는 김金씨니까 가네다[金田], 끝으로 문덕윤, 너 문文씨니까 후미야마[文山]다.[12] 알겠느냐?"

---

12 동포들 중에는 일본식 이름으로 변경할 때, 자신의 원래 성의 한자를 함께 쓰는 경우가 많

조선인으로서 당당하게 살아가고 싶었는데 도망쳐 왔으니 그럴 수도 없었다. 거기 그대로 있었다면 목숨을 부지할 수 없었을 것이다. 그렇다고 해도 일제강점기 시절처럼 일본식 이름을 또다시 써야 한다는 사실을 쉽게 받아들일 수 없었다. 문덕윤文德允도 후미야마 도쿠노부[文山德允]도 어차피 가짜 이름인데, 일본식으로 부른다고 큰 차이가 있을까.

입술을 꼭 붙이고 고개를 살짝 끄덕이자 안철수는 "네놈들, 억울하지?"라고 했다.

"그래서 나는 일본인들을 속여서 돈을 벌어 복수를 할 거다. 지저분한 일이든 뭐든 다 할 거야. 보는 데서는 종처럼 원하는 대로 해주고 뒤돌아서 혓바닥을 슬쩍 내밀어주는 거지. 머리를 써야 돼. 돈보따리 들쳐 메고 고향에 돌아갈 때까지만 버티자. 그런 날이 곧 올 거다."

안철수는 "그럼, 이제 좀 자야겠다"며 철퍼덕 주저앉았다.

"저기."

진하가 일본어로 말했다. 안철수도 무슨 일이냐고 일본어로 물었다.

"그럼, 형님은 뭐라고 부르면 되나요?"

"야스카와."

짧게 대답한 안철수는 바로 눈을 감았다.

비 내리는 어두침침한 하늘 아래, 오사카에 도착하자 일단 기차에서 내려 안철수의 지인인 배 씨 일가가 사는 조선인 마을을 찾았다.

"볼일 좀 보고 와야겠다. 금방 갔다 올게."

왔다. 가네다. 후미야마 등이 그렇다. '박朴'의 경우 한자를 둘로 나누어 기노시타[木下]를 사용하는 경우가 많았다고 한다.

우리 셋을 두고 안철수는 동네 밖으로 나갔다. 우리에게는 배 씨네 집에 머물며 안철수의 귀가를 기다리라고 했다.

"여기서는 자유롭게 조선말을 써도 된다."

안철수는 그렇게 말했지만 우리는 모르는 사람들 사이에서 쭈뼛거리며 눈치만 봤다. 배 씨 부부는 제주도 출신으로 그들의 조선말을 세세한 뉘앙스까지 완벽하게 다 이해할 수는 없었다. 한편 우리는 경상남도 사투리가 심했기 때문에 서로 통하지 않는 부분도 많았을 것이다. 그럼에도 불구하고 동포라는 이유 하나로, 배 씨 부부는 우리를 챙겨주고 먼저 말도 걸어주었다.

피부가 검고 키가 작은 배 씨 부부의 자식들은 모두 나보다 어렸다. 어린 여자아이는 구멍 난 속옷 차림으로, 남자아이는 팬티 한 장만 입고 어슬렁거렸다. 배 씨 부부도 몇 년은 입은 것처럼 보이는 낡은 하얀 한복을 입고 있었다.

함석과 목조로 지은 판잣집으로 이루어진 동네 모습을 보고 처음에 나는 강한 충격을 받았다. 버린 물건들을 주워 와 만들었는지 금세 무너질 것 같은 집들 사이사이로 빗소리와 함께 아기 울음소리, 부부 싸움 소리가 들려왔다. 고향에서도 이런 조악한 판잣집들이 강가에 세워져 있었던 것이 떠올랐다.

한 집에 여덟에서 열 또는 더 많은 사람들이 살고 있었다. 계속해서 한반도에서 매일같이 사람들이 몰려들고 있다고 했다. 즉, 밀항자도 많다는 뜻이다. 배 씨네 집도 위로는 열셋부터 아래로는 젖먹이까지 아이가 다섯이나 되는 7인 가족으로, 단층집에 부엌과 방이 하나씩만 있어서 밤에는 몸을 웅크리고 한데 뒤섞여 자야 했다.

남을 재워줄 여건도 아닐 텐데 배 씨 부부는 "편히 지내다 가라"며 우리에게 잠자리를 양보해주었다.

"조선에서 배로 건너왔다지? 배가 엎어졌다고 들었는데, 고생했네."

아저씨가 체면 차리지 말고 앉으라고 재촉했다. 우리는 책상다리를 하고 앉았다.

"목숨만 간신히 부지했습니다."

진하가 난파당했을 때 있었던 일을 얘기했다.

"부모님과 떨어져 사는 건 아주 힘든 일인데. 정말 고생이 많네."

고구마를 들고 온 아주머니가 눈물을 흘렸다.

아주머니는 김치도 들고 오셨다. 어머니가 만든 김치처럼 깔끔한 맛이었다. 입에 넣은 순간, 고향이 떠올라 코끝이 찡했다.

3일째 되던 날, 빈대에 물렸는지 온몸이 참을 수 없이 가려웠다. 장마철, 끊임없이 내리는 비로 침수가 된 지역도 있었다. 오물, 신발, 채소, 죽은 쥐 등 모든 것들이 둥둥 떠다녔다. 동인과 진하의 얼굴을 봤다. 셋 다 차마 입이 떨어지지 않았다.

이 동네에 사는 조선인들의 생활에는 혀를 내두를 수밖에 없었다. 도저히 견딜 수 없을 것 같았다. 어서 빨리 이곳을 벗어나고 싶었다.

해가 지고 어두울 녘에 안철수가 돌아왔다.

"고기를 얻어 왔으니 같이 먹자."

양손에 가득 들고 온 짐을 아주머니에게 건넸다.

"아이고, 이렇게 고마울 수가."

배 씨 아저씨와 안철수가 집 앞 마당으로 깡통을 가져와 그 안에 불을 붙였다. 석쇠 위에 양념을 한 고기를 올려 숯불로 구웠다. 아이들은 젓가락을 물고 고기가 익기만을 기다리고 있었다.

고소한 냄새가 풍겼다. 아이들이 깡통 주변으로 점점 몰려들었다. 통이 큰 안철수는 아이들에게도 고기를 나눠주었다.

"너희들도 사양하지 말고 어서 먹어."

고기라고 하는데 실은 소 내장이었다. 깜짝 놀라 숨을 삼켰다. 희고 붉은 고깃덩어리가 노골적이었다.

나는 태어나서 지금까지 내장을 먹어본 적이 없었다. 고향이 바닷가 마을이라 반찬은 주로 생선이었다. 가끔 닭고기로 국을 끓여 먹기도 했지만 고기는 자주 먹는 음식이 아니었다. 머뭇거리는 사이 먼저 한 점 집어먹은 진하가 맛있다고 했다.

"응, 괜찮네. 맛있다."

동인도 고기를 씹으며 말했다.

어느 부위인지 모를 내장을 눈 딱 감고 입안에 넣었다. 쫄깃쫄깃한 식감에 매콤달콤한 양념이 식욕을 자극했다. 얼른 또 한 점을 입에 집어넣었다. 나는 고기가 익는 것을 지긋하게 기다리지 못하고, 석쇠 위로 손을 뻗어 정신없이 먹기 시작했다.

"요놈들, 곱창은 처음이구나. 조선인은 일본인이 안 먹는 걸 먹고라도 끈질기게 버텨야 한다."

안철수가 호기롭게 막걸리를 들이켰다.

그날 밤 나는 배가 심하게 아파 눈을 떴다.

비는 내리고, 집 밖에 있는 뒷간에 가려고 서둘렀는데 다리를 다쳐

뛸 수가 없었다. 때를 놓쳐 바지에 그만 똥이 묻어버렸다. 손에 똥이 묻는 것을 무릅쓰고 손가락으로 항문을 꾹 막고 겨우 뒷간까지 갔는데, 꽉 차 있던 분뇨가 홍수처럼 콸콸 터져 나왔다. 발끝까지 오물 범벅이 되었다. 이 기가 막히는 상황에 나는 비명을 질렀다.

설사는 반나절이나 계속되었고 구토와 발열로 인해 내내 누워서 지냈다. 나 때문에 방에서 악취가 풍겼다. 아주머니가 더러워진 옷을 깨끗이 빨아 방 안에 널어주셨는데 그 탓에 습기도 굉장했다.

배 씨 일가에게 미안하고 창피해서 쥐구멍이라도 있으면 들어가고 싶었다. 주머니에 있던 복주머니가 무사한 것이 그나마 다행이었다.

배 씨 일가와 더불어 진하와 동인도 갈 곳이 없어서 내가 잠든 동안 옆자리에 앉아 있었다. 아이들은 조선어를 배우는 동포 학교에 다니는 것 같았는데 폭우로 인해 벌써 며칠째 쉬고 있었다. 막내는 하루 종일 찡찡대며 떼를 썼다. 안철수는 내 약을 사러 갔다.

진하와 동인은 이따금씩 내 얼굴을 들여다보았다.

아주머니는 식중독인 것 같다며 설사에 대비해 천을 대주고, 대야를 옆에 준비해주셨고, 토하거나 급하게 설사를 할 때마다 뒤처리까지 해주셨다.

"정말 죄송합니다."

나는 아주머니에게 죄송하다는 말만 반복했다.

"괜찮으니까 푹 쉬거라."

아주머니는 내가 사과를 할 때마다 괜찮다며 어깨를 토닥여주셨다.

배 씨 일가의 형편이 궁색하기 짝이 없다고 생각한 것을 몹시 후회했다.

닷새쯤 지나자 체력도 회복되고, 음식을 먹을 수 있게 되었다. 배가 난파했을 때 다친 다리도 꽤 좋아진 상태였다. 우리들은 이 조선인 부락을 떠나 오사카에서 다시 기차를 타고 동경으로 가기로 했다.

출발하는 날, 오사카 상공에 오랜만에 태양이 얼굴을 드러냈다. 물이 채 빠지지 않은 질퍽질퍽한 길을 걸으며 배 씨 일가는 동네 끝까지 우리를 배웅해주었다.

"또 놀러 와."

막내를 등에 매단 아주머니는 내 손을 꼭 잡으셨다.

"몸조심해."

아저씨는 어깨를 두드려주셨다.

"정말 고맙습니다."

나는 여러 번 뒤돌아보고 손을 흔들면서 배 씨 일가를 절대로 잊지 않겠다고, 잊어서는 안 된다고 다짐했다.

기차 안에서 밤을 지새우고 동경에 도착했다.

동경도 사람들로 가득했다. 넓은 동경역 구내를 두리번거리다가 지나가던 사람과 부딪혔는데 눈을 어디다 두고 다니냐는 호통을 들었다.

"후미야마, 괜찮아? 뭐 도둑맞은 거 아냐?"

안철수가 그렇게 불렀을 때, '후미야마'라는 이름이 어색해, 일순 나를 부르는지도 몰랐다.

"아, 네."

서둘러 주머니를 확인했는데 복주머니는 무사했다.

"여긴 동경이야. 이상한 놈들도 많아. 멍하게 넋 놓고 다니지 말고 정신 바짝 차려!"

안철수는 "너희들도 마찬가지야"라며 진하와 동인에게도 못 박았다.

안철수는 동경역에서 사람을 만나 짐을 건넨 후, 재래선을 타고 이케부쿠로에서 내려, 가나메초[要町][13]라는 곳으로 우리를 데려갔다.

동네라고 부를 정도로 크진 않았지만, 변두리에 조선인들이 모여 살고 있었다. 건물도 환경도 정비된 곳은 아니었지만, 일본인이 사는 변두리와 크게 다르지 않은 목조 주택이 늘어서 있었다. 오사카의 조선인 부락과 비교하면 훨씬 나은 환경이었다.

거기에는 안철수의 애인 조은숙의 오빠, 조일남이 살고 있었는데 우리에게 주거할 곳을 제공해준다고 했다. 그는 세상물정에 빠삭하고 험상궂은 얼굴이 안철수와 막상막하였다. 얼굴에 난 상처가 사람을 오싹하게 만들었다. 우리보다 열 살은 더 많아 보였다. 일본 이름은 '도요타 가즈오[豊田一男]'라고 했고, 일은 "뭐, 이것저것 하고 있어"라며 자세히 언급하지는 않았지만, 수완이 좋은 모양이었다. 보아하니, 어쩐지 좀 수상하달까 뭔가 위험한 장사를 하는 것 같았다.

우리는 도요타가 사는 집 2층, 다다미 네 장 반과 여섯 장으로 된 방 두 개에서 살기로 했다. 안철수는 애인 조은숙, 일본명 '나미코'와 함께 시나가와에 살았다. 나미코는 긴자의 댄스홀에서 일한다고 했다.

처음 만난 날, 빨간 원피스를 입고 곱게 땋은 머리에 하이힐을 신은 나미코를 본 순간 눈이 휘둥그레졌다. 엄청난 미인은 아니었지만

---

13 도쿄 도시마구에 위치한 마을로, 조선인학교 등이 있어 이전부터 재일 동포가 많이 거주하던 지역이다. 가나메초 부근 센가와에는 조선인 부락이 있었다. 릿쿄대학도 이 근처에 있다.

곱고 투명한 흰 피부가 요염하여 그 매력에 숨이 멎을 것 같았다. 나는 나미코의 얼굴을 똑바로 볼 용기가 없었다.

그런 나를 본 나미코는 "순진하긴, 귀엽네"라고 짓궂게 놀리고는 담뱃불을 붙였다. 담배 끝에 묻은 빨간 립스틱 자국이 눈에 확 들어왔다.

나미코는 우리에게 김치를 주고 쌀도 나눠주었다. 나미코의 직장은 급여가 좋다고 했다. 동경에서 태어난 나미코가 만든 김치 맛은 좀 싱거웠다. 하지만 우리는 그 김치를 반찬으로 오랜만에 쌀밥을 원 없이 먹었다.

진하와 동인과 함께 미곡통장을 들고 가 외국인 등록을 한 그날부터 나는 '문덕윤', '후미야마 도쿠노부'로 살아갈 의무를 짊어지게 되었다. 외국인 등록을 할 때 한자로 '문덕윤'이라 쓴 다음, '분도쿠인'이라고 일본식 읽기로 등록을 했는데, 위화감이 없지 않았지만 참을 수밖에 없었다.

먼저 일부터 찾기로 했다. 딱히 기술도 없는 우리는 육체노동밖에 선택지가 없었다.

어느 날은 철도 인부로 자갈을 나르고, 또 어느 날은 배에서 짐을 내렸다. 짐을 운반할 때는 보통 한 팀이 되어 일을 했는데, 키가 작은 나는 맨 가운데에 서게 되었다. 가운데 자리는 어깨에 짐을 짊어져도 부담이 덜한 자리여서 득을 보는 날도 있었다. 그런 잔꾀는 금세 터득하는 법이다.

학교에 가서 공부할 여유가 전혀 없는 그저 하루하루 먹고살기에 바쁜 나날이었다.

조선인이란 사실을 숨겨도 일본어 발음과 말투 때문에 탄로 나는 일은 자주 생겼고, 그런 날은 현장 감독이 우리를 거칠게 다뤘다. 또 처음부터 조선인인 것을 알고 고용한 사람들은 일본인보다 임금을 적게 주기도 했다.

한편 날품팔이 현장에는 조선인이 적지 않아 가끔 대화를 나눌 수도 있었다. 그중에는 조련(재일 조선인연맹)이란 단체에 소속된 사람들도 있었다. 가나메초에도 조련에 가입한 조선인이 있어서 그들로부터 조직에 참가할 것을 권유받았다.

"조련에 입회하면 동포 친구도 생기고 여러 가지 좋은 점이 많지 않을까?"

진하가 혹해서 말했다.

"그래, 서로 돕고 사는 것 같더라. 우리도 동포를 위해 뭔가 할 수 있는 게 있을지도 몰라."

동인의 마음도 가입 쪽으로 기울고 있었다.

나도 배 씨 일가의 일이 머리를 떠나지 않아, 동포들의 생활을 개선하는 데 힘이 되고 싶다고 고심하던 차였다.

일본에 와서 반년쯤 지난 후였다. 형처럼 의지하던 안철수가 어쩐 일인지 동경에 낯짝도 비추지 않았고, 도요타도 자취를 감추었다. 그래서 동포 단체에라도 들어가면 조금이나마 안심이 되지 않을까 싶었다.

우리 셋은 1947년 말에 조련에 가입했다.

여의치 않게 실제 나이보다 다섯 살을 속인 나는 조선에서 사범학교를 나온 후, 일본에서 우리 큰아버지와 같은 중앙대학을 나왔다는 경력이었다. 그 후 조련으로부터 조선인학교 교사를 맡아달라는 연락을 받았다.

"너는 성적도 좋았으니 들통 안 나고 잘할 수 있을 거야."

동인이 말했다. 진하도 "육체노동보단 낫잖아" 하고 권했다.

"나도 나미코 소개로 시부야 워싱턴 하이츠에서 청소랑 잡무를 맡기로 했어."

"뭐라고? 가네다, 나는 그거 처음 듣는데."

진하가 불만스럽게 말했다. 우리는 평소에도 기노시타, 가네다, 후미야마라고 서로를 일본 이름으로 불렀다. 혹시라도 밖에서 조선 이름을 부르는 실수를 빚지 않기 위해 늘 조심했다.

"여자들이 옛날부터 너를 참 좋아하더라."

진하가 그렇게 덧붙이자 동인이 살짝 얼굴을 붉혔다.

"급여가 좋다잖아. 그게 아니면 미군 상대하는 일 나도 하기 싫다."

1948년 새해가 오고 얼마 지나지 않아 나는 주조[十条]에 있는 조선인학교를 찾아갔다.

교문을 열고 들어가니 흙으로 된 교정이 펼쳐지고, 안쪽에 1층짜리 목조 건물이 여기저기 흩어져 있었다. 그 숫자가 족히 열이 넘는 듯했다. 이렇게 학생들이 많으니 교사가 부족할 만도 했다.

교무실이 있는 건물 주변에는 가시 철선으로 외부와 경계를 그어놓았다. 맙소사! 조선인학교 옆에 미 점령군 사격연습장이 있었다.

미국은 어디에나 있다. 하지만 절대 말려들지 않을 거야.

나는 땅을 꾹꾹 밟으며 교무실로 향했다. 교장 선생님과 면담 후,

그 자리에서 채용이 결정되었다. 가짜 경력을 추궁하지도 않았다. "아주 젊으시군"이란 말을 들었을 뿐이다. 그리하여 나는 수학 교사로 곧장 교단에 서게 되었다. 상대는 중학생이었다.

수업 첫날, 나는 넥타이를 매고 어깨를 쭉 펴고 교단에 섰다. 실제로는 나와 학생들 사이에 나이 차이가 거의 없어서 우습게 보이면 끝장이란 생각에 극도로 긴장했다. 게다가 나보다 체격이 큰 학생들이 나를 노려보는 것 같아 무릎이 달달 떨렸다.

"잘 부탁해요, 여러분. 문덕윤입니다."

그나마 조선 이름을 밝히고 조선어로 당당하게 이야기할 수 있다는 게 다행스러웠다.

"질문이 있으면 아무거나 해보세요."

한 남학생이 손을 들었다. 흰색 셔츠가 회색으로 보일 정도로 지저분한 차림이었지만 총명해 보였다. 황선남이라고 했다.

"선생님, 조선에서 태어나셨죠? 어디 출신이세요?"

"경상남도 시골이다. 아주 작은 바닷가 마을."

"저희 부모님도 경상남도인데. 저는 여기서 태어났어요. 언젠가 고향으로 돌아가 국가에 이바지하고 싶어요."

나도 가고 싶어, 나도, 하는 목소리가 여기저기서 들렸다. 아이들은 반짝반짝 빛나는 눈으로, 황선남에 이어 질문을 퍼부어댔다.

"선생님은 언제 일본에 오셨습니까?"

나는 전쟁 중에 온 것으로 해두었다.

"몇 살이십니까?"

물론 실제 나이보다 다섯 살 위인 스물셋이라고 거짓말을 해두었다.

"젊어 보이십니다."

자주 듣는 소리라고 무난히 답했다.

"결혼은 하셨습니까?"

"아직."

질문 공세를 받다 보니 긴장이 다 풀렸는지 덜덜 떨리던 다리도 점점 안정을 되찾았다. 그날은 질문이 계속 이어져 수업은 하지 못했다.

학생들 대부분이 일본에서 태어난 2세이거나 아주 어릴 적에 일본으로 건너와 조선어를 유창하게 하는 아이는 거의 없었다. 말은 해도 글을 모르거나, 쓰지 못하는 아이도 있었다.

원래 산수에 능했던 덕분에 그 후 수업은 실수 없이 해냈다. 급여가 적어서 생활이 어렵긴 했지만 나는 내가 동포들에게 힘이 된다는 것이 몹시 자랑스러웠다.

학생들이 힘껏 배우고 지식을 쌓고 조선에 돌아가 나라의 주춧돌이 되어준다면 더없이 기쁠 것이다.

열심히 조선어를 익히고, 산수를 배우는 학생들을 대하면서 나 자신도 학문을 하고 싶다는 열정이 불타올랐다. 지금은 먹고사는 것만으로도 팍팍해 그럴 여유가 없지만, 돈을 모아 언젠가는 대학에 가고 싶었다.

"너희가 새로운 조선을 만들어가야 한다. 훌륭한 사람이 되어 좋은 나라를 만들거라. 그러려면 지금보다 더 열심히 공부해야 한다."

스즈키 헤이타 선생님이 헤어질 때 나에게 해준 말을 떠올리면서 교사의 임무를 충실히 이행했다.

한 달이 지난 어느 날 아침, 교무실에 들어가자 선생님 몇 명이 얼굴을 맞대고 있었다.

얼굴이 달아올라 "탄압이다! 절대 굴복해선 안 된다"며 흥분해서 자기주장을 펼치는 선생님이 있는가 하면, 심각한 얼굴로 골똘히 생각 중인 선생님도 있었다. 팔짱을 낀 교장 선생님은 그 가운데 서 있었다. 보통 일이 아니구나 싶었다.

"무슨 일입니까?"

나는 나보다 바로 위인 김 선생님에게 물었다.

"학교를 부숴버릴지도 모른대요."

김 선생님이 심각한 표정으로 대답했다.

"네? 왜요?"

김 선생님에 따르면 문부성에서 각 지자체 지사들 앞으로 '조선인 설립 학교 취급에 대해'라는 통지를 발송했다고 한다.[14]

"개별 사정과 관계없이 일본학교교육법 기준에 준하지 않는 민족 학교를 인정해서는 안 된다는 내용인가 봐요."

"하지만 조선인학교가 없어지면 애들은요?"

"조선인 학생을 강제로 일본인학교에 다니게 하겠죠."

"그럴 수가……. 그럼 어디서 조선어를 배운단 말입니까?"

반짝반짝 빛나는 눈으로 수업에 열중하던 황선남을 비롯해, 다른

---

14 1948년 1월 문부성은 재일 조선인학교의 자주적 교육권을 부정하고 3월 이후 일본 전국 각지의 조선인학교에 폐쇄 명령을 내렸다. 당시 조선인 초등학교 및 중학교에서는 6만여 명의 아이들이 배우고 있었다. 3~5월 재일 조선인연맹을 중심으로 학교 탄압에 반대하는 운동이 벌어져 4월 23일에는 오사카에서 15,000여 명이 집회를 열었고, 26일에는 조선인 부당탄압 반대 시민대회가 열려 3만여 명이 참가했다. 그런데 이 대회에서 경찰관이 총을 꺼내 들고 소년을 사살하는 참사가 발생했고, 5월 3일 일본 정부와 재일 조선인연맹 사이에 합의가 이루어졌다.

수많은 학생들의 얼굴이 떠올랐다.

"절대 굴복할 수 없습니다!"

김 선생님은 주먹을 쥐고 강한 어조로 말했다.

그리고 곧, 학생들은 매일 아침 데모에 동원되었고, 수업은 거의 진행되지 않았다. 그리고 교사인 나도 데모에 끌려 나가게 되었다.

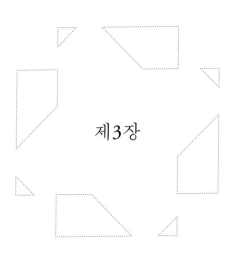

제3장

1

숨을 쉴 수 없다. 왼쪽 다리의 통증이 극심하다. 헤엄을 쳐도 헤엄을 쳐도 몸이 바다 깊이 빨려 들어갔다.

정신을 차리고 보니 해안가에 누워 있는 나에게 진하가 달라붙어 엉엉 울고 있었다. 내 팔을 잡고 있던 동인은 넋이 나간 얼굴을 하고 있었다. 내 사지는 퉁퉁 불어 무참한 상태로 널브러져 있었다.

나는 죽지 않았어.

소리를 지르려고 했지만 목소리가 나오지 않았다.

내 잠꼬대 소리에 놀라 잠에서 깼다. 땀에 흠뻑 젖어 있었다. 천장의 얼룩이 눈에 들어왔을 때 이곳이 가나메초의 내 방인 것을 알고 이내 안심했다. 내가 죽는 꿈을 꾼 것이 이번이 처음은 아니었다. 며칠 전에도 경찰에게 두드려 맞다 죽는 꿈을 꿨다.

"무슨 일이야? 괜찮아?"

옆에서 자던 동인이 몸을 일으켜 작은 소리로 물었다. 다리 밑에서는 진하가 숨소리를 내며 잠에 푹 빠져 있었다.

"미안, 깼니?"

나도 일어나 동인과 마주 앉았다.

"나쁜 꿈이라도 꿨어?"

"어, 요즘 자꾸 나쁜 꿈을 꿔."

"가위에 눌린 것 같던데 괜찮아? 학교에는 너무 무리해서 안 가도 될 것 같은데."

"그럴 수는 없지."

나는 지난 3개월간 학교 탄압에 반대하기 위해 동료 선생님과 학생들, 조련 사람들과 함께 길거리에서 데모를 했다.

탄압은 나날이 심해졌고 얼마 전에는 헌병과 경찰관이 학교를 폐쇄하려고 쳐들어와 너나 할 것 없이 밖으로 쫓겨났다. 그리고 맹렬히 저항하던 황선남을 구속해서 데려가버렸다.

하필이면 다른 아이들보다 공부에 대한 의욕이 두 배는 더 높은 황선남이 끌려간 후, 좌절감을 맛보았다. 그를 도울 수 없는 내 처지가 무능하게 느껴졌다.

전국 각지에서 당국과 학교 측의 충돌이 점차 극에 달했고, 비상사태가 선언되었다. 조선인이 많은 오사카와 고베에서도 조선인학교가 강제로 폐쇄되고 중경상을 입은 이들이 다수 나왔다. 어제는 오사카에서 경찰이 총을 쏴 소년이 죽었다고 한다.

"그런데 지금 월급도 거의 안 나오는 거지?"

"음, 뭐 그렇지……."

"그럼 대학교 등록금도 모을 수 없겠군."

동인의 말이 맞다. 워싱턴 하이츠에서 일하는 그는 벌이가 좋았다. 곧 대학에 갈 학비를 마련할 게 분명했다.

"그래도 동포 아이들을 위해 싸워야지."

내가 그렇게 말하자 동인도 더 이상은 아무 말도 하지 않았다.

다시 이불 속으로 들어간 나는 대학에 다니고 싶다는 꿈을 간직한 채 대마도에서 죽은 김추상을 생각했다.

다음 날 밤, 안철수가 찾아왔다. 그를 만나는 것은 올 들어 처음이었다.

안철수는 우리 셋을 조선인이 경영하는 이케부쿠로의 식당으로 데리고 갔다. 우리들에게는 오뎅을 사주고 자신은 막걸리를 들이컨 후, 우리 술잔에도 막걸리를 부었다. 우리 셋은 조선식 예절에 따라 연장자인 안철수 앞에서 고개를 돌리고 조심스레 술잔을 들었다.

머뭇머뭇 입을 댔는데 그 독특한 산미에 움찔해 한 모금만 마시고 잔을 내려놓았다. 동인은 태연한 얼굴로 술을 마셨고, 진하는 시원스럽게 벌컥 들이컸다.

"형님, 어디 다녀오셨어요?"

진하가 묻자, 안철수는 우리 쪽을 보며 "그냥 여기저기"라고 대답했다.

"구라시키, 우베, 시모노세키에 후쿠오카. 부산에도 가고 싶었는데 쉽지 않았다."

몹시 침통한 표정을 지었다.

"무슨 일이 있으셨나요?"

진하가 물었다.

"음. 잠깐만."

안철수는 힘없는 목소리로 응대하고, 주전자 속 막걸리를 술잔에 따랐다.

"실은 돌아오는 길에 오사카 배 씨네 집에 잠깐 들렀다."

끄억. 잔을 비우고는 호탕하게 트림을 했다.

"배 씨네 가족은 잘 지내나요?"

나는 우리에게 친절하게 대해준 배 씨 부부의 얼굴을 떠올리며 물었다.

"그 집에 밀항해서 왔다는 먼 친척들, 애와 어른이 다섯이나 와서 더부살이를 해서 난리도 아니었어. 근데, 지금 제주도 주민들이 일본으로 우글우글 몰려들고 있대. 다들 목숨 하나 부지하려고 도망오는 거지."

안철수는 주머니에서 담배를 꺼내 불을 붙였다. 나미코가 피우는 것과 같은 종류로 미국에서 온 담배다. 나미코와 안철수가 연인 사이라는 명명백백한 증거를 잡은 것 같아 복잡한 마음이 들었다. 그럼에도 나는 두 친구와 함께 안철수를 지켜보며 그가 무슨 말을 할지 기다렸다.

안철수는 담배를 깊이 빨아들였다가 연기를 내뿜고는 조선에 큰일이 났다며 자기 발밑으로 시선을 떨구었다.

"빨갱이들이 제주도에서 폭동을 일으켰대. 그래서 군과 경찰들이 폭동을 진압하려고 들어갔다는데. 여자에 아이들까지 폭동에 개입해 많은 사람이 죽었다는 소문이다. 원, 이게 무슨 꼴인지. 빨갱이들한테 선동질 당해가지고는."

우리 셋은 깜짝 놀라 서로의 눈을 쳐다봤다.

"혹시 네놈들도?"

안철수는 얼굴을 들고 알루미늄 재떨이에 담배를 문질러 껐다. 날 카로운 시선이었다.

"빨갱이들한테 영향을 받아서 고향에서 도망친 거 아니냐?"

"그건 아닙니다" 하고 동인이 부정했지만 안철수는 우리 셋을 순서 대로 노려보았다.

"너희들 잘 들어."

안철수는 주먹을 쥐고 책상을 내리쳤다. 책상 위에 있던 막걸리가 줄줄 흘러내렸다.

"너희 세 놈은 나랑 한 배를 타고 생사를 같이한 동지라고 생각해 서, 내가 지금까지 참고 말을 안 했는데."

주먹은 여전히 책상을 내리친 상태로 멈춰 있었다.

"면장이었던 우리 작은아버지는 작년 삼천포 항쟁 때 빨갱이 놈들 한테 당해서 돌아가셨다. 작은아버지가 돌아가시고 숙모랑 아이들, 그 리고 우리 할아버지, 할머니도 생활이 어려워졌어. 빨갱이 새끼들, 그 놈들은 악마다."

화가 치솟았는지 안철수의 눈동자가 번득였다.

"악마……."

나지막한 목소리로 진하가 따라 말했다.

"그래, 악마. 죄 없는 사람들까지 말려들게 하는⋯⋯."

이마에 힘줄이 다 섰다.

나에게는 그때 우리 셋을 몰아붙이던 우익과 경찰, 그리고 그 배후의 미군 당국이 더 악마처럼 여겨졌다. 제주도 사람들에게도 그렇게 느껴진 게 아니었을까?

우리 조선인은 같은 민족이면서 서로를 악마라고 부르며 미워하고 죽이고 있었다. 겨우 일본으로 도망쳐 왔다고 한들 자유롭게 모국어를 배울 권리를 빼앗기고 짓밟히는 상황에 처하게 된다. 그런 생각이 들자 서러움에 가슴이 미어터질 것 같았다.

일본은 전쟁에 패했지만, 여성에게 참정권까지 주는 민주적인 새 헌법이 제정되었다고 하는데.

일본 제국주의에서 해방된 조선이 제일 먼저 평화롭고 행복한 사회가 되어야 할 것이다. 도저히 이해가 가지 않았다.

"여하튼 말이다. 네놈들에게 손해가 되는 충고는 아닐 게다. 빨갱이들 영향권에 있다면 빨리 조련에서 나오거라."

안철수는 낮고 굵은 톤으로 타이르듯 말했다.

조련은 순전히 동포들 간의 상부상조 조직으로 출발했지만 그 실태는 오히려 정치단체에 가까웠다. 김일성을 지지했고, 간부 대부분이 일본 공산당 당원이기도 했다. 학교 교직원, 학생들은 학교 탄압에 반대하는 데모뿐만 아니라 공산당 주최 데모에도 동원되었다. 그래서 조련이 운영하는 학교는 반공을 내세운 미군과 일본 정부로부터 위험시되고 있었다.

"어이, 후미야마, 너 조선인학교에서 교사로 일한다고 했지? 그래서 관헌들과 싸운다고?"

"저는 그냥 동포 아이들을 위해서……."

안철수는 내 어깨를 감싸더니 잘 생각해보라며 세게 흔들었다.

"우리 고향이 있는 삼천포는 미국 영향하에 있다. 빨갱이 활동에 참가하면 두 번 다시 고향 땅을 밟을 수 없게 돼. 만일에 잡히기라도 하면 끝장이야. 그러다 죽을 수도 있어."

내 뇌리에는 걱정스러운 눈으로 나를 보시던 어머니의 얼굴이 스쳐 지나갔다. 내가 아버지로부터 맞았을 때 본 그 얼굴이었다.

"나는 말이지."

안철수는 내 어깨에서 손을 떼고 새 담배에 불을 붙이며 크게 들이마시고 단번에 내뱉었다.

"네놈 셋을 피가 섞인 내 동생들이라고 생각하고 있다. 그러니까 목숨을 소중히 생각해. 너희들 죽을 뻔하다 살아났잖냐. 자신을 소중히 여겨라. 동포를 위하는 것도 좋지만, 먼저 네놈들이 살아서 고향에 돌아갔을 때도 생각을 좀 해봐라. 얌체같이 살라고."

그는 담배를 문 채 가게에서 나갔다.

남겨진 우리들은 묵묵히 재떨이 위에 남겨진 안철수의 담배꽁초만 바라보고 있었다.

잠시 후 진하가 "형님은" 하며 입을 뗐다.

"우리가 고향에 못 갈 거라고 했지만, 한반도가 어찌 될지 아직 아무도 몰라. 어쩌면 민주적인 나라가 될지도 모른다고. 무적처럼 보였던 일본이 전쟁에서 졌는데, 앞으로 무슨 일이 일어날지 아무도 모르지."

그렇게 말하고 자기 술잔에 막걸리를 따라 마셨다.

동인이 "저렇게"라며 응수했다.

"빨갱이, 빨갱이 하면서 적대시하고 있지만 후미야마가 학교 탄압에 저항하는 건 당연한 일 아닌가."

"그렇지" 하고 진하가 받았다.

"조련을 소개해준 동네 임 씨랑 강 씨도 좋은 사람이야. 주변에 있는 조선 사람들 대부분이 조련에 소속되어 있어. 공산주의 같은 거랑 관계없는 사람도 엄청나게 많아. 뭐, 나는 후미야마처럼 활동을 안 하니까 조직 일은 모르지만."

나는 "하지만" 하고는 고개를 저었다.

"나는 조련도 그만두고, 학교도 그만둘 생각이다."

"왜? 갑자기?"

동인이 내 눈을 똑바로 보며 물었다.

"실력을 키우고 싶어서. 그러려면 대학부터 가야겠어. 학비를 벌어야지."

나는 동인의 눈을 똑바로 보고 대답했다. 머릿속에서는 "너희가 새로운 조선을 만들어나갈 거야. 훌륭한 사람이 되어 좋은 나라를 만들거라. 그러려면 지금보다 더 열심히 공부해야 한다"라고 하신 스즈키 헤이타 선생님의 목소리가 메아리쳤다.

"그렇군" 하며 동인이 고개를 끄덕였다.

"그리고 또……."

나는 더 이상 말이 잘 나오지 않아 동인으로부터 눈을 떼었다.

이해할 것 같다며 진하가 끼어들었다.

"고향에 못 가게 되면 안 되지. 솔직히 그건 나도 싫어."

진하가 나를 대신해 말해주었는데 동인은 그저 묵묵히 눈을 아래로 내리깔 뿐이었다.

우리 셋은 조련에서 탈퇴했다.

"너희들 생각만 하냐?"

"아주 제멋대로인 놈들이군."

근처에 사는 임 씨와 강 씨한테 망신을 톡톡히 당했다. 그들은 폐품을 수집하고 포장마차를 운영해 생계를 영위하며 열심히 조련 활동에 참가하고 있었다.

그 후 조선인학교가 폐쇄되었다. 학생들 대부분은 일본인학교로 전학을 갔지만 무허가로 계속 운영하는 학교도 있었고, 공립학교의 분교가 된 곳도 있었다.

나는 진하와 같은 막노동 현장으로 되돌아갔다. 구속된 황선남을 생각하면 가슴이 아팠지만, 아침부터 밤까지 녹초가 되도록 일을 하고 난 후에는 학교도 학생들도 잊고 지낼 수 있었다. 매일 소박한 식사를 하고, 일터로 나갔다. 그런 반복이었다. 급여는 모두 어머니가 주신 복주머니에 넣어 보관했지만 돈은 쉽게 모이지 않았다.

동인은 급여가 더 좋은 시부야의 호텔을 소개받아 워싱턴 호텔에서 신바시 제일호텔로 직장을 바꿨다. 제일호텔은 연합국군 최고사령관 총사령부(GHQ)에 접수되어, 고급 장교들의 숙소로 사용되고 있었다.

2

8월이 되자 온몸이 축 늘어지는 더운 날들이 이어졌다.

일요일 오후, 나미코가 물김치와 함께 수박 반쪽을 들고 찾아왔다. 나미코는 한두 달에 한 번쯤 선물을 들고 느닷없이 우리들을 만나러 왔다. 나는 겉으로는 티를 내지 않았지만 그녀가 오기를 갈망했다.

우리는 마루에서 나미코와 함께 빗 모양으로 썰어낸 수박을 먹었다. 과즙과 씨가 깡마른 마당에 떨어지자 개미들이 몰려들었다. 나는 열심히 씨를 짊어지고 가는 개미를 보며 일본으로 도망쳐 온 지 1년, 어찌 됐든 살아남았다는 감상에 빠져 있었다.

매미 소리에 하늘을 올려다보자 동쪽에 옅은 달이 보였다.

고향에서도 저 달이 보일까? 어머니와 가족들은 잘 지내고 있을까? 그렇게 생각하자 울고 싶은 기분이 들었다.

오늘 나미코는 흰색 바탕에 남색 무늬의 유카타를 입고 빨간 허리띠를 매고 머리는 위로 올린 차림새였다. 나는 나미코를 정면에서 보지도 못하고 게다를 신은 그녀의 맨발만 쳐다봤다. 가느다란 발목과 하얀 발가락이 아리따워, 가슴이 더 쿵쾅댔다.

점점 커지는 심장 고동 소리가 혹시라도 진하와 동인에게 들릴까 봐 얼른 말을 시켰다.

"나미코 씨, 야스카와 형님은 요즘 어디 계십니까? 도요타 형님도 안 보이시고 말이죠."

나미코의 발 옆에 돋아난 잡초를 보며 물었다.

안철수가 이케부쿠로 식당에 나타난 그날 이후, 우리는 안철수를 좀처럼 만날 수 없었다. 나미코의 오빠 도요타는 벌써 몇 달이나 집을 비우고 있었다.

"오빠는 형무소."

나미코는 마치 수박이 빨갛다고 말하듯 태연한 어조로 말했다.

우리 셋은 수박을 먹다가 놀라서 멈칫했지만, 아무도 더 이상 대화를 잇지 못하고 그냥 다시 수박을 먹기 시작했다.

"야스카와 오빠 일은 잘 몰라. 우리 벌써 헤어졌거든."

숨김없이 솔직하게 대답하는 나미코에게 더 이상 캐묻는 사람은 없었다.

그러자 나미코가 무거운 분위기를 떨쳐내려는 듯 "그래서"라며 옆에 앉은 동인에게 살짝 기댔다.

"이제 딴 남자 만날까 봐."

나미코는 동인의 팔짱을 끼었다.

동인의 어깨너머로 나미코의 가는 목덜미가 보였다. 투명한 하얀 피부가 내 마음을 흔들었다. 가슴이 답답해져 얼른 숨을 들이켰다. 진하는 수박을 먹으며 씨를 뱉기에 급급해, 나미코와 동인의 상황에 눈길도 주지 않았다.

"오늘 당직이라 이제 나갈 채비를 해야겠다."

동인은 귀찮다는 듯 나미코를 내치고 일어섰다.

"그럼, 나도 가야겠네."

나미코도 따라 일어났다.

"어, 벌써?"

그제야 진하가 나미코를 봤다.

"또 올게, 잘 있어."

나미코는 손을 가볍게 흔들며 집을 나섰다. 그 뒷모습을 지켜보는 동인이 오늘따라 무서운 얼굴로 노려보고 있는 것처럼 보였다.

나는 맨발로 마당에 섰다.

"나미코랑 무슨 일 있었냐?"

진하한테 들리지 않게 동인의 귓가에 속삭였다.

"아니. 별거 아냐."

동인은 무표정한 얼굴로 대답하며 "이제 가봐야겠다"고 2층으로 올라갔다.

나는 다시 툇마루에 책상다리를 하고 앉았다.

좀 전에 일어났을 때 개미를 밟아 죽인 것을 알고는, 발뒤꿈치에 붙은 흙과 개미를 손톱으로 박박 긁어 털어냈다.

해방 후 3년이 지난 8월 15일, 나는 신바시역에서 짐을 나르는 일을 하고 있었다.

땀으로 범벅이 되어 일을 끝내고 집으로 가려고 했을 때, 직장 동료 하나가 "후미야마" 하고 내 이름을 부르며 다가왔다. 평소에 점잖고 말수가 적은 사내라 뜻밖이었다.

"너 조선인이지?"

그 말에 나는 풀이 죽었다. 답을 안 하고 가만히 있자 남자는 접어 둔 신문을 꺼내어 건네주었다.

"주운 건데 너 가져. 기사 한번 읽어봐."

내가 미심쩍은 표정을 보이자 남자는 자신도 조선인이라고 덧붙였다.

"'모토키'라고 부르지만 진짜 이름은 '원용철'이다."

그렇게 말하고 그는 먼저 가버렸다.

나는 사라져가는 원용철의 등을 지켜본 후 신문을 폈다.

신문에는 남조선에서 이승만을 대통령으로 하는 대한민국이 독립 국가로 성립되었다는 소식이 일면을 장식하고 있었다.

결국 조국이 둘로 나뉘어버렸다.

나는 신문을 작게 접어 바지 주머니에 넣었다.

비틀비틀 걸으며 역 바로 옆에 군림하는 제일호텔로 향했다. 오늘 현장이 신바시인 것을 모르는 동인을 몰래 찾아가 놀라게 해주고 같이 술이나 한잔하고 갈 참이었다. 술은 잘 못하지만 오늘은 알코올을 최대한 부어주고 싶은 기분이었다. 그런데 GHQ가 접수한 제일호텔은 경비가 삼엄하고 경관과 헌병이 건물을 둘러싸고 있어 종업원 출입구 근처에도 가지 못했다.

포기하고 집으로 가려고 했을 때 좁은 뒷골목 3미터 정도 앞으로 군복을 입은 미군 장교와 젊은 여자가 팔짱을 끼고 걷고 있는 모습이 눈에 들어왔다. 매춘부는 빨간 스카프를 머리에 두르고, 하얀 블라우스에 허리가 쏙 들어간 빨간 치마를 입고 빨간 하이힐을 신고 있었다. 여자는 가늘고 탄탄한 발목을 자랑했다.

몸 깊은 곳에서 분노가 부글부글 끓어올랐다.

나는 꿇어앉아 발밑에서 작은 돌멩이를 하나 집어 들고 두 사람 뒤를 따랐다. 장교의 머리를 표적으로 삼아 돌멩이를 던지려고 했을 때 그녀가 옆을 보며 장교 귀에 무슨 말인가를 속삭였다.

밖이 어스름했지만 여자의 옆 얼굴이 보였다. 나미코였다. 그녀는 있는 대로 교태를 부리며 장교에게 미소를 지어 보였다. 새빨간 립스틱이 몹시 눈에 뜨였다.

손이 부들부들 떨려 들고 있던 돌멩이를 놓쳤다. 나는 돌멩이를 다시 집어 들고 빨간 스카프를 향해 힘껏 던졌다.

"앗, 따가워."

돌멩이를 맞은 나미코가 머리를 감싸는 것을 보고 나는 발길을 돌려 전력 질주했다. 장교가 영어로 크게 뭐라고 씨불이는 소리가 들렸지만 쫓아오지는 않았다.

음식점이 즐비한 골목에 도착했을 때쯤 겨우 발걸음을 멈출 수 있었다.

눈앞에 보이는 술집으로 들어가 끊임없이 술을 퍼부었다. 쓰고 독하고 맛이 하나도 없었다. 게다가 알코올이 몸에 들어가자 빨간 스카프, 빨간 하이힐, 빨간 립스틱이 하나하나 떠올라 머릿속이 빨갛게 물들었다. 머리를 비우려고 또 술을 마셨다.

점점 의식이 몽롱해지면서 빨간 것도 점점 멀어져갔다.

천천히 눈을 떴을 때 눈앞에 나타난 것은 반달보다 조금 큰 상현달이었다. 내 눈에는 희미한 붉은 빛을 띤 달이 손을 뻗으면 당장이라도 닿을 것처럼 보였다. 바닥에 뒹굴며 달을 향해 손을 뻗었다.

머리를 들자 깨질 것 같은 통증이 나를 덮쳤다. 춥길래 내 몸을 확인해봤더니, 발가벗은 채 속옷 한 장만 걸치고 공터 한복판에 나뒹굴고 있었다. 서둘러 일어나 주위를 살펴봤지만 옷도 구두도 없었다. 누군가에게 도움을 청하고 싶어도 개미 한 마리 보이지 않았다.

힘이 빠져 그대로 털썩 주저앉았다. 멍하니 공터의 잡초들을 바라봤다. 저편에 하얀 천과 고이 접어둔 신문지가 보였다. 뛰어가서 복주머니를 주웠다. 흙탕물이 묻어 더러운 데다 안에 있던 돈은 잔돈까지 모조리 다 털렸지만, 어머니가 주신 복주머니가 무사한 것을 다행으로 생각하기로 했다. 복주머니를 가슴에 안고 달을 올려다봤다. 눈물을 멈출 수 없었다. 나는 한바탕 울었다. 그렇게 많이 운 것은 철든 후 처음이었다.

내가 방치된 곳은 신바시역에서 쭉 선로를 따라간 곳에 있는 공터였다.

선로를 따라 가나메초까지 걸어서 돌아갔다. 지나가는 사람들이 얼굴을 찌푸리거나 노골적으로 손가락질하기도 했지만 나는 걷는 데만 집중했다. 집에 도착했을 때에는 이미 동이 터 있었다.

문을 열고 현관에 들어갔다. 긴장이 풀어지면서 현관 시멘트 바닥에 털썩 주저앉았다. 대마도에서 난파당했을 때 다친 왼쪽 다리가 찌릿찌릿 저려왔다.

인기척을 눈치챈 동인이 황급히 계단을 내려와 내가 벌거숭이 모습으로 주저앉아 있는 것을 보고 눈을 동그랗게 떴다.

"무슨 일이야? 괘, 괜찮아?"

동인이 다가와 내 등을 받쳐주었다. 나는 동인에게 몸을 맡겼다.

"어, 괜찮아."

"무슨 일이야? 어제 현장이 어디였어?"

나는 속으로부터 치밀어 오르는 것을 느꼈지만 목소리를 낼 수 없었다.

"술 마셨냐?"

고개를 끄덕이고 고이 접은 신문지를 동인에게 건넸다.

동인은 아무 말도 없이 받아 신문을 펼쳤다. 그리고 진지한 표정으로 대한민국 성립 기사를 읽고는 고개를 좌우로 천천히 저었다.

조금 정신이 든 나는, "저기" 하고 말했는데 목소리가 잠겨 있었다.

"여기서 이사가지 않을래?"

"왜 그래? 갑자기?"

"계속 도요타 형님 집에 얹혀살 수도 없잖아. 그리고, 저, 나, 나, 미……."

나미코라는 단어가 목에 걸려 입 밖으로 나오지 않았다. 빨간 스카프, 빨간 스커트, 빨간 하이힐, 빨간 립스틱이 눈앞에 생생하게 되살아났다.

바로 옆에 있는 동인의 단정한 얼굴이 살짝 일그러졌다.

수박을 먹을 때의 태도로 보면 동인은 어쩌면 나미코가 매춘을 하고 있다는 사실을 알고 있었는지도 모른다.

"근데 이사하고 싶어도 조선인한테는 아무도 집을 빌려주지 않을 테고, 돈은 또 어쩌려고 그래?"

"그것도 그렇다. 지금은 집세가 공짜니까."

나는 갑자기 한기를 느끼고 재채기를 크게 한 번 했다.

3

한 달 후, 북한에 김일성을 필두로 한 조선민주주의인민공화국이 수립되었다는 것을 우리는 저녁을 먹다가 라디오 뉴스를 듣고 알았다. 그날은 우연히 셋이 함께 모인 날이었다. 하지만 우리 모두 그 뉴스를 무시하고 저녁 반찬으로 준비한 잘 구운 정어리와 보리가 섞인 밥을 꾸역꾸역 씹어 삼켰다.

"더 맛있는 생선이 먹고 싶다."

진하는 살점이 없는 정어리의 꼬리를 젓가락으로 집어 들었다.

"아아, 나도."

나는 밥을 뜨려다 젓가락을 내려놓고 "삼천포 생선이 먹고 싶다"며 정어리를 툭 쳤다.

어머니가 자주 만들어주시던 매운 갈치조림이 기억났다. 어머니는 굵은 뼈를 발라 생선 살만 밥 위에 얹어주셨다. 두껍고 단단해서 씹는 재미가 있던 갈치가 눈앞에 떠오르자 입안 가득 침이 고였다.

"그럼 당장 물고기를 잡으러 가자."

동인은 무슨 꿍꿍이라도 있는 듯한 눈으로 웃었다. 동인이 웃는 것은 드문 일이었다.

"이 시간에 어디로 물고기를 잡으러 간다고 이래?"

내가 묻자 동인은 "내가 아는 데가 있지"라고 대답했다.

"아니, 벌써 해가 졌는데."

진하는 입안 가득 밥을 넣고 말했다.

"잔말 말고 따라와."

동인은 젓가락을 내려놓고 일어섰다. 나도 진하도 그 자리를 훌훌 털고 일어났다.

우리는 나뭇가지에 실과 바늘로 만든 낚싯대, 미끼로 쓸 마른오징어, 양초, 생선을 넣을 포대를 준비해 오밤중에 집을 나섰다. 우리가 향한 곳은 일왕이 사는 황거였다.

어스레한 상현의 달빛이 사람 눈에 뜨이지 않게 우리를 도왔다. 경비원의 눈을 피해 좁은 틈으로 들어가 풀숲에 몸을 감추고 담 아래로 낚싯줄을 던졌다.

튼튼한 돌담 저편의 광대한 토지에 과거엔 신이었다가 최근에 사람이 되었다는 일본의 상징이 살고 있었다. 그런 생각이 들자 절로 몸이 뻣뻣해졌다.

하지만 아무리 시간이 지나도 변함없는 고요한 그 모습에 정말 그 안에 그렇게 대단한 사람들이 살고 있는 것일까 싶은 의구심이 들었다.

저곳은 그냥 나무와 풀만 울창한 숲이 아닐까?

천황[15]의 이름은 초대부터 전부 눈 감고도 외울 수 있었다. 해방 전까지 매일 학교에서 '교육칙어'와 '황국신민서사'를 함께 외우도록 강요받았기 때문이다. 천황의 나라를 세우기 위해 그 혹독한 군사교육을 묵묵히 견뎌냈다.

국민학교에서 외운 '황국신민서사'를 참으로 오랜만에 작은 소리로 되뇌어보았다.

우리들은 일본 제국주의의 신민입니다.

우리들은 마음을 합쳐 천황폐하에게 충의를 다하겠습니다.

우리들은 인고 단련하여 훌륭하고 강인한 국민이 되겠습니다.

---

15 현재 한국에서는 일왕이라고 불리고 있지만, 과거에 대한 회상을 적은 부분에 한해 천황으로 해석했다.

그 시절 나에게 천황은 머릿속에서 형상화시킨, 우러러 받들어야만 하는 존재였다. 목숨을 바쳐야 하는 신이었다. 지금 이렇게 근처까지 와서 보고 있는데도 천황이 실제로 존재하는지 확신할 수 없었다.

"야, 아까부터 혼자 뭘 그렇게 중얼거리는 거야? 입질 왔다."

진하의 말에 정신이 들어 황급히 낚싯대를 바로잡았다. 낚싯대가 구부러질 정도로 강한 힘으로 잡아당겨서 다리에 힘을 주고 버텼다.

고요만이 흐르는 가운데, 물고기가 첨벙첨벙 날뛰는 소리가 들렸다.

진하가 같이 낚싯대를 잡았다. 둘이 함께 끌어당겼다. 그러자 검은 덩어리가 드디어 어두운 수면에 그 모습을 드러냈다. 꽤나 커 보였다.

"당겨!"

진하의 말이 끝나기 전에 더 힘을 주고 끌어당겼다. 철썩철썩 난동을 피우며 저항하던 검은 덩어리를 동인이 맨손으로 꼭 잡았다.

촛불을 가까이 대고 보니 살이 통통하게 찐 30센티가 넘는 잉어였다.

"잡았다!"

흥분해서 소리쳤다가 깜짝 놀라 얼른 톤을 낮추고 엄청난 게 잡혔다고 속삭였다.

"맛있겠다."

진하가 잉어를 주먹으로 퍽퍽 쳤다.

우리는 잉어를 포대에 넣고 주위를 살피다가 숨어 있던 담벼락을 등지고 왕궁 부지에서 빠져나왔다.

가나메초까지 걷는 발걸음이 가벼웠다. 진하는 콧노래를 불렀고 동인은 평소와 달리 수다스러웠다. 나는 몇 번이고 포대 속 잉어를 홈

처보며 회심의 미소를 지었다.

집에 도착하자마자 도마 위에 잉어를 올려놓았다. 아직 숨이 붙어 있는 잉어는 가끔 팔딱팔딱 꼬리를 움직였다. 늠름하고 아름다운 잉어의 자태에서 품격이 느껴졌다. 과연 황거 연못에서 사는 잉어다운 자태였다.

"내가 할게."

진하가 의기양양하게 칼을 잡고 머리부터 자르려고 칼을 내리쳤다.

"아니, 그게 아니지."

동인이 진하의 팔을 낚아채고 칼을 빼앗았다.

"이렇게 귀한 잉어는 먼저 숨부터 죽여야 돼."

동인은 잉어 몸의 한가운데, 딱 반절 나는 곳을 향해 힘차게 칼을 내리쳤다.

식칼이 두터운 잉어의 몸에 꾸욱 박혔다. 머리와 꼬리가 반으로 동강 나기 직전의 상태에서도 잉어는 여전히 몸을 흔들어댔다.

"제길, 두 동강을 내버릴 테다. 절반으로 그냥 딱."

동인이 팔에 힘을 주고 식칼을 위아래로 움직여봤지만 생선뼈에 걸려 더 이상 토막이 나지 않았다. 그러다가 식칼이 딱 멈췄다. 동인이 토막 내는 것을 포기하고 식칼에서 손을 뗐다. 잉어는 칼에 찔린 상태에서 숨을 할딱였다.

동인의 눈에 눈물이 맺히더니 볼을 따라 흘러내렸다.

나는 깊이 박힌 식칼을 빼내어 진하와 힘을 합쳐 머리를 자르고 내장을 꺼내고 토막을 냈다. 그리고 그것을 냄비에 넣고 술, 된장, 간장, 마늘, 고춧가루를 넣고 끓였다. 나와 진하가 요리를 하는 동안 동인은 넋을 놓고 우리가 하는 일을 지켜봤다.

다 끓인 후 그릇에 덜어 묵묵히 한 입 베어 물었다. 조리법이 문제였는지 아니면 원래 그런 맛인지 알 수 없었지만, 잉어는 비렸고 먹을 만한 요리가 아니었다.

"맛이 이상하다."

동인이 잉어 살덩이를 상 위에 뱉었다.

"정말 맛없다."

진하도 얼굴을 찌푸렸다.

"먹을 게 못 되네."

내가 그릇을 상 위에 놓자 동인이 큰 소리로 웃었다. 나도 따라서 웃었고 눈이 마주친 진하도 웃기 시작했다. 셋이 배를 안고 큰 소리로 웃었다.

점점 웃음소리가 작아졌다. 나는 갑자기 배가 아파왔다. 하얗게 질린 얼굴로 뒷간으로 달려가는 나를 보고 진하와 동인은 눈물까지 흘리며 깔깔댔다.

그로부터 한 달 후, 험상궂은 남자들이 오밤중에 도요타를 찾으러 갑자기 집으로 들이닥쳐 집안을 쑥대밭으로 만들었다. 2주 전에 출소한 도요타가 남의 돈으로 도박을 하다가 다 날리고 도망을 가서 쫓고 있는 중이라고 했다.

물론 우리도 날벼락을 맞았다. 행방을 모른다고 해도 믿지 않았다. 주먹이 날아왔다. 진하의 앞니가 부러졌다. 또 동인과 내 책을 모두 찢어버렸다. 더 이상 도요타의 집 2층에 머무를 수 없을 것 같았다.

그즈음에 신문을 준 원용철을 또 한 번 공사 현장에서 만났다. 나는 그에게 마음을 열고 사정을 설명했다. 그는 다마가와 강 하류 하천 부지에 허가 없이 집을 짓고 살고 있다고 했다.

"너희들도 오렴. 셋이나 되니까 어떻게 될 거야. 내일은 나도 있을 테니 한번 찾아와."

나는 원용철이 한 얘기를 진하와 동인에게도 전했다.

"그래, 갈 곳도 없으니까."

동인이 고개를 끄덕였다.

"여하튼 여길 나가자. 언제 또 그놈들이 쳐들어올지 몰라."

진하는 손가락으로 잇몸을 만지며 말했다.

우리는 도요타에게도 나미코에게도 마지막 인사를 하지 못하고, 도망치듯 도요타의 집을 빠져나와 다마가와 강 하천부지로 향했다. 나미코와 대면하지 않은 것이 나에겐 차라리 다행이었다. 단지 안철수에게는 인사라도 하고 싶었는데 그가 어디에 있는지 찾을 길이 없었다.

그날은 저기압이 다가오고 있어 바람이 강했다. 짐을 들고 걷고 있었는데 자칫하면 날아갈 것 같았다.

하천부지로 찾아갔다. 강둑에도 강변에도 주거라 부를 만한 곳은 눈에 뜨이지 않았다. 강에 배가 수십 척 정박해 있을 뿐이었다. 배라고 해봤자 뗏목보다 조금 나은 수준으로 강이 넘실댈 때마다 따라 흔들렸다. 나는 밀항할 때 타고 온 배가 떠올랐다. 게다가 굽이치는 탁한 강물을 보자 오사카의 홍수가 되살아났다.

진하와 동인도 대마도에서 난파당한 일이 떠올랐는지 굳은 얼굴로 배를 응시했다.

"잘 왔다, 후미야마."

등 뒤에서 목소리가 들려 돌아보자 원용철이 물이 든 양동이를 들고 다가왔다. 그리고 진하와 동인에게 "원용철이다"라며 통성명을 했다.

"신세 좀 지겠다."

"잘 부탁해."

둘도 각각 자기소개를 했다.

"저기 살고 있어."

원용철이 가리킨 방향에는 아무리 봐도 강에 떠다니는 배밖에 보이지 않았다.

"저 배야?"

내 입에서 갈라진 목소리가 나왔다.

"어. 지금은 혼자 살아서 셋쯤 늘어도 잠이야 잘 수 있을 거야. 좁지만 참고 지내자."

"그러니까" 하며 진하가 입을 열었다.

"저 배에서 산다는 거야?"

"응. 오늘은 배가 너무 흔들려서 밖에 나와 있는 거야. 밤엔 바람이 좀 잠잠해지면 좋겠는데."

진하가 머리를 좌우로 크게 젓고는 어렵겠다고 혼잣말을 했다. 나도 배에서 생활하는 일은 불가능할 것 같았다. 동인은 무표정한 얼굴로 배만 응시했다.

"미안하게 됐다. 친절은 고맙지만 배 말고 어디 괜찮은 집은 없을까?"

내가 묻자 원용철은 "으흠" 하며 고민하는 눈치였다.

"비바람만 피할 수 있다면 좁은 오두막도 괜찮아."

그렇게 덧붙이자 원용철은 "그렇다면" 하고 강 아래쪽을 쳐다봤다.

"저기 아래야. 셋이면 아무 일 없겠지만 기습을 받을 수도 있으니 조심하렴."

그는 다마가와 강에 걸린 큰 다리를 가리켰다.

우리 셋은 다마가와 하구에서 수십 킬로쯤 상류에 있는 '가스' 다리 밑에서 살게 되었다. 주워 모은 함석과 판자로 간신히 비바람을 피할 정도의 조악한 판잣집을 지어 살기 시작했다. 육교 아래에는 우리 외에도 여러 사람들이 살고 있었다.

가을이 깊어가면서 밤에는 날씨가 꽤 쌀쌀해졌다. 노숙의 고달픔을 견디기가 점점 힘겨워졌다.

찬바람이 불기 시작할 무렵, 셋 중 가장 튼튼한 진하가 열이 오르면서 앓아누웠다. 나와 동인이 교대로 진하를 간병했다.

진하는 담요를 두르고 찬 나무바닥 위에 깐 얇은 솜이불 위에 누워 때때로 조선어로 잠꼬대를 했다. 귀를 가까이 가져다 대자 이 빠진 구멍에서 쌕쌕 숨소리만 들릴 뿐 무슨 소리를 하는지는 알 수 없었다.

진하가 앓기 시작한 3일 후, 나는 막노동을 끝내고 서둘러 다리 밑으로 돌아갔다. 조금도 나아지지 않는 진하를 보며 나는 옆에 있던 동인에게 미안하다고 했다.

"이럴 줄 알았으면 조련을 그만두지 말 걸 그랬어. 거기 있었으면 도와줄 사람이 있었을 텐데. 가족도 없는 우리가 일본에서 살아가려면 역시 동포 연대가 중요한데 내 멋대로 나가겠다고 했어. 이런 곳에 살게 될 줄은 몰랐다."

"괜찮아. 어쩔 수 없는 노릇이야. 야스카와 형님도 연락이 안 되고."

동인이 말을 계속했다.

"제일 잘 버는 내가 돈을 낼 테니까 방을 하나 빌리자. 여기저기 찾아보면 빌려주는 곳이 있을지도 몰라. 한번 가보자."

"너 대학 가려고 모은 돈이잖아. 그리고 돈 모아서 고향 부모님한테 선물할 거라고 했잖아."

"아무리 그래도 여기서 이러고 살 순 없어. 어떻게든 해봐야지."

동인은 그렇게 말하고는 진하의 어깨를 조용히 어루만졌다.

그로부터 3일이 지나자 진하의 열이 겨우 내렸다.

"살 곳을 찾았다."

동인이 나와 병상에서 자리를 털고 일어난 진하를 데리고 간 곳은 신바시였다.

우리 셋은 한 여관의 골방에서 살게 되었다. 여관을 운영하는 사람은 동포 한국인으로 동인의 동료의 지인이었다. 나미코를 생각하면 신바시에 사는 것이 마음에 걸렸지만, 목구멍이 포도청이라 어쩔 수 없었다.

다다미 네 장 반 정도의 방은 창문이 없고 습기가 많은 데다 어두웠다. 그래도 다리 밑에서 사는 것보다야 나았다. 아니 쾌적했다.

우리는 틈이 날 때마다 여관 일을 도왔다. 야간에 일하고 때로는 대낮에 청소를 하거나 요금을 받기도 했다. 대신 월세를 내지 않고 살 수 있었다.

처음에는 남녀가 정사를 벌인 뒤처리를 하는 일이 굴욕적으로 느껴져, 몸이 덜덜 떨리기도 했다. 하지만 습관이란 놈은 무서운 것이어서 한 달이 지나니 아무렇지도 않게 느껴졌다.

다행히 신바시 길거리에서 나미코와 마주치는 일도 없었고, 매일 그저 일만 하는 생활이었다. 나와 진하는 일당 240엔, 즉 100엔짜리 두 장과 10엔짜리 네 장을 받는 '니코욘(날품팔이)'[16] 노동을, 동인은 제일호텔에서 일을 계속했다.

여관 주인의 소개로 우리 셋은 민단(재일본 대한민국 거류단)에 가입하기로 했다. 언젠가 대한민국에 있는 고향에 돌아가려면 그 선택이 최선이라고 생각한 것이다.

4

신바시에서 생활한 지 1년 반이 지난 1950년 6월 25일, 대한민국과 조선민주주의인민공화국 사이에 전쟁이 시작되었다.

3개월이 지날 무렵, 북쪽이 우세하다는 소식을 들었다.

"우리들의 조국은 이제 어떻게 되는 걸까? 미국한테 빼앗기는 것도 싫지만 소련 지배하에 들어가면 어쩌지?"

진하가 어두운 표정으로 탄식했다.

"아무리 그래도 전쟁이 일어나다니…….같은 민족인데……."

---

16 1949년 6월, 직업안정소는 도쿄 실업대책사업으로 일일 노동자의 일당을 240엔으로 규정했다. 100엔짜리 두 장(니코), 10엔짜리 네 장(욘)을 받는다고 해서, 날품팔이 노동자를 '니코욘'이라 불렀다.

나는 그렇게 말한 후, 과연 고향엔 돌아갈 수 있을지 가족들은 무사한지 걱정되어 불안에 휩싸였다. 조심스럽게 바지 주머니를 매만지며 어머니가 만들어주신 복주머니를 확인하고 마음을 진정시켰다.

"우리가 살아서 가족을 만날 수 있을까? 두 번 다시 못 만나는 거 아닐까?"

진하가 목멘 소리로 물었다.

"최소한 가족들한테 편지라도 쓰자. 우리가 살아 있다는 건 전해야지."

동인이 독려했다.

"편지? 과연 도착이나 하려나?"

내가 의아한 표정을 짓자 동인은 그냥 쓰라고 침착하게 말했다.

"방법은 있다. 민단에서 의용군을 보낸다니까 그 사람들한테 부탁해보자."

"어디서 그런 정보를 얻었냐?"

나는 동인의 제안에 깜짝 놀랐다. 우리들은 민단에는 소속되어 있긴 했지만 실질적인 활동은 아무것도 하지 않았기 때문이다.

"얼마 전에 나미코를 우연히 만났는데 도요타 형님이 재일 한교 자원군으로 의용군에 지원했다고 들었다. 야스카와 형님도 간다고 하더라."

나미코의 이름을 들으니 가슴 한쪽이 저려왔다.

"형님은 우리한테는 '목숨을 소중히 여겨라, 얌체처럼 살라'고 하더니 자기는 전쟁에 간다고?"

나는 안철수의 낮고 굵은 목소리가 떠올랐다.

"나도 자세한 건 모르겠다. 뭔가 마음이 바뀔 만한 일이 있었던 건지도 모르지."

동인도 나미코가 떠올랐는지 모르겠다.

"그럼 형님한테 편지를 전해달라고 하면 되겠구나. 오랜만에 형님 얼굴도 보고 싶다."

진하가 말하자 동인은 "아니. 그게"라며 고개를 저었다.

"못 만날 거다. 형님이랑 도요타 형님은 지금 아사카 미군기지에서 훈련 중이라 가족밖에 못 만나. 그래서 나미코한테 편지를 부탁해서 도요타 형님을 통해 철수 형님한테 전달해달라고 부탁해보려고 해."

"나미코는 만날 수 있단 거지?"

진하가 들뜬 목소리로 말했다.

"나미코도 우리를 보고 싶다고 하더라. 김치도 만들어 오겠다고 했어. 내일 밤, 이 근처에서 만나기로 했으니까 너희 둘도 같이……."

"나는 됐어. 내일 볼일이 좀 있어서 같이 못 갈 거 같다."

나는 동인의 말을 끊고 대답했는데 약속 따위는 없었다. 동인은 슬쩍 내 얼굴을 살폈지만 더 이상 아무 말도 하지 않았다.

그날 밤, 나는 어머니 앞으로 편지를 쓰려고 펜을 잡았지만 한참 동안 한마디도 떠오르지 않았다.

백지를 보며 어머니를 생각했다. 어머니의 걱정하시는 얼굴이 희미하게 윤곽만 보이더니 이내 연기처럼 사라졌다. 눈을 감으니 한복을 입은 연약한 어깨선, 고개를 숙였을 때 보이는 단정하게 쪽 지어 올린 머리 꼭대기만 떠올랐다.

눈을 뜨고 첫 글자인 '어머니'를 한글로 썼는데 글자가 흐트러져 여러 번 고쳐 썼다. 그 후 나는 한 글자, 한 문장, 말을 고르고 골라 신중하게 펜을 움직였다.

동인으로부터 "다른 사람이 읽기라도 하면 큰일이니 이름도 주소도 우리가 드러날 만한 정보는 모두 감추고 써야 한다"는 조언을 들었다. 그래서 그냥 소식만 담은 몹시 짧은 편지를 썼다. 그런데도 여러 번 쓰다가 멈추기를 반복하다 보니 다 쓰는 데 한 시간 이상 걸렸다.

어머니

걱정시켜드려 죄송합니다.

저는 살아 있습니다.

잘 지내고 있습니다.

어머니를 뵐 그날이 오기까지 건강히 잘 살겠습니다.

그때까지 건강히 지내십시오.

건강에 각별히 주의하시길 바랍니다.

그리고 저에게 시래기 된장국을 끓여주십시오.

어머니가 만드신 밥을 먹고 싶습니다.

어머니, 보고 싶습니다.

읽고 난 후 편지를 구겨버렸다. 그리고 다시 쓰기 시작했다.

끝에서 세 번째 줄 "그리고 저에게 시래기 된장국을 끓여주십시오. 어머니가 만드신 밥을 먹고 싶습니다"를 삭제했다.

어머니에게 부담을 주고 싶지 않았다. 어머니를 슬프게 하고 싶지
않았다.

3년에 걸친 한국전쟁이 끝났다.

일본은 한국전쟁 특수로 경기가 좋아졌지만 수많은 동포의 생활은
여전히 힘겨웠다. 그뿐만 아니라 일본 내에서도 남과 북, 양쪽을 지지
하는 세력으로 나뉘어 증오만 더해갔다. 날품팔이 현장에서도 동기들
끼리 남북으로 나뉘어 말싸움을 하다가 폭행으로까지 번진 것을 나도
몇 번 본 적이 있었다.

한국전쟁에서는 군인뿐만 아니라 수많은 민간인이 희생되었다.

의용군으로 참가한 도요타 형님도 전사했다. 우리가 편지를 부탁
한 안철수는 일본으로 돌아왔다고 하는데 우리들 앞에 모습을 보이지
않아 편지가 제대로 전달되었는지도, 가족들의 소식도 알 수 없었다.

일본은 샌프란시스코 공화조약을 거쳐 GHQ 점령 상태에서 벗어
났다. 그것을 계기로 동인은 제일호텔을 그만두고 그동안 모아둔 돈으
로 와세다대학에 다니기 시작했다.

나도 동인에게 자극을 받아 호세이대학 야간학부 시험을 치르고
간신히 입학했다. 진하는 공부는 질색이라며 대학에는 가지 않았지만,
신바시 여관 주인이 새롭게 시작한 파친코 가게 일을 돕기 시작했다.

그토록 원하던 학문을 닦게 되었다는 기쁨에 의기충천하여 교실에
들어갔지만 사실, 수업 내용을 전혀 알아듣지 못했다. 고향을 떠나온
지 6년, 공부와는 담을 쌓고 살아왔기 때문에 도저히 따라갈 수 없었
다. 동인은 책을 자주 읽었지만 나에게는 그럴 여유조차 없었다.

그래도 낮에는 여전히 날품팔이로 일하면서 대학에 열심히 다녔다. 몸이 몹시 무거웠다.

오늘도 수업 중에 숙면을 취하는 바람에 기운이 빠진 채 여관으로 돌아왔는데, 동인과 진하가 침통한 표정으로 고개를 숙이고 있었다.

"무슨 일이라도 있어?"

내가 묻자, 진하가 얼굴을 들었다.

"나미코가 죽었대."

"죽어?"

숨이 멎을 것 같았다.

"자살했다고 들었다. 오모리 해안에서 바다로 들어갔대."

진하는 눈을 내리깔고 고개를 저었다.

나는 나미코의 곱고 흰 발, 가느다란 목덜미가 퉁퉁 불은 모습을 상상하며 몸서리를 쳤다.

"왜 자살을……."

"도요타 형님이 돌아가시고 혈육도 없이 혼자 남겨졌잖냐. 믿고 있던 미군 장교도 한국에 갔다가 미국으로 돌아갔나 봐. 뱃속에 아이가 있었다고 하더라."

동인이 건조한 말투로 설명했다.

"나는 몰랐어. 나미코가 매춘을 했는지."

진하는 깊게 한숨을 내쉬고 고개를 떨궜다.

"그랬군……."

나는 날카로운 가슴의 통증과 함께 나미코의 빨간 입술이 떠올랐다.

5

리에는 오빠에게 세 번쯤 전화를 걸었는데 연결되지 않았다.

어쩔 수 없이 음성 메시지를 남겼다.

"중요한 얘기가 있는데 전화 좀 해줘."

그렇게 남기자, 금세 스마트폰이 울렸다. 오빠였다. 웅성웅성 시끄러운 소리도 들렸다.

"중요한 얘기가 뭔데?"

"그게 말이지. 장례식에 온 김미영 씨…… 아버지 동급생 딸이래. 근데 그 아저씨가……."

"지금 전철역이야. 어디 좀 가는 길이니까 이따 밤에 다시 걸게."

오빠는 그렇게 말하고 일방적으로 전화를 끊었다.

오빠의 쌀쌀맞은 태도에 리에는 자기도 모르게 흥, 하고 콧방귀를 뀌었다. 다시 스마트폰이 울렸다. 이번에는 미영 씨였다. 도저히 미영과 말할 마음이 들지 않아 스마트폰을 손에 쥐고 눈을 감았다. 파도 소리에 귀를 기울이고 있으니 그사이 전화 진동음도 조용해졌다.

잠시 후 작은 진동이 울렸다. 이번에는 문자였다. 혀를 한 번 차고 화면을 보니 역시나 미영이었다. 집요하다고 생각하면서도 문자를 확인했다.

<리에 씨,

오늘은 와주셔서 감사합니다. 얘기를 나눌 수 있어 기뻤어요.

실은 부탁이 있습니다.

납골하기 전에 삼촌 유골을 조금 나눠주실 수 있나요?>

거기까지 읽은 리에는 화가 머리끝까지 났다. 유골을 나눠달라니 어쩜 이렇게 뻔뻔스러울 수가 있을까. 리에는 오른발로 모래밭을 걷어 찬 후, 나머지 문자를 확인했다.

<무례하게 굴어 죄송합니다.

아까 말을 다 못 해서 메시지를 보냅니다.

강 씨 아저씨가 한국으로 돌아가시는데 삼촌 유골을 고향으로 가져가셔서 삼촌 친가에 묻겠다고 하십니다.

삼촌은 생전에 "죽으면 유골을 나누어서 고향에 묻어달라"고 하셨어요.

자세한 건, 강 씨 아저씨한테 직접 연락해보세요.>

그 뒤에 '강진하'라는 이름과 머무르고 있다는 호텔 전화번호가 적혀 있었다.

리에는 그랜드팰리스 호텔[17] 1층 카페에서 강진하가 오기만을 기다렸다. 호텔은 내부가 고상하고, 고도 경제성장기 시절의 일본 느낌이 농후하게 남아 있어 마치 시간이 멈춰 있는 것 같은 묘한 공간이었다.

미영의 문자를 읽은 후 바로 강진하에게 연락을 하고 호텔로 찾아왔다. 즈시에서 서둘러 달려왔는데도 강진하는 약속 시간이 되어도 카페에 나타나지 않았다. 40분이 지났다. 주문한 커피도 다 마신 후였다.

오늘은 내내 휘둘렸다. 멀리까지 다녀온 피로감에 더 이상 기다리지 못할 것 같았다.

그냥 가버릴까?

---

17 1972년에 개업한 도쿄 지요다구에 있는 호텔로, 1973년 김대중 전 대통령이 이 호텔 2212 호실에서 납치되었다.

하지만 아버지의 동급생이란 인물과 이야기를 해보고 싶은 마음도 들었다.

"미안하네. 기다리게 해서."

드디어 강진하가 왔다. 검은 얼굴에 환한 미소가 붙임성이 있어 보였다. 장례식 날 밤에 본 것과는 사뭇 분위기가 달랐다.

강진하는 리에 맞은편에 앉아 점원에게 커피를 주문했다. 아버지도 실제 연령보다 더 젊게 보였는데 강진하도 못지않았다. 목소리에 힘이 있고, 아흔이라고는 믿을 수 없을 만큼 정정했다.

"잠깐 쉬려고 누웠는데 어느새 잠들어버렸네. 나이가 드니 참…….정말 미안하게 됐어."

풍채가 좋은 어르신으로 허리도 다리도 튼튼해 보였다. 일본어가 유창했는데 귀가 좀 어두운지 왼쪽 귀에 보청기를 끼고 있었다.

"아닙니다. 괜찮습니다."

리에는 반쯤 일어나 큰 소리로 인사했다.

"종명이한테 연락이 올 줄 알았는데 이애였구나. 금세 알아봤어. 상주랑 똑 닮았네."

얼굴을 가까이 대고 말했다. 주름으로 가득한 얼굴에는 기미도 보였다.

갑자기 이애라고 불린 리에는 당혹스러움을 느꼈다. 종명이 누구인지는 잠깐 혼란스러웠지만, 오빠의 이름을 한국어로 발음했다는 것을 금세 눈치챘다. 그런데 상주가 누구인지는 도통 가늠할 수 없었다. 아버지의 고향 친척 중 한 사람일까?

물어보려고 했는데 강진하는 "이 호텔은 말이야"라고 이야기를 시작했다.

"우리한테 여기는 특별한 장소라네. 여기서 김대중 선생이 납치를 당했어. 나는 일본에 올 때마다 여기 묵으며 현재의 한국의 평화를 곱 씹는다네."

감개무량한 눈빛으로 주위를 빙 둘러보았다.

"아버지와 함께 일본으로 건너오셔서, 민주화 운동을 했다고는 아까 미영 씨한테 들었습니다."

"미영이를 만났구나. 그 애가 널 무척 만나고 싶어 했으니까 아주 좋아했겠군. 바닷가에서 같이 놀던 얘기, 미영이한테 여러 번 들었다. 무슨 얘기를 했니?"

강진하가 웃자 부자연스러울 정도로 흰 치아가 눈에 들어왔다.

"미영 씨가 저희 아버지를 참 좋아했나 봐요. 아버지도 미영 씨한테 도움을 많이 준 것 같고……."

"우리 동급생 셋은 가족보다 더 강하게 똘똘 뭉친 사이지. 그래서 미영과 인연을 끊지 못한 거지."

"저어, 미영 씨 어머니도 동지라고 들었는데……."

"미영이 어머니는 아주 다부진 사람이었다. 대단한 사람이지. 여자 혼자 딸아이 키우면서 동포들을 위해 운동을 계속한 사람이야. 지문 날인[18] 때도 앞장서서 싸웠다네. 자네 아버지는 운동을 그만둔 미안함

---

18 일본에서는 자국민이 아닌 외국인에 한해서만 외국인 등록을 할 때 지문 채취를 시행했다. 외국인의 90퍼센트가 재일 한국인이던 시절부터 시작된 지문날인은 1985년 일본변호사연 맹이 폐지해야 한다고 지적했고, 그 후 재일 한국인과 일본시민운동 단체가 꾸준히 지문날 인 반대운동을 했으며, 1993년에 지문날인제도가 폐지되었다. 그러나 2007년 테러대책의 일환으로, 출입국 시 특별영주자(재일 동포) 이외의 외국인을 대상으로 한 지문등록제도가 다시 부활했다.

때문에 뒷바라지를 계속했는지도 몰라. 뭐 나도 마찬가지지만."

아버지에게는 동포를 위한 운동이 그렇게나 중요한 것이었을까? 미영을 도운 것은 미영의 어머니에 대한 개인적인 감정이 아니었을까?

"그 모녀가 고생을 참 많이 했지. 무엇보다 미영이 아버지가 아주 무자비하게 돌아가셨어. 근데 이제 어머니마저 돌아가시고. 미영이가 참 불쌍하지. 내가 지금은 한국에 살아서 별로 챙겨주지도 못하고……."

무자비하게 돌아가셨다는 건 어떤 의미일까?

더 묻고 싶었지만 리에가 말을 걸 틈도 없이 강진하가 말을 이었다.

"동인은 한국에서 죽었다. 으음, 참 비참한 일이 있었지만 뼛조각을 고향 땅에 묻었지. 그래서 상주 유골도 좀 가져가려고 한다. 그렇게 돌아가고 싶어 했는데."

"상주가 혹시 저희 아버지인가요?"

놀라서 묻자, 강진하는 "아이고" 하며 울먹였다.

"아버지 일을 너는 하나도 모르는구나. 상주가 아무 얘기도 안 했구나."

강진하는 원통한 얼굴로 커피를 입에 가져다 댔다.

아무 말도, 대답도 하지 았았다. 갑자기 목이 말랐다. 리에는 눈앞에 있던 유리컵의 물을 들이켰다. 모르기는커녕, 아버지 이름은 문덕윤이다. 지금 이상한 소리를 하는 것은 자신이 아닌 강진하가 아닌가.

강진하는 "근데" 하며 리에 쪽으로 또 얼굴을 가져다 댔다.

"유골은 가져왔니?"

"어어, 유골은 아직……. 오늘은 안 가져왔어요. 오빠랑 상의를 좀……."

"그럼, 너희들 손으로 한국으로 가져가라. 아버지를 후미야마 도쿠노부라는 정체 모를 일본인이 아니라 본명 이상주라는 한국인으로 다시 모셔라. 내 한국 연락처는 미영이한테 물으면 알 거다."

그렇게 말한 강진하는 의자에 어깨를 기대고 앉아 입을 다물었다.

리에는 가시방석 위에 앉아 있는 것 같았다.

"저, 그럼 이만 가보겠습니다."

그렇게 말하고 일어섰는데 강진하는 들리지 않았는지 멍한 눈으로 리에를 올려다볼 뿐이었다.

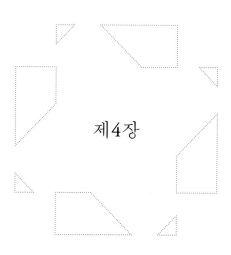

제4장

1

"축하한다."

나는 새로 지은 양복을 입고 어깨에 힘을 잔뜩 준 동인에게 먼저 말을 걸었다. 키가 크고 단정한 얼굴의 동인이 더 멋있게 보였다.

"너도 빨리 좋은 여자 만나라."

동인의 딱딱한 표정이 조금 바뀌었다.

"그게 쉽지가 않아."

내가 대답하자 같이 있던 진하가 "그렇지. 간단하지가 않지"라며 대화에 끼어들었다.

"나는 완전히 실패했다."

진하는 신바시에서 파친코 가게를 하는 노내선의 조카 노선이와 가정을 꾸리고 살고 있었다. 두 살짜리 딸도 있는데 결혼하지 말 걸 그랬다고 만날 때마다 투덜댔다. 선이는 재혼으로 진하보다 실제로 다섯 살 이상 많았는데 성격이 몹시 사납다고 했다.

일본에 온 지 13년이 지났다. 우리 셋은 곧 서른이 되며, 오늘은 동인의 결혼식 피로연이다. 우에노 공원에는 벚꽃이 피기 시작했고, 두 사람을 축복하듯 따뜻한 햇살이 내리쬐고 있었다.

웨딩드레스를 입은 신부 권경귀가 들어오자 술렁이던 식장이 순식간에 조용해졌다. 경귀에게는 자리를 밝게 만드는 불가사의한 매력이 있었는데 오늘따라 각별히 화사했다. 목에 레이스가 달린 몸에 착 달라붙는 드레스는 미국에서 수입했다고 한다. 여자치고는 키가 큰 경귀에게 매우 잘 어울렸다.

친척과 친구 등 하객 50여 명이 숨을 죽이고 경귀를 바라보고 있었다. 부끄러운 듯 미소 짓는 볼이 연분홍색으로 물들고, 기품 있는 얼굴과 청초하고 이지적인 자태가 빛을 뿜어냈다. 동인도 신부를 맞이하자 긴장이 풀어졌는지 표정이 부드러웠다.

두 사람은 세상에서 가장 잘 어울리는 한 쌍이었다. 동인의 결혼을 누구보다도 기뻐함과 동시에 쓸쓸함이 나를 덮쳤다.

진하에 이어 동인까지 일본에서 가정을 꾸리고 살게 되는구나. 고향인 삼천포로 돌아가겠다는 마음은 이미 희미해진 걸까?

동인과 경귀는 와세다대학 동기다. 경귀는 다섯 살 때 일본에 왔다고 한다. 경귀 아버지가 우에노 도깨비시장에서 미군부대의 물품을 취급하기 시작하면서 문을 연 가게가 지금은 어엿한 식료품점이 되었다. 장사가 잘되어 동인도 경귀네 집안일을 돕고 있었다. 피로연이 열리고 있는 세이요켄 호텔[19]에도 납품을 한다고 했다.

---

19 우에노 공원 안에 있는 호텔로 1918년에 설립되었다. 일본에서 프랑스 요리를 처음 선보인

친인척이 대부분인 신부 측에 비해 신랑 측 손님은 친한 민단 청년들이 대부분으로 아무래도 격식이 좀 떨어지는 부분이 있었다. 그들은 우리처럼 처음에는 세이요켄 호텔의 격조 높은 분위기에 압도당한 듯하더니 술이 들어가자 금세 긴장이 풀어져 환담이 오갔다.

우리는 만나기만 하면 조국 얘기를 했다. 때로는 주먹을 꼭 쥐고 이승만의 독재를 용서할 수 없다고 화를 냈는데 오늘은 모두 웃음꽃을 피우며 담소를 나누고 있었다.

"실은 나 지난해에 한국 갔다 왔다."

옆에 앉은 진하가 내 귀에 속삭였다. 빠진 앞니 틈새에서 나오는 입김에서 강한 술 냄새가 났다. 꽤 취했나 보다. 얼굴도 시뻘겋다.

"뭐라고? 처음 듣는데?"

내 말투에는 좀 나무라는 구석이 없지 않았다.

"말 안 해서 미안하다. 혼자만 몰래 갔다 온 것 같아서 말을 못 했어. 너도 동인이도 가고 싶을 텐데……."

진하는 고개를 숙였다.

"근데 용케도 다녀왔구나. 국교도 없는데. 무슨 수를 써서 밀항을 한 거야?"

그게 말야, 하고 진하가 얼굴을 들었다.

"우리 마누라 오빠, 그러니까 우리 매형이 민단 간부라는 건 알지?"

"어어, 그랬지."

"매형 따라 갔다 왔어. 민단에서 임시 여권을 줘서 당당히 입국했다. 대만 비행기였는데. 하늘을 나는 동안 다리가 후덜덜 떨리더라."

곳으로, 나쓰메 소세키, 모리 오가이와 같은 거장의 소설에도 등장하는 장소다.

"그래서 한국 어디에 갔는데?"

"서울이지. 그리고 부산에도 갔어."

고향과 가까운 경상남도 부산까지 갔는데 삼천포에는 근처에도 못 갔다고 했다. 민단 간부들과 함께 다녀야 해서 혼자 다니지는 못했다고 한다. 신분을 숨기고 밀항한 탓에 삼천포가 고향이라고 입도 벙긋하지 못했다고 한다.

"삼천포로 돌아가고 싶었는데 어쩔 수 없었다. 가족 소식도 몰라. 편지가 어떻게 됐는지."

진하는 눈을 깜박거렸다.

내가 가만히 있자 진하도 입을 다물었다.

"그래서, 그쪽은 어떻든?"

잠시 후 내가 묻자 진하는 고개를 저었다.

"다들 너무 가난해. 나무뿌리라도 있으면 파서 먹고사는 것 같더라. 실업자들이 넘쳐나고 굶어 죽는 사람도 있어. 서울에서는 골목마다 아이들이 꽃과 담배를 팔고, 부산은 거지가 수두룩했어. 우리가 나라를 떠나기 전보다 더하면 더했지 나아진 건 없어 보이더라. 같이 간 간부들도 그 모습을 보더니 눈물을 철철 흘렸어."

"그랬구나."

"일본에 있는 동포들이 북으로 가려고 하는 것도 알 것 같았다. 게다가 북쪽이 훨씬 더 잘산다니까 뭐."

일본 적십자사를 통한 북송사업[20]이 시작되면서 수많은 재일 동포

---

20 1958년 인도 콜카타에서 북한 적십자사와 일본 적십자사 간 합의를 통해 재일 동포를 북한으로 영주 귀국시키는 사업이 시작되었다. 1959년부터 1984년까지 재일 동포 9만 명 이상이 북한으로 귀국했다고 한다. 당시는 한일 국교 정상화가 이루어지지 않은 시점이어서

144

가 바다를 건너 북으로 가려고 했다. 내가 사는 가마타에도 북으로 가려는 가족이 있었다. 그들의 고향은 전라남도였다. 수많은 사람이 고향과 멀리 떨어진 북으로 가 삶의 터전을 마련하는 것을 꿈꿨다.

"조국이 하나가 될 날이 올까?"

내가 나지막한 소리로 묻자 진하는 "이승만이 있는 한 안 될 거야"라고 대답하고는 포도주를 목 안으로 털어 넣었다.

"이런 사치스러운 음식, 한국에서는 먹을 수도 없는 거다."

진하는 그렇게 말하며 눈앞에 있는 요리로 손을 뻗었다.

2

"야, 큰일났다. 지금 일하고 있을 때가 아니라고."

동인의 결혼식으로부터 보름쯤 지난 후, 진하가 내가 일하는 가마타의 파친코 가게로 찾아왔다. 아타미 신혼여행에서 방금 돌아왔다는 동인도 함께였다. 두 사람 모두 숨을 헐떡이고 있었다.

"둘이 같이 웬일이야?"

가게 뒤로 가서 사정을 들었다.

"이승만 정권이 타도됐대."

동포들이 조국으로 가려면 북한으로 건너가는 수밖에 없었고, 북한이 한국보다 잘산다는 소문이 돌면서 일본에서 차별을 받는 생활을 청산하고 북한으로 가려는 동포들이 많았다고 한다. 그러나 북한에 가면 다시 돌아올 수가 없어서 북일 간 이산가족이 발생했다. 북송 사업으로 북한에 갔다가 탈북한 이들이 최근 들어 북한을 상대로 소송을 일으키는 일도 발생하고 있다. 북한에서 43년 만에 탈출한 가와사키 에이코는 2020년 3월에 북한 정권이 북한을 지상낙원으로 속여 재일 동포와 그 남편, 아내 등을 북한으로 가도록 유인한 뒤, 굶기고 신분 차별과 이동의 자유 등의 인권을 침해했다며 재일본 조선인총연합 등을 상대로 소송을 제기했다.

진하가 흥분해서 말했다.

"정말이냐? 잘못 들은 거 아니야?"

동인이 맞다고 딱 부러지게 대답했다.

"서울에서 학생들이 총궐기를 했대. 조국에서 혁명이 일어난 거야."

"드디어…… 드디어 왔구나……. 길었다 정말……."

목소리가 떨렸다.

"나라가 독재자 손에서 국민 손으로 넘어온 거지? 우리도 돌아갈 수 있겠다."

나는 흥분한 나머지 평소보다 말이 빨라졌다.

"앞으로 어떻게 될지는 아직 몰라. 하지만 여하튼 우리한테도 뭔가 할 수 있는 일이 있을 거야. 동포 청년들이랑 얘기라도 한번 해보려고 한다."

동인이 침착한 목소리로 말했다.

"그래, 가보자."

진하가 눈을 반짝이며 내 팔을 끌었다.

그날로부터 반년 동안 우리는, 친한 민단 청년들과 함께 일이 있을 때마다 모였다.

이승만이 퇴진한 날은 서로 얼싸안고 눈물을 흘렸다. 하와이로 망명했을 때는 축배를 들었다. 한국에서 대규모 데모가 있었다고 한 날은 흥분해서 아침까지 이야기를 나눴다.

"정말 민주화될지도 모르겠다."

"우리들도 민주적 조직을 새롭게 만들자."

"그러자. 이승만을 타도한 4월혁명에서 배우자. 권력에 아부하지 말고 돈의 힘에 지배당하지 말고 폭력에도 굴복하지 않겠다는 의지를 관철하자."

지금까지의 민단 청년부는 이승만 산하단체 같은 존재였다.

10월 재일 한국청년동맹(한청)이 생겼다. 사무소는 1층에 민단 동경 본부, 2층에 부인회가 있는 분쿄구 가나토미초에 있는 빌딩의 3층이었다. 부인회에는 동인의 아내 경귀도 소속되어 있었다.

나는 한청 사무소에 빈번히 얼굴을 내밀었다. 진하도 동인도 뻔질나게 드나들었다. 셋은 직장 일보다 더 열심히 한청 활동에 몰두했다.

한청에는 나, 진하, 동인처럼 한국에서 태어난 사람들도 있고 일본에서 태어난 사람들도 있어서 대화에는 일본어, 한국어가 섞여 있었다.

"하고 싶은 말을 거리낌 없이 한국어로 할 수 있다니 얼마나 좋냐."

진하는 자주 그렇게 말했다.

"서로 당당하게 한국 이름으로 부를 수도 있고. 평소엔 이렇게 못하잖아."

내가 일하는 파친코 가게는 주인도, 점장도 재일 동포였지만 일을 할 때는 당연히 일본어밖에 쓰지 않았다.

"이렇게 동지들이랑 얘기를 하면 자극도 많이 받는다. 책과 잡지를 빌려주는 것도 고맙지."

동인은 자기가 빌린 책을 나에게도 빌려주었다. 덕분에 나는 책을 읽을 기회가 늘었다. 김일성이 제안한 남북연방제에 대해 논의할 때는 열띤 토론을 하다가 날밤을 새우기도 했다.

한청이 생기고 반년 이상 지났을 무렵, 남용숙이란 젊은 여성이 사무소에 찾아왔다. 용숙은 한청 동지인 남용해의 동생으로, 일손이 부족하다는 오빠의 부탁을 듣고 일하러 온 것이었다.

용해는 가볍고 경박한 인상이었는데 동생 용숙은 차분한 분위기를 가진 여성이었다. 나이는 나보다 일곱 살쯤 아래로 내가 아는 누군가와 닮았는데, 그 누군가가 생각이 나지 않았다. 그래서인지 이상하게 신경이 쓰여 자꾸 눈길을 주게 되었다.

어느 날 그녀가 유리 꽃병에 꽃꽂이를 해서 장 위에 올려놓았다. 길거리에서 꺾어 온 듯한 소박한 꽃이었는데 남자들이 대부분인 따분한 사무소의 공기가 그 앙증맞은 노란 꽃 때문에 온화해졌다. 용숙은 경귀처럼 화려한 외모는 아니고 머리가 비상한 것도 아니었지만, 청초한 자태가 마치 그녀가 꽂아놓은 꽃처럼 마음을 온화하게 해주었다.

용숙을 보고 있다가 시선이 마주쳤다. 황급히 시선을 떼고 사무소를 나왔다. 계단참에서 '신세이'[21] 상자를 꺼내 담배를 피우니 그제야 마음이 좀 안정되었다. 나는 언제부턴가 담배를 피우게 되었다.

여자를 전혀 모르는 건 아니었지만 이제껏 사귀어본 적은 없었다. 굳이 밝히자면 서투른 편이었다. 그래서 상대를 어떻게 대해야 하는지도 잘 몰랐다. 아니 꼭 용숙과 사귀어보겠다는 건 아니었다. 그냥 누구랑 닮은 것 같아서 신경이 쓰일 뿐이었다. 그렇게 나 자신을 향해 되뇌었다.

---

21 담배 이름이다. 1949년에 일본전매공사가 발족하면서 발매되었고, 1950년대에는 가장 대중적인 담배였다. 2018년 이후 생산이 중단되었다.

그때 박태구와 최진산이 계단을 올라왔다. 무슨 얘기를 하는지 분위기가 고조되어 보였다.

"…… 데이트 신청을 하기엔 절호의 기회겠지?"

박태구의 목소리가 들떠 있었다.

"잘해봐."

최진산도 부추겼다.

내가 있는 걸 눈치챈 박태구가 "어라, 형님한테 다 들켰네. 거기서 다 듣고 있었죠?" 하며 머리를 긁적였다. 박태구는 나보다 머리가 두 개 정도는 더 큰 장신의 듬직한 사내였다. 성격도 명랑하고 밝으며, 농담을 자주 했다. 박태구의 주변에는 웃음소리가 끊이질 않았다. 솔직히 말하면 나와 같은 나이인데, 그는 내가 자기보다 다섯 살 위라고 믿고 존댓말을 썼다.

나는 박태구가 불편했다. 지긋지긋할 정도로 낙천적인 그는 자주 나를 당혹스럽게 만들었다.

"아니, 못 들었어."

"저는 남용숙이 맘에 듭니다. 다음 주 중앙대회가 끝난 다음에 데이트 신청을 좀 해보려고요. 형님도 분위기 좀 띄워주세요."

박태구가 웃으며 말했다.

"그런 쓸데없는 짓에 나를 끌어들이지 말게."

나는 담배를 바닥에 던져 발로 짓이기며 계단을 내려갔다. 까닭 없이 화가 치밀었다.

3

5월 16일, 민단 중앙대회에 나갈 마음이 눈곱만큼도 들지 않았는데, 거절할 이유도 딱히 찾을 수 없어서 어쩔 수 없이 길을 나섰다. 당연히 진하도 동인도 한청 동지들과 함께 참가했다.

"4월혁명으로부터 벌써 1년이 지났군."

동인이 조용히 내뱉었다.

"남북회담이 열릴지도 모른다니. 1년 전에는 상상도 못 할 일이었지."

진하는 "그렇지?" 하며 나를 돌아보았다.

"어, 그러네."

"왜 그래? 왜 아까부터 말도 안 하고 그래? 무슨 마음에 걸리는 일이라도 있어? 혹시 어디 아픈가?"

진하가 얼굴을 뚫어져라 쳐다보기에 아무것도 아니라고 대답했다.

근처에는 용숙도 있고, 그 바로 뒤에는 박태구가 진을 치고 있었다. 박태구는 용숙 옆에 용해가 있어서 말을 못 걸고 있는 것 같았다. 나는 용숙에게 눈길을 주며 대회가 시작하기를 기다렸다.

중앙대회는 곧 막을 열었고 민단 수행부가 차례차례 등단했다. 오늘은 새 단장을 뽑는 날이다. 그런 가운데 갑자기 회장 안이 소란스러워졌다. 등단자의 목소리도 점점 들리지 않았다. 무슨 일인지 알 수 없어 혼란했다.

"쿠데타가 일어났다."

"군이야, 군이 움직였어."

"박정희 소장이다!"

귀에 들어오는 분노와 규성을 종합해보고, 이윽고 사태를 파악했다. 한국에서 쿠데타가 일어나 8월에 갓 성립된 장면 내각이 무너졌다는 소식이 들어온 것이다.

"어떻게 될까?"

진하가 나와 동인의 얼굴을 동시에 봤다.

"나도 모르겠다."

불안이 엄습해왔다.

"군의 쿠데타라니 절대 인정 못 해. 역사를 거스르는 일이야."

단호한 동인의 태도에 나와 진하도 크게 고개를 끄덕였다.

중앙대회는 혼란에 빠졌다.

"쿠데타를 지지하지 않는다고 발표하라!"

우리 한청 동지들은 집행부를 다그쳤다.

그러자 마이크를 들고 있던 집행부 중 한 사람이 "중앙대회의 이름을 걸고 입장을 표명하겠다"고 말했다. 그 말을 들은 후 모두가 잠잠해졌고, 경황을 살피기로 했다. 집행부가 모여 머리를 맞대고 이야기를 시작했다.

아까 그 사람이 다시 마이크를 들었다.

"우리들은 쿠데타를 지지한다!"

그는 큰 목소리로 선언했다.

순식간에 회장 내에 동요가 일기 시작하더니 웅성웅성하는 소리가 들려왔다. 여기저기서 다툼이 벌어지고 있었다. 나는 용숙이 걱정이 되어 주변을 둘러봤는데 그녀의 모습은 이미 찾아볼 수 없었다. 용해와 함께 대피를 했는지도 모른다고 생각했다.

"철회하라!"

나는 목소리를 높였다.

"사임하라! 단장 재선!"

진하는 소리를 치다 옆에 있던 남자와 시비가 붙었다. 입으로 주먹이 날아오고 입안에서 무언가가 튀어나와 하늘을 나는 것 같았는데, 어느새 입에서 피를 흘리고 있었다. 또 이가 부러진 것이다.

나는 발끈해 진하를 때린 남자를 덮쳤다. 그러자마자 뒤에서 누군가 목을 조르며 나를 회장 밖으로 끌어냈다. 다음으로 진하가, 그리고 동인이, 박태구와 한청 동지들 모두 차례로 밖으로 끌려 나와 회장 안으로 들어가지 못했다.

우리들은 가나토미초 사무소에 모여 한청으로서 쿠데타를 용인할 수 없다고 정식 발표를 하기로 했다. 동경 본부와 부인회의 일부 회원들도 우리의 입장을 지지했다. 하지만 대부분의 민단 패거리는 집행부의 결정에 이의를 제기하지 않았다.

"다른 사람들이 뭐라든 우리는 절대로 굴복하지 않겠다!"

내가 소리치자 "옳소, 옳소"라고 동조하는 목소리가 들려왔다.

지금까지 나는 살아가는 일, 먹고사는 일만 생각하고 모든 것을 양보하고 살아왔는데 더 이상 참을 수 없었고, 참고 싶지 않았다.

나흘 후인 5월 20일, 미국이 한국에서 벌어진 군사 쿠데타를 묵인 중이라는 뉴스를 듣고, 나는 일도 뒷전으로 미룬 채 서둘러 한청 사무소로 향했다.

3층 사무소로 뛰어 들어갔다가 깜짝 놀랐다.

책상이 뒤집어지고 물건이 바닥에 떨어져 있었다. 아수라장이었다. 머리에서 피를 흘리는 사람도 있었고, 코피가 터진 사람도 있었다.

"무슨 일이야?"

내 뒤를 따라 들어온 동인이 축 늘어져 벽에 몸을 기댄 박태구에게 물었다. 박태구는 오른쪽 눈두덩이가 부풀어 오른 상태였다.

"죽도를 든 놈들이 와서 다 때려 부수고 갔어요. 아무래도 깡패들 같습니다. 한국어로 얘기하는 걸 보니 집행부가 보낸 것 같아요."

"젠장, 이렇게 비열할 수가!"

분노가 치솟아 주먹을 쥔 손에 손톱이 박혔다. 동인의 표정이 딱딱하게 굳어 있었다.

다시 사무소를 둘러보니 구석에서 용숙이 바닥에 떨어진 꽃병과 빨간 꽃을 줍고 있는 모습이 눈에 들어왔다. 두 볼을 타고 눈물이 흘렀다. 그녀는 오열을 참고 있었다.

나는 가슴이 답답했다.

그리고 그때 겨우 알아챘다.

용숙이 삼천포 우리 집에서 식모로 일하던 계향과 똑같이 생겼다는 것을.

나를 업어준 계향.

잠 못 드는 밤에 옆에서 토닥여주던 계향.

노래를 불러주던 계향.

용숙의 눈물 어린 얼굴은 일본 군인이 모는 트럭에 끌려가던 날, 눈물을 흘리던 계향의 얼굴이었다.

나는 더 이상 가만히 두고 볼 수가 없었다. 용숙이 있는 곳으로 다가가 허리를 굽히고 함께 유리 파편을 줍기 시작했다.

"고맙습니다."

용숙의 말에 대꾸도 못 했다. 얼굴도 제대로 볼 수 없었다.

"자상하시군요."

가까이에서 얘기를 나누니 심장 박동이 점점 빨라졌다.

"위험하니까 빨리 치웁시다."

마음과는 달리 퉁명스러운 말이 툭 튀어나왔다. 좀 화가 난 것처럼 들렸을지도 모른다.

"죄송합니다. 빨리 치울게요."

용숙은 기가 죽었는지 목소리가 개미 소리 같았다.

"그, 그게 아니라……."

나는 주머니에서 500엔짜리 지폐를 꺼내 용숙의 눈앞에 내밀었다. 눈을 보지 않고 건넸기에 그녀의 표정은 읽을 수 없었다. "이게 뭐예요?"라고 묻는 그녀의 말투에 미심쩍은 기색이 느껴졌다.

"꽃병……. 새로 하나 사시오."

500엔짜리 지폐를 용숙에게 억지로 쥐여주고 사무소를 나왔다.

4

그 후로는 틈이 날 때마다 용숙의 얼굴이 떠올랐고 그럴 때마다 내 뺨을 철썩철썩 때렸다. 어느 날에는 꿈에까지 나타났다. 일본군이 모는 짐칸에 탄 용숙이 "상주야"라고 울고불고하는 장면에서 잠에서 깼다.

지나치게 용숙을 의식한 탓에 한청 사무소에도 자주 나갈 수 없게 되었다. 그러는 한편 박태구가 용숙과 만나면 어쩌지 싶은 마음에 안절부절못했다.

사무소가 습격을 받은 지 며칠이 지나 나는 가나토미초에 갔다. 거기서 동인과 진하와 합류할 예정이었다.

한청은 그 후로도 쿠데타를 지지한 민단 집행부로부터 갖은 협박과 압력을 받았다. 새로 뽑힌 민단 단장도 한청을 눈엣가시처럼 여겼고, 위원장에게는 정권처분이란 제재 조치까지 추가되었다. 그러자 한청에서도 점점 사람들이 빠져나갔다. 동지들도 탈퇴하기 시작했다.

사태를 무겁게 본 동인이 대책을 세우기 위해 오늘 한청 회원들을 소집했다.

잔뜩 긴장한 상태로 사무실 문을 열었는데 분위기가 상상 이상으로 무거웠다. 불량배가 습격한 흔적도 여전히 남아 있었다. 두 동강 난 책상과 의자를 사무소 구석에 쌓아놓아서인지 묘하게 넓어 보였다.

진하도 동인도 아직 도착하지 않은 상태였다. 용숙도 없었다.

어두운 표정의 박태구가 있길래 "어이" 하고 인사했다.

"표정이 그게 뭔가?"

"아, 네" 하고 대답한 박태구는 "후우" 하고 한숨을 쉬었다.

"남용숙이 그만뒀어요. 용해 형님이 집행부에 반대해봤자 좋을 거 없다고 한청을 나갔거든요. 그래서 용숙이도……."

"남용해가 나갔다고?"

용숙에 대해서는 더 이상 묻지 않았다.

"그 사람, 전쟁 때 특공대에 지원했대요. 훈련 중에 해방을 맞았다고 합니다. 그러니까 권력에 달라붙는 기회주의잡니다. 지금은 형세를 관망하는 중인 거죠. 자기 생각만 하는 이기주의자입니다."

나는 가만히 있었다. 나도 그런 경험이 있었기 때문에 용해의 태도를 이해할 수 있었다.

조선인학교의 제자 황선남의 얼굴이 떠올랐다. 나는 그를 버리고 교직을 내던지고 조련을 빠져나왔다. 그때는 나 하나 지켜내기도 버거웠다.

"근데 용숙이는 포기하지 않겠습니다."

박태구는 자신의 사기를 북돋으려는 듯 우렁차게 말했다.

"어쩔 건데?"

엉겁결에 질문이 튀어나왔다.

"실은 어제 용해 형님을 찾아가는 척하며 집으로 가봤어요. 용해 형님 집이 오이마치에서 플라스틱 공장을 하거든요."

마음이 급해 가만히 듣고 있을 수가 없었다.

"어, 그래서?"

"용해 형님은 만났는데 용숙이는 없었어요. 그래서 용해 형님한테 한청으로 돌아와달라고 사정을 해봤는데 결국 거절당했습니다."

나는 거기까지 듣고 안심했다.

"근데 또 갈 겁니다. 부모님과 용해 형님에게 허락을 받은 후 용숙이한테 교제 신청을 할 생각입니다."

내 가슴이 다시 술렁였다.

"언제?"

"일요일에 또 갈 겁니다."

오늘이 목요일이니 곧이다. 나는 "흐음" 하고 짧게 대답한 후, 사무소로 들어온 진하 곁으로 다가갔다.

"나, 좀 가볼 데가 있어서 먼저 갈게."

진하가 "야, 임마. 어디 가?" 하며 눈을 동그랗게 떴다.

"회사에 급한 볼일이라도 생겼어?"

"어, 뭐 그런 게 있어. 동인이한테도 전해줘."

나는 그대로 사무소를 나와 곧장 전차에 뛰어올랐다.

오이마치역에서 국철을 타고 센다이자카 언덕을 내려갔다. 지도를 여러 번 확인했기 때문에 길을 잃지는 않았다. 언덕 입구에 있는 센다이 된장 가게에서 농후한 된장 냄새가 풍겼다.

오늘은 건조한 바람이 불어 피부도 보송보송했는데, 용해네 집 앞에 도착했을 때는 긴장해서 식은땀을 흘리고 있었다. 소매로 땀을 닦고 심호흡을 몇 번 하자, 플라스틱 공장 특유의 달콤한 에틸렌 냄새가 코를 찔렀다.

용숙네 집은 좁은 골목 끝에 있었다. 목조 2층집으로 1층이 공장이었다. 작업 중인 세 남자의 모습이 보였다.

공장에 가봤는데 용해의 모습은 보이지 않았다. 공장 바닥이 기름으로 미끌미끌해 넘어질 뻔했다. 엉겁결에 잡은 기계는 뜨거웠고, 기름으로 범벅이 되어 있어서 손끝이 까매졌다.

공장은 오래되어 보였다. 용해한테 이전에 들은 바에 따르면 전쟁 전에는 전구를 만들었다고 한다.

입고 있던 검은 바지에 손을 비벼 검은 기름을 닦으면서 기계 옆에 있던 남자에게 "이봐요"라고 말을 걸었다. 아직 애티가 나는 청년이었다.

"요이치 씨 계십니까?"

남용해로부터 평소에는 일본 이름을 쓴다고 들은 기억이 나서 용해라고는 하지 않았다.

나를 본 청년은 묵묵히 고개를 흔들더니 나한테서 도망치듯 안쪽 계단을 올라갔다.

"저 녀석은 일본어를 할 줄 몰라. 한국에서 온 지 얼마 안 됐거든. 우리 집에서 먹고 자며 얹혀살고 있지."

뒤돌아보자 남용해가 담배를 물고 서 있었다. 무스로 머리를 딱 붙이고 점잖을 빼면서 허세를 부리는 태도가 그럴싸했다. 공장에는 어울리지 않는 새하얀 오픈칼라 와이셔츠를 입고 있었다. 한청에 있을 때부터 잘난 척만 하는 유약한 사내였는데, 오늘 본 용해는 한층 더 경박해 보였다. 용해는 실제 나이가 나보다 세 살 많았다. 처자식이 있다고 하는데 전혀 그렇게 보이지 않았다.

"나한테 볼일이라도 있나? 박태구만이 아니라 너도야?"

용해는 입에 문 담배를 뺐다. 그는 나이가 많은 사람에게도 존댓말을 쓰지 않았다. 일본에서 태어났기 때문일까? 한국이었으면 이렇게 무례하게 굴지 못했을 것이다.

"어, 그게."

"한청으로 돌아오라고 할 거면 빨리 나가. 나는 지긋지긋하거든. 일본에도 한국에도 휘둘리고 싶지 않아. 나는 그냥 하루하루를 신나게 살고 싶다."

용해는 바닥에 찍, 하고 침을 뱉었다.

"아니, 뭐 돌아오라고, 그런 거 아냐."

"그럼 무슨 용건인데? 돈이라도 빌려달라고? 없어. 내가 빌리고 싶다. 나가."

손을 흔들어 손등과 손바닥을 번갈아 보이며 나가라는 손짓을 했다.

"그런 거 아니라니까."

나도 절로 언성이 높아졌다.

"아니, 왜 화를 내고 그래?"

"화내는 거 아니야."

"지금 냈잖아. 그럼 뭐야? 왜 왔냐고?"

용해와는 아무래도 대화가 되지 않았다. 그러나 용해한테 빨리 부탁을 해서 용숙을 만나지 못하면 박태구가 일요일에 다시 찾아올 것이다.

"용숙 씨한테……."

거기까지가 최선이었다.

"뭐야? 너도 도시코 만나러 온 거야? 그래서 무슨 용건인데?"

"그건……."

더 이상 말이 나오지 않았다.

"야, 문덕윤! 너 이 자식!"

용해가 히죽댔다.

"갑자기 말문이 막히나 보네. 으이구, 알았다. 내 당장 불러올 테니까 여기서 좀 기다려라."

그러고는 안쪽 계단으로 사라졌다.

용해한테 약점을 잡힌 것 같아 억울했지만 어쩔 수 없는 노릇이었다.

나는 공장에서 골목으로 나와 담배를 꺼냈다. 그런데도 불안한 마음이 들어 담배를 두세 번 빨다가 서둘러 발밑에 버리고 발로 눌러 껐다. 세 번째 담배에 불을 붙였을 때 용숙이 눈앞에 나타났다.

흰 반팔 블라우스에 갈색 스커트를 입고, 머리를 희끄무레한 천으로 묶고 있었다. 엷은 화장을 하고 있었는데 입술만 새빨간 립스틱을 발랐다. 빨간 입술을 보고, 시선이 거기에 머물러 꼼짝도 못 했다. 나미코가 떠올라 심장이 뛰기 시작한 것을 나 자신도 느낄 수 있었다.

"용건이라니, 뭔데요?"

용숙은 머뭇거리며 물었다.

내가 무서운 걸까?

"혹시……, 제가 받은 돈을 돌려달라는 겁니까?"

"돈? 무슨 돈?"

"500엔 주셨잖아요. 꽃병을 안 샀으니까 돌려드리려고 했어요. …… 죄송합니다."

주머니에서 꼬깃꼬깃하게 접은 지폐를 꺼냈다.

"그런 거 아니라니까!"

언성이 또 높아졌다.

"화내지 마세요."

용숙은 두려움이 가득한 눈으로 나를 봤다.

"아니, 아니라니까! 영화, 영화 보자!"

"영화요?"

용숙은 말귀를 못 알아들은 듯 계속 눈을 깜박였다.

"일요일에 영화라도 보러 갈까?"

내 말에 용숙이 어리둥절한 표정을 지었다.

"내가 문덕윤 씨랑 영화를요?"

이렇게 확인까지 받고 있자니 내 자신이 한심스러워졌다.

"싫으면 됐고."

대충 내뱉고 돌아서는 찰나, "그러죠, 뭐"라는 대답이 들렸다.

"영화, 보러 가요."

미소 짓는 용숙의 아리따운 얼굴이 너무 눈이 부셔 나는 그만 눈을 떼고 말았다.

다음 금요일 점장에게 일요일에 좀 쉬겠다고 했다가 노골적으로 싫은 소리를 들었다.

"야, 이 자식, 요즘 결근이랑 조퇴가 말도 못 하게 많더라. 네 기분 모르는 건 아니지만, 한청에만 빠져 지내지 말아라."

죄송하다고 머리를 깊게 조아리고 겨우 휴가를 받았다.

막상 전날이 되고 보니 무슨 영화를 보러 가야 할지, 식사는 어디서 하면 좋을지, 여자가 좋아하는 장소가 짐작도 가지 않아 걱정스러웠다. 데이트 같은 걸 해본 적이 없으니 당연한 일이었다.

가게 전화를 빌려 동인의 아내인 경귀에게 여자가 좋아하는 것에 대해 이것저것 물어볼까?

아니, 그런 걸 묻는 건 좀 꼴불견이다. 무엇보다도 동인에게 들켜

버릴 것이다. 창피하잖은가. 그런데 어찌하면 좋을지 알 수 없었다. 궁지에 몰린 기분이었다. 나는 밤새 애가 타 한숨도 자지 못했다.

일요일에는 하필이면 아침부터 보슬비가 내렸다. 일부러 무스까지 바르고 올백으로 단장했는데 습기 때문에 머리가 조금 헝클어졌다. 약속 시간 30분 전에 유라쿠초역에 도착한 나는 주머니에서 담배를 꺼냈다. 아쉽게도 담뱃갑에 마지막 남은 하나였다.

그 한 개피를 찔끔찔끔 피우며 시계를 올려다보았다. 약속 시간까지 아직 20분이나 남아 있었다. 담배를 사가지고 와도 시간이 충분할 것 같아 자리를 비웠다.

역 앞 매점에 갔더니 내가 피우는 '신세이'가 다 팔렸다고 한다. 점원에게 다른 가게 장소를 물은 후, 빗속을 걸어 거기까지 가다가 지리에 어두워 길을 잃고 말았다. 그래도 어떻게든 가게를 찾아, 담배를 사서 서둘러 돌아왔다. 그런데 이미 약속 시간이 15분이나 지나 있었다.

개찰구 앞에 용숙의 모습이 보이지 않았다.

아직 안 온 걸까? 그렇다면 시간 약속을 못 지키는 여자가 아닌가? 아니면 무슨 다른 문제라도 생겨서 늦는 걸까? 아니면 내가 너무 늦어서 가버린 것일까?

가슴을 졸이며 비안개 속 풍경을 바라보고 있을 때, 용숙이 우산을 들고 뛰어왔다. 오늘도 흰 블라우스에 치마를 입고 있었다. 지난번과는 달리 장화를 신고 있었다.

"미안해요. 늦었어요."

용숙이 눈앞에 나타나자, 늦은 일 따위는 조금도 신경이 쓰이지 않왔다. 비가 오는 가운데 여기까지 와준 것만으로 고마웠다.

"오빠가 준비하느라 시간이 걸려서……."

"오빠?"

"나다, 임마."

용숙이 뒤에서 고개를 빼꼼 내민 것은 용해였다.

"시집도 안 간 우리 동생을 외간 남자랑 단둘이서만 만나게 할 수는 없지. 같이 가도 되지?"

오늘도 머리를 깔끔하게 세팅한 상태다.

"뭐, 그러자."

진심은 아니었지만 오지 말라고 할 수도 없는 노릇이었다.

"근데 야, 문덕윤!"

용해는 실실대며 말했다.

"너 오늘 뭘 그렇게 차려 입었냐? 원래 좀 어려 보이지만 오늘따라 더하네. 잘 어울린다, 그 머리."

용해가 그렇게 말하자 용숙도 나를 보았다. 나는 갑자기 쑥스러워져 일부러 머리를 헝클어뜨렸다.

"영화에 늦을지도 모르니까 서두르자."

용해가 앞서 걸었다.

우리 셋은 잔느 모로가 나오는 '위험한 관계'를 봤다. 실은 서부극 '황야의 7인'을 볼 생각이었는데 용해가 제멋대로 정한 것이다. 용해가 와서 긴장이 풀렸는지 나는 도중에 꾸벅꾸벅 졸기 시작했다. 영화가 끝났지만 줄거리조차 이해하지 못했다. 용해와 용숙은 재미있었다며 영화에 관한 이야기꽃을 피웠다.

영화가 끝난 후 용해를 따라 센비키야[22]로 갔다. 용해는 긴자를 매우 잘 아는 것 같았다.

"문덕윤, 너는 무슨 일을 하냐?"

카레라이스를 먹으며 용해가 물었다.

"파친코 가게 종업원이다."

일을 시작한 지 반년밖에 지나지 않았지만 그런 것까지 대답할 필요는 없을 것이다.

"돈은 얼마나 버나?"

"먹고살 만큼은 번다."

슬쩍 용숙의 표정을 엿봤지만 용숙은 태연하게 묵묵히 카레라이스를 먹고 있었다.

"나중에 네 가게라도 내려고?"

"아직 모르겠지만 그러면 좋겠지."

일본에서 계속 살 생각이 없다고는 말하지 않았다. 나는 물을 마셨다.

"출신이 경상남도라고 했지?"

"어, 해변가다."

"언제 일본에 왔는데?"

"해방 전이지."

가짜 이력이다 보니 얘기하는 내내 마음이 불편한 데다 용해가 듣기에도 어딘가 부자연스러운 구석이 있었을 것 같은데 용해는 눈치를

---

22 1834년에 창업한 과일 전문점이다. 긴자 센비키야는 1913년에 문을 열었고, 과일 파르페로 여전히 사랑을 받고 있다.

채지 못한 것 같았다. 나는 한 번 더 물을 들이켰다.

"가족은 다 한국에?"

"그래."

"장남인가?"

"차남이다."

이건 사실이다. 질문이 계속 이어졌다.

"학교는 어디를 나왔냐?"

"한국에서 사범학교를 나오고 여기서는 호세이대학."

이상주가 아니라 문덕윤으로서 거짓 경력을 말했다. 호세이대학은 중퇴했지만 조금이라도 잘 보이고 싶었다.

꼬치꼬치 묻는 용해의 질문에 대답하느라 결국 용숙과는 거의 대화를 나누지 못했다. 지나치게 긴장한 탓에 무슨 맛인지도 모르고 카레라이스를 먹었다.

식비를 계산하고 가게를 나왔을 때는 이미 비가 그쳐 있었다. 구름 사이로 태양이 얼굴을 내비쳤다.

"문덕윤, 도시코랑 교제해도 된다."

용해는 성냥을 그어 담배에 불을 붙이며 말했다.

내 휴일은 불규칙적이었다. 그래서 용숙과의 데이트는 평일일 때도 주말일 때도 있었는데, 그때마다 용해가 따라왔다. 자영업자라 자유롭게 시간을 내나 보다 했는데, 은퇴한 아버지로부터 일찍이 공장을 물려받은 후 일도 안 하고 종업원들에게 모든 걸 맡기고 있는 것 같았다.

용해는 "나는 언젠가 책을 쓸 거야"라고 내 앞에서 여러 번 말했다. "내가 메이지대를 나왔거든" 하며 자랑도 했다. 그러자 용숙이 불만스럽게 입술을 비쭉 내밀었다.

"오빠는 전쟁 끝나고 복학했는데도 마작이나 하다가 낙제했잖아. 나도 대학에 가고 싶었는데 아버지가 여자는 대학에 갈 필요 없다고 하셔서 못 갔는데."

용숙은 얌전해 보이지만 의외로 할 말을 다 하는 성격인지도 모른다고 생각했다.

아무리 그래도 내가 그렇게나 가고 싶어 하던 대학에 갔는데, 열심히 공부하기는커녕 마작을 하러 다녔다니 한심스러웠다. 세상은 참 불공평한 곳이다.

나는 그로부터 3개월간 용해도 함께하는 데이트를 거듭했다. 우에노 동물원에 코끼리를 보러 가고, 신주쿠에서 영화를 보고, 시부야 플라네타리움에서 별자리를 봤다. 대화의 중심은 언제나 용해였는데 용숙과도 조금씩 대화를 나눌 수 있게 되면서 나는 데이트하는 날만 손꼽아 기다리게 되었다.

그녀는 소학교 5학년 때까지 조선인학교에 다니다가 조선인학교가 폐쇄되자 일본 소학교로 전학했다고 한다. 그리고 공립중학교, 도립고등학교를 졸업한 후 영문 타이핑을 가르치는 전문학교를 나왔다. 노래를 좋아해서 성악을 배우고 있었고, 소게쓰류[23] 꽃꽂이도 배웠다

---

23 1927년에 생긴 꽃꽂이계의 파벌. 데시가하라 소후가 만들었으며, 참신한 기법으로 꽃꽂이계의 피카소라고 불렸다. 1959년 바르셀로나에서 전시회를 열었을 당시 달리가 감동을 받아 그를 집으로 초대했으며, 1966년에는 미로전을 위해 방일한 미로 부부가 소게쓰 회관을 방문해 화제를 모았다. 데시가하라 소후는 "꽃은 꽃꽂이를 통해 사람이 된다"는 말을 남겼다.

고 한다.

용해도 음악, 영화, 문학에 정통한 인물이었다. 남씨 일가는 무미건조한 나의 일상과는 달리 몹시 문화적이라고 생각했는데 아버지가 일본에 오기 전에 소학교 선생님이었다고 한다.

5

태양이 이글거리는 뜨거운 여름날인데도 흰 긴팔 셔츠에 넥타이까지 매고 나오니 온몸에서 엄청난 땀이 쏟아졌다. 나는 오이마치 센다이자카 언덕을 내려가 용숙의 집으로 갔다. 오늘은 용숙네 집 식사 자리에 초대받았다.

에틸렌의 달콤한 냄새가 풍기는 공장 2층, 주거로 이어지는 계단을 올라갔다.

한복을 입은 용숙의 언니인 용순이 마중을 나와 자기소개를 하더니 "용숙이보다 열두 살이나 많다고 들었는데 앳되어 보이네요" 했다. 그리고 현관에서 거실로 안내해주었다. 용순은 용숙과 많이 닮았는데, 용순이 훨씬 체구가 풍만했다.

다다미 여덟 장 정도 되는 거실에는 가족 전원이 모여 있었다. 여자들은 모두 한복을 입고 있었다. 그중에서도 용숙이 가장 화려했다. 청초하고 아름다웠다. 나는 가슴이 계속 두근거렸다.

용숙의 부모님, 용해, 용해의 아내, 용해의 두 아들, 용숙, 그리고 용순과 그 남편과 어린 딸까지 총 열 명이었다. 스무 개의 눈동자가 나를 보고 있었다. 내 내장 안까지 들춰보며 평가를 하고 있는 것 같아 안절부절못했다.

"자, 앉게나."

가장인 용숙의 아버지가 한국말로 재촉하셨다. 긴장이 극에 달했다. 하지만 아버지는 인자한 눈빛이었다. 머리칼이 적고 머리 꼭대기가 허전했는데 아직 60대로 보였다.

나는 상다리가 부러질 것 같은 상 앞에 앉았다.

"덥지? 이거 마시게."

용숙의 어머니도 한국어로 말씀하시며, 불투명한 흰색 음료가 든 컵을 건네주셨다. 어머니는 자상하고 부드러운 분위기였다.

"감사합니다."

한국말로 대답한 후 고개를 돌리고 컵에 든 음료를 마셨다. 아래쪽에 침전된 쌀알까지 남김없이 마셨다. 식혜였다. 달콤하고 깔끔하며 시원했다. 몇 년 만에 먹는 식혜인가. 어린 시절이 떠올라 가슴이 벅찼다.

식혜는 찹쌀을 발효시킨 일본의 '아마자케' 같은 맛으로 대추와 계피가 들어 있는데 알코올 성분은 없다. 고향인 삼천포에서도 어머니가 식혜를 만들어주셔서 무더운 여름에 자주 마셨다. 정월과 제사 때도 꼭 나오는 내가 매우 좋아하는 음식이다.

잘 먹었다고 인사하며 컵을 돌려드리자 나를 지켜보던 용해의 세 살짜리 아들이 "할매, 나도 주세요" 하며 용숙의 어머니 쪽으로 다가갔다.

"이보게, 사양하지 말고 많이 들게. 술은 잘 못한다니 나만 한잔하겠네."

용숙의 아버지가 당신의 술잔에 술을 따르셨다.

식탁에는 조기구이, 고기와 채소를 얇게 썰어 밀가루를 발라 부친 전, 돼지고기 수육, 배추김치, 무, 고사리 등 산채 나물을 비롯한 다양한 한국 음식이 놓여 있었다. 가지각색의 반찬이 놓인 식탁을 보고, 용숙네 가족이 나를 따뜻하게 맞아주고 있다는 사실에 가슴이 뜨거웠다.

내가 먼저 젓가락을 들자 용숙의 가족도 식사를 시작했다.

오랜만에 먹어보는 손수 만든 한반도 요리를 한 점씩 입안에 털어 넣었다. 꾸역꾸역 집어넣다가 사레들릴 뻔했다.

"뭘 그렇게 서둘러 먹나."

용순이 말했다.

"너무 맛있어서요."

고향의 맛이 내 오장육부에 스며들었다. 역시 한반도 요리가 최고다.

오이냉국이 나왔을 때는 어머니 생각이 났다. 간장과 참깨, 식초로 맛을 낸 간단한 요리인데 더운 날에 자주 먹었다. 용숙의 부모님 고향도 경상남도 진해라고 했는데, 그래서 우리 집과 요리 맛이며 종류가 크게 다르지 않은 건지도 모른다.

용해가 "실은" 하며 고백했다.

"박태구도 도시코를 노렸는데 근데 나는 이 자식, 문덕윤이가 더 장래성이 있는 거 같았거든. 나이도 훨씬 많으니까 아무래도 좀 듬직하겠지. 도시코도 싫어하는 눈치가 아니더라고. 게다가 박태구는 무직 같았어. 무엇보다도 경망스러운 부분이 맘에 안 들었지."

그러자 용순이 "오빠도 참" 하며 웃었다.

"경망스럽다니, 남 얘기가 아니지. 공장까지 물려받았는데 일도 안 하는 오빠가 누구 욕할 처지야?"

"나는 괜찮다, 나는. 나중에 다 잘될 거다. 책도 써야 한다니까 그러네."

"오빠도 참……."

용순은 어처구니없다는 듯한 표정이었는데, 그럼에도 불구하고 여전히 얼굴에서 미소가 떠나지 않는 것을 보면 오빠에 대한 애정의 깊이를 느낄 수 있었다.

용숙의 아버지는 온화한 사람 같았다. 용숙네처럼 가족 모두가 한 상에 둘러앉아 식사를 하는 일은 우리 집에서는 경험하지 못한 일이었다. 가장인 아버지만 방에서 혼자 식사를 하시고, 어머니와 아이들은 부엌에서 먹었다. 그래서 아버지가 빠진 다른 식구들이 같이 있는 풍경을 당연한 것으로 여겨왔다. 그런 기억을 그동안 잊고 살았다. 그 시절에는 학교에서 안 좋은 일이 있어도 어머니가 해주신 밥을 먹으면 다 잊을 수 있었다.

이 가족의 일원이 된다면 어떤 기분이 들까? 용숙과 함께 살면 나는 마음을 좀 놓고 살 수 있을까?

"문덕윤 군."

용숙의 아버지가 나를 정면에서 바로 보고 말씀하셨다. 나는 자세를 바로잡고 "네" 하고 대답했다.

"부족한 것이 많은 딸내미지만 우리 용숙이를 잘 부탁하네."

잘 부탁한다는 것은 시집을 보낸다는 말일까?

집에 불려왔을 때 그런 얘기가 나오리라는 상상은 했다. 하지만 막상 구체적인 결혼 얘기가 나오자, 나한테 그 정도 각오가 서 있는지 덜컥 겁이 났다.

용숙이 보고 싶은 일념에 한청 활동도 내팽개치고 용해랑 셋이 데이트를 해왔다. 용숙과 같이 살고 싶지만, 언젠가 한국에 돌아갈 생각이다. 만일 일본에 뿌리를 내리고 살아온 동포의 딸을 아내로 맞이하면 앞으로 어떻게 될까? 하지만 결혼을 전제로 하지 않고 계속 사귀는 것은 정조를 중시하는 한국인 가정에서는 상상도 못 할 일이기 때문에 무책임하게 그럴 수도 없는 노릇이었다.

대답을 하지 못하고 있자 용숙의 아버지가 "나는 말일세" 하고 말씀을 이어가셨다.

"관동 대지진 이전부터 일본에 와서 살고 있다네. 그때 그 혼란한 상황에서 조선인이란 이유로 이웃들한테 살해당할 뻔했어. 경찰의 보호를 받아 목숨만 부지했지. 그 후 나와 가족은 어디를 가도 조선인이라고 당당하게 밝히지 못하고 살아왔다네. 두려움이 앞섰기 때문에 살얼음판을 걷듯 늘 쉬쉬하며 조심조심 살아왔지. 그래도 해방 후에 자식들은 민족학교에 보냈어. 자긍심을 물려주고 싶었거든. 그런데 아직도 일본에서는 조선인이라고 큰 소리로 말할 수는 없다네. 그런 현실에 계속 침묵하며 살아왔어. 그나마 지금 할 수 있는 일은 한국에서 온 젊은이들을 우리 공장에서 일하게 해주고 거둬주는 거지."

나는 용숙 아버지의 말씀에 묵묵히 귀를 기울였다. 주변 가족들도 모두 조용히 이야기를 듣고 있었다.

"그러니까 자네처럼 당당하게 한국인으로서의 자긍심을 가지고 사는 젊은이에게 내 딸을 맡기고 싶네. 조국에 대한 강한 신념을 가진 자네와 우리 용숙이가 결혼을 하는 게 내 바람일세."

아버지의 말씀이 내 마음을 강하게 흔들었다.

"저는 나중에 한국으로 돌아갈지도 모릅니다."

그렇게 대답한 후 숨을 한 번 쉬고는 용숙을 봤다. 긴장했는지 그녀의 표정이 굳어 있었다.

"그래서 제 아내가 되는 용숙 씨도 나중에 한국에 가게 될지도 모릅니다. 부모님과 다른 가족들과도 떨어져 살게 될지도 모릅니다. 물론 목숨을 바쳐 용숙 씨를 지키고 부양할 각오가 되어 있습니다."

가슴을 펴고 말했다.

그러자 용숙이 "아버지" 하고 입을 열었다.

"저, 한국 가도 되어요. 제 나라잖아요. 소게쓰 자격이 있으니까 거기서도 꽃꽂이를 가르치며 살 수 있을 거예요. 그러다 보면 일본과 국교가 생겨서 편하게 왔다 갔다 하게 될 날이 올 거예요."

용숙이 나를 보며 미소 지었다. 나도 그녀의 시선을 피하지 않았다.

"그래, 알겠다."

용숙의 아버지는 사케가 든 잔을 비우고 "용숙이를 행복하게 해주게" 하며 내 눈을 똑바로 쳐다봤다.

6

리에는 자신의 아파트 현관에서 펌프스를 벗고 거실 소파에 누웠다.

잠시 눈을 감고 있는데 인터폰이 울렸다.

무거운 몸을 일으켜 액정화면을 보니 화면 전체에 하나의 얼굴이 가득했다.

절로 웃음이 새어 나오고 괜스레 몸도 가벼워졌다. 통화 버튼을 누르고 이제 왔냐고 밝게 말했다.

"엄마, 다녀왔습니다."

하나의 목소리에 이어 "다녀왔습니다" 하는 성인 여성의 목소리가 들렸다. 하나 친구 엄마였다. 갑자기 생긴 일정이라 베이비시터인 우에다 씨의 일정이 맞지 않아 오늘 하루 하나를 맡겼던 것이다.

"전 여기서 그냥 갈게요."

리에는 액정화면으로 보이는 그녀에게 고맙다고 진심을 담아 인사한 후 현관문을 열었다.

그리고 하나를 기다렸다. 하나는 금세 엘리베이터를 타고 올라왔다.

"엄마, 오늘 어디 갔다 왔어?

하나가 신발을 벗으며 물었다.

"응, 할아버지 친구네 집."

집에 들어와 한숨 돌리고 나니 다시 미영이 떠올랐다.

"하나도 할아버지 친구네 집, 가고 싶었는데. 할아버지 친구, 하나도 만나보고 싶어."

불만스럽다는 듯 입술을 비쭉 내밀고 리에를 올려다본다.

"그래, 하나야, 다음에 같이 가자."

진심에서 우러나온 말은 아니었지만 왜인지 다시 미영과 얼굴을 볼 날이 조만간 오리란 예감이 들었다.

냉장고에 있던 스튜와 샐러드로 하나와 함께 저녁을 먹고 있는데 스마트폰에 오빠 번호가 떴다.

식탁에서 일어나 복도로 나가면서 통화를 했다.

"김미영 씨가 뭐 어쨌다고?"

평탄한 목소리에서 오빠의 감정을 읽을 수가 없었다.

"응, 실은 말이지, 오늘 김미영 씨네 집에 갔다 왔어. 즈시까지."

오빠는 그러냐고 묻고는 잠시 침묵한 후, 리에의 이름을 불렀다.

"그럴 때는 가기 전에 오빠한테 먼저 말해."

"근데 그게……."

아버지 애인인 것 같아서 확인하고 싶었다고는 입이 떨어지지 않았다.

"그래서? 왜 갔는데? 가서 무슨 얘기를 한 거야?"

"아니, 장례식에서 미영 씨가 하도 많이 울어서 아버지랑 무슨 관계인지 궁금해서. 거기 가서 이런저런 얘기를 좀 듣고 왔어. 우리 아버지가 미영 씨한테 잘해줬다고 하더라. 그리고 장례식에 왔던 그 할아버지가 미영 씨 부모님이랑 우리 아버지가 다 같이 민주화 운동을 했다던데. 그런 얘기를 듣고 왔지."

미영의 학비 얘기까지 하면 설명이 길어질 것 같아 말하지 않았다.

"그랬구나."

흥미가 없는지 오빠의 반응이 건조했다. 역시 오빠는 리에 이상으로 아버지에게 냉정한 사람이다.

"그리고 아버지의 목에 걸린 그 송편. 그거 미영 씨가 만든 거였대."

"진짜?"

오빠의 목소리가 조금 날카롭게 들렸다.

"응. 미영 씨 자신이 직접 실토했어. 어떻게 그럴 수가 있어? 용서하면 안 되겠지?"

잠시 가만히 있던 오빠는 "그건 말이다" 하고 말했다.

"사고였을 뿐이야, 리에야."

오빠가 미영을 감싸고 도는 것 같아 기분이 나빴다.

"여하튼 그 여자, 나는 맘에 안 들어. 뭔가 우리들이 모르는 아버지를 아는 것 같고. 그것도 싫어."

"아버지한테도 가족이 모르는 면이 있었을 테지. 남자란 그런 거야."

"오빠는 원래 아버지랑 사이도 안 좋았으면서, 이제 와서 편드는 거야?"

"사이가 나빴던 건 아니야."

오빠의 태도를 이해할 수 없었다. 아무리 생각해봐도 사이가 나빴던 기억밖에 없다.

"오늘, 강진하 씨, 그 할아버지도 만나고 왔어. 아버지를 자꾸 '상주'라고 부르던데, 무슨 소리를 하는 거야? 유골을 한국으로 가져가서 장례를 치르라던데."

"유골을 나눠달래?"

"응. 아버지 고향에 묻어달래. 아버지가 그렇게 해달라고 하셨대. 미영 씨한테도 아버지가 그렇게 말한 것 같던데."

"그랬구나……."

거기까지 듣고 오빠는 침묵했다.

"오빠는 어때? 너무 당황스럽지 않아? 싫지 않아?"

마치 심문하는 것 같은 말투가 되어버렸다.

"그렇지도 않아."

오빠의 목소리가 침착하게 들리는 게 영 맘에 들지 않았다. 어떻게 저런 말을 할 수 있을까? 지금까지 그렇게 리에와 아버지를 피해서 일본인으로 살아온 주제에.

"거짓말 좀 그만해!"

자꾸 감정적이 되었다. 그런데도 오빠는 대꾸를 하지 않았다.

"그래서 어쩔 건데?"

그렇게 묻자 오빠는 "역시" 하고 입을 열었다.

"유골을 나눠야겠지. 아버지도 그걸 바라신 것 같고."

"뭐라고? 지금 무슨 소리 하는 거야? 그럼 아버지 유골을 한국으로 가져가겠다는 거야? 누가? 언제? 오빠가 한국에 가기 싫다고 했잖아. 혹시 나보고 혼자 갔다 오라는 거야?"

리에가 꼬치꼬치 따지자 오빠는 "으흠" 하고 고민을 하더니 또 침묵했다.

그때 하나가 엄마를 부르며 복도로 나왔다.

"스튜, 더 먹어도 돼?"

리에는 고개를 끄덕이고는 "전화 곧 끊을 거니까 잠깐만 기다려" 하고 말했다.

"리에야, 전화로는 좀 그러니까 어쨌든 모레 납골할 때 보자."

'뚜뚜' 하는 소리밖에 들리지 않았다. 리에는 스마트폰을 귀에서 뗐다.

"엄마, 더 줘. 빨리!"

하나의 재촉에 못 이겨 복도에서 부엌으로 갔다.

가스 불을 켜며 찝찝한 기분에서 벗어나기 위해 레이들을 빙빙 돌려가며 스튜를 저었다.

후미야마 일가의 묘지는 다마 영원[24]에 있었다.

오빠가 차로 리에를 데리러 왔다. 올케인 준코 언니, 조카인 고타와 함께 공원 묘지로 향했다. 아이를 잘 보는 고타가 차 안에서 내내 하나와 상대해주어 큰 도움이 되었지만, 미영과 강진하 할아버지에 대해 또 아버지가 '상주'라고 불리는 이유에 대해서도 오빠와 이야기를 하지 못해 답답하기만 했다. 뒷좌석에서 유골을 안고 앉아 있으니, 유골을 나누는 일도 신경이 쓰여 마음이 상당히 복잡했다.

하늘이 푸르렀다. 긴팔 상복이 덥게 느껴질 정도로 기온이 높았다. 차에서 내린 리에는 내리쬐는 햇빛 때문에 눈살을 찌푸렸다.

운전석에서 내린 오빠한테 다가가 귓속말을 했다.

"유골 나누는 건 어쩔 거야?"

"뼈 일부를 나눠놨으니까 걱정하지 마. 나한테 맡겨."

오빠는 조금 답답하다는 듯한 말투였다.

리에는 알았다고 대답한 후 더 이상은 묻지 않았다.

초록이 우거진 넓은 공원묘지에 회색 대리석 묘석이 일렬로 쭉 줄 서 있었다. 어머니가 돌아가시고 지난 5년간 춘분과 추분, 일본의 추석인 '오봉'과 어머니 기일에 맞추어 매년 네 번 꼭 찾아왔기 때문

---

24 영친왕 이은이 1922년 서울에서 급사한 아들 이진을 위로하기 위해 세운 비석이 있는 장소로 도쿄를 대표하는 대형 공원묘지다. 요시카와 에이지, 에도가와 란포 등 일본의 저명한 작가들의 묘소도 이곳에 있다.

에 하나도 길을 잘 알고 있었다. 하나가 앞서서 씩씩하게 묘지로 걸어갔다.

꽤 일찍 도착한 편이었는데 이미 누군가가 묘지 앞에서 서성이는 것이 보였다. 그런데 스님도 아니고 작업을 부탁한 석재점 담당자도 아닌 것 같았다. 조금 더 다가가자 상복을 입은 여자가 꽃을 들고 있는 모습이 눈에 들어왔다. 역광인 탓에 얼굴은 잘 보이지 않았다.

"엄마, 저 사람 누구야? 할아버지 친구?"

"글쎄, 누굴까?"

하고 대답했는데 아무래도 낌새가 이상했다.

"가네아키 씨, 리에 씨."

뒤돌아보며 머리를 조아리는 사람은 다름 아닌 미영이었다.

"내가 불렀다."

오빠가 리에 뒤에 서서 작은 목소리로 말했다.

납골을 끝내고, 공원 묘지에서 집으로 돌아가는 길에 미영과 함께 식사를 하게 되었다.

그런데 아까 납골할 때도 분위기가 묘했다. 미영은 하염없이 눈물을 흘렸고, 장례식에서도 안 울던 오빠마저 눈물을 뚝뚝 흘렸다.

오빠한테 무슨 일이 있었던 것일까? 도대체 미영을 왜 부른 것일까? 아버지가 일본에 친척도 없고 얼마 되지 않는 함께 골프 치던 친구분들도 대부분 돌아가셔서 미영이 거의 유일한 아버지의 지인이기 때문일까?

단순히 아버지 동급생의 딸이라는 이유로 납골까지 하러 오다니,

어딘가 좀 수상했다.

아버지의 유골이 묘에 들어갔는데도 리에는 아무 감정도 느낄 수 없었다. 아버지의 죽음을 애도하는 마음보다 지금 이 상황에 대한 의혹이 더 깊어갔다.

준코 언니와 고타가 차가운 시선으로 오빠와 미영을 보고 있는 것처럼 느껴졌다. 하나는 알지도 못하면서 미영의 옆에 딱 달라붙어 있었다.

일부러 찾아와줘서 고맙다며 오빠는 미영에게도 식사를 권했다. 오빠는 오늘 쓸데없는 짓만 하고 있다. 자리에 앉은 후 다들 눈치만 보고 있었다. 하나도 그런 분위기를 눈치챘는지 조용했다.

쇼카도 도시락[25]이 나올 때쯤 준코 언니가 예의상 미영에게 말을 걸었다.

"시아버지랑 예전부터 잘 아는 사이라고 남편한테 들었어요. 오늘도 먼 곳에서 일부러 찾아와주셔서 감사합니다."

그렇게 말하고 묵례했다. 준코 언니는 항상 빈틈이 없다고 리에는 생각했다.

"아닙니다. 제가 삼촌한테 신세를 많이 졌지요."

미영은 그렇게 대답한 후, "저기" 하면서 말을 이어갔다.

"삼촌은 어떤 아버지셨나요? 가족분들한테도 자상하셨죠?"

"아버지는 엄한 사람이었습니다."

오빠가 대답하자 미영은 의외라는 듯 "엄한 사람"이라고 따라 한 후, 눈을 동그랗게 떴다.

---

25 내부가 십자로 된 도시락 통.

"고집도 세고, 화도 좀 많이 내시는 편이랄까."

"그러셨군요."

미영이 의외라는 반응을 보이자 리에는 짜증이 났다.

"아버지가 우리 하나는 아주 끔찍하게 여기셨어요. 얼마나 자상하셨는데요."

리에의 강한 부정에 분위기가 싸늘해졌다. 오빠는 무표정했고, 준코 언니는 입술을 일자로 꼭 다물고 있었다. 고타는 자기는 모르겠다는 태도로 스마트폰만 만지고 있었다.

"삼촌이 하나 얘기도 많이 하셨어요. 예뻐서 어쩔 줄을 모르겠다고요. 리에 씨 어릴 때랑 똑같다고 하셨는데."

아버지와 우리 가족에 대해 아주 잘 안다는 듯이 말하는 태도도 비위에 거슬렸다.

"엄마, 할아버지가 하나한테도 엄마랑 닮았다고 하셨어."

하나가 순진하게 끼어들자 오빠와 준코 언니의 표정이 누그러지면서 쌀쌀한 분위기가 좀 풀어졌다. 리에의 기분도 약간 풀렸다.

"미영 씨."

오빠가 진지한 표정으로 말했다.

"제가 조만간 한국에 있는 아버지의 고향으로 가서 유골을 묻어드리고 오려고 합니다. 혹시 괜찮으시면 같이 가시겠습니까?"

몹시 놀란 리에는 오빠의 얼굴을 똑바로 쳐다봤다. 준코 언니와 고타도 말도 안 된다는 표정으로 오빠의 얼굴을 빤히 쳐다봤다.

"저는, 관계자도 아닌데, 그건 좀……."

미영은 손을 좌우로 흔들어 부정하는 몸짓을 했다.

"미영 씨 아버지와 우리 아버지 고향에 같이 갑시다. 미영 씨 아버지 산소도 찾아가야죠. 우리는 꼭 가야 합니다."

"오빠, 갑자기 무슨 소리야? 한국에 가겠다니, 진심이야?"

리에는 "갑자기 이러는 거 미영 씨한테도 실례야" 하고 말했다.

"그래요, 미영 씨도 바쁠 텐데."

준코 언니도 리에의 편을 들어주었다.

그러나 오빠는 리에와 준코 언니의 말은 들리지도 않는다는 듯, 묵묵히 미영을 쳐다봤다.

"생각을 좀 해보겠습니다."

미영은 그렇게 대답하고 눈을 내리깔았다.

돌아오는 차 안에서 리에의 머릿속은 마냥 복잡했다. 무릎을 베고 누워 잠든 하나의 머리를 쓰다듬으며 어떻게든 생각을 정리해보려고 했지만 아무리 곱씹어봐도 오빠를 이해할 수 없었다. 준코 언니도 고타도 똑같은 마음이겠지만 오빠가 입을 다물고 있어서 아무도 오빠에게 묻지 못했다.

집 앞에서 하나를 깨워 차에서 내리자 오빠도 운전석에서 내렸다.

오빠가 트렁크에서 백화점 로고가 박힌 종이봉투를 꺼내 리에에게 건넸다.

"이건 또 뭐야?"

리에가 심술궂게 물었다. 여하튼 오빠의 행동은 정말 이해할 수 없었다.

"아버지가 쓰신 거야. 읽어봐."

꽤나 무거운 그 봉투는 두 겹으로 겹쳐져 있었다. 안에는 노트가 몇 권 들어 있었다. 편의점에서 손쉽게 살 수 있는 그런 종류의 것이었다.

"이걸, 아버지가?"

오빠는 고개를 끄덕였다.

"병실 책상 서랍 안에 들어 있었다."

그렇게 말한 후 오빠는 또 연락하겠다며 운전석으로 돌아갔다.

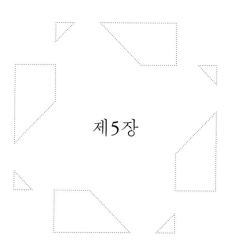

제5장

1

날이 화창한 어느 늦가을, 나와 용숙은 신주쿠 동경대반점이란 중화요리점에서 친척과 아주 가까운 친구들과 함께 결혼식 피로연을 열었다.

그날은 내 생애에서 가장 눈부신 하루였던 게 분명하다. 진하와 동인도 진심으로 축하해주었다.

"임마, 얼굴이 왜 그래? 도시코와 결혼하는 게 안 기쁘냐?"

용해의 말에 아니라고 대답했지만 어머니와 고향 가족들을 생각하면 마냥 웃고 있을 수가 없었다. 원래 잘 웃는 편도 아닌 데다 긴장까지 더하니 수심 깊은 표정으로 보였을 것이다.

고향에 계시는 부모님에게 결혼 허가도 못 받고, 가족에게 며느리의 얼굴도 보여주지 못하는 것이 서글펐다. 또 일본에서 가정을 꾸리면 한국에 있는 가족과 인연이 끊어질 것 같아 불안했다.

언젠가 한국에 돌아간다고 하더라도 과연 그날이 언제쯤일까. 만일 일본과 한국이 국교를 맺더라도 군부가 실권을 잡고 있는 동안은 자신처럼 정부에게 맞서 싸워온 인간은 고향에 자유롭게 돌아가지 못할 것이다.

순백의 한복을 입고 만면에 웃음을 띤 용숙과 딸을 동포에게 시집보냈다는 안도감에 마음이 달뜬 남씨 일가와는 대조적으로 나는 혼자 근심 가득한 얼굴로 축하연의 중심에 있었다.

용숙의 친가 근처 오이마치에 새집을 마련했다. 다다미 여섯 장이 다인 조촐한 빌라였지만 깔끔하고 햇빛이 잘 들고 공동 취사장도 있었다. 집주인도 성품이 좋은 사람으로, 한국인인 걸 알면서도 두말없이 집을 빌려주었다.

아파트 명패에는 '문덕윤/남용숙'이라고 써 붙였다. 나는 한청에 다니기 시작한 이후 일본 이름은 쓰지 않고 있었다. 한국인으로서 가슴을 펴고 당당히 가정을 꾸리고 싶었다. 용숙도 도시코가 아닌 용숙이란 이름으로 살겠다고 마음을 먹었다.

진하와 동인과 따로 살기 시작한 후, 10년 가까이 혼자 살아왔기 때문에 나는 용숙이 곁에 있는 것이 가끔 당혹스러웠다.

일이 끝나 집으로 가면 용숙이 "잘 다녀오셨어요?" 하고 나를 맞이했는데 대답하기가 부끄러워서 그냥 고개만 한 번 까딱였다.

용숙이 얼른 상을 차려 내놓으면 나는 말없이 국을 마시고, 조리거나 구운 생선을 발라 먹었다. 그리고 김치와 함께 흰 쌀밥을 한 톨도 남김없이 먹었다.

옆에 앉아 바라보던 용숙은 "맛있어요?" 하고 내 얼굴을 빤히 쳐다 봤다. 나는 용숙의 시선을 피해 "더 줘" 하면서 밥그릇을 내밀었다. 그 러면 용숙은 서글픈 얼굴로 바닥을 쳐다봤다. 그런 모습을 볼 때마다 다정하게 대하지 못하는 내 성격에 화가 나고 점점 더 짜증이 났다.

하루는 용숙이 왜 화를 내느냐고 물었다.

"회사에서 무슨 일이 있었어요? 아니면 한청에서?"

"별거 아냐. 화 안 났다. 빨리 밥이나 달라고."

사나운 목소리로 말하자 용숙은 눈을 껌벅이다가 시선을 피했다.

나는 용숙과 얼굴을 맞대고 있으면 숨이 막힐 것 같았다. 무슨 말 을 하면 좋을지 화제를 찾을 수 없었고 한 번도 대화가 길게 이어진 적이 없었다. 애당초 결혼하기 전에 용해 없이 둘이서만 데이트를 해 본 적이 거의 없었다는 사실이 그제야 떠올랐다.

그 시절에는 영화를 보고, 거리를 걷고, 마주 앉아 식사를 했다. 그 때는 거의 아무 말도 하지 않았는데 딱히 말을 안 해도 신경 쓰이지 않았다. 심하게 긴장을 한 탓도 있었고, 둘이서 함께 지내는 것만으로 도 몹시 기뻤기 때문이다.

가정을 꾸리고 한 달이 지나면서 나는 이전보다 더 열심히 가나토 미초에 있는 한청 사무소를 오가게 되었다. 한청에 가면 나는 답답함 에서 해방되어 자유를 만끽할 수 있었다.

그날은 망년회로 사무소에는 수많은 사람들이 몰려 있었다. 박태 구도 있었는데 내가 용숙과 결혼했다는 사실을 안 후, 한마디도 주고 받지 않는 사이가 되었다.

동인에게 얘기 좀 하자고 했다.

"무슨 일인데 이렇게 정색을 하고 묻는 거야?"

"경귀랑 집에서 대체 무슨 얘길 하냐?"

"얘기? 글쎄……. 경귀랑 얘기는 많이 하지. 우리 부부는 주로 한국 정세에 대한 얘기를 자주 하는 편이야. 중앙정보부가 생겨서 사람들이 마구 잡혀갔다고 하더라. 신문이랑 잡지도 몽땅 폐간되고 정치 활동도 못 하게 되고, 점점 먹고살기 힘들다고 하더라고. 딱 일주일 전에 '민족일보' 사장이 처형된 거 너도 알지? 그때 나하고 경귀하고 엄청나게 화가 나서 아침까지 그 얘기만 했지."

"그런 얘기를 집에서도 하는가 보네."

동인과 경귀는 성격이 참 잘 맞는 모양이다.

"둘이 뭐 비밀 얘기라도 하는 거야?"

뒤늦게 들어온 진하도 가세했다.

"부부가 서로 무슨 얘기를 하고 지내나 그런 거."

나는 이어서 진하에게도 너희 집은 어떠냐고 물었다.

"우리는 애 태어난 지 얼마 안 되어서 난리도 아니다. 부부끼리 대화? 그럴 시간이 어딨냐."

"야, 임마. 축하한다."

나는 진하의 어깨를 두드렸다. 동인도 부드럽게 미소 지었다.

"으이고, 또 딸내미다. 진짜 미치겠다."

입으론 그렇게 말하면서도 진하는 몹시 기쁘다는 듯 머리를 긁적였다.

"너희들도 빨리 아기나 낳아."

진하가 히죽히죽 웃자 앞니가 빠진 부분이 새하얗게 빛났다. 새로

넣은 이 두 개가 눈에 들어왔다.

"우리는 돌아가서 낳자고 약속했다."

동인이 대답했다.

나는 고향에 돌아가서 아이를 키우고 싶다는 데 동의하며 나도 그래야겠다고 생각했다.

망년회가 끝나고 집으로 돌아오자 날짜가 바뀌어 있었다. 내가 아무리 늦어도 잠자리에 들지 않고 기다리던 용숙이 오늘은 이상하게 이불을 깔고 먼저 자고 있었다. 나에게 등을 보이고 있어서 정말 잠들었는지는 알 수 없었다.

"왜, 몸이라도 아프냐?"

서서 말을 걸자 용숙이 돌아보며 상반신을 일으켰다. 안색이 안 좋았다.

"그냥 좀 몸이 무거워서."

"괜찮아? 그럼 병원에라도 가야지! 뭐, 무슨 병이야?"

걱정스러운데 목소리는 자꾸 화를 내는 것처럼 들렸다. 나는 왜 자상하게 굴지 못하는 걸까?

"낮에 다녀왔어요. 걱정 안 해도 된대요. 큰 병 아니래요."

연약한 목소리로 용숙이 대답했다. 큰일이 아니라기에 여하튼 안심했다.

"그래?"

나는 한시름 놓고 이불을 꺼내러 갔다.

"여보, 제가……."

"뭐?"

돌아보자 용숙이 아기가 생겼다고 고개를 숙이고 중얼거렸다.

"엇, 뭐라고?"

동요해서 용숙에게서 눈을 떼고 말았다.

"그게 다예요? 기쁘지도 않아요?"

용숙의 목소리에 분노가 서려 있었다.

"아니, 그게 아니라……."

내가 아버지가 된다고?

결혼하면 언젠가는 일어날 일일 텐데, 당시에는 곧바로 받아들이지 못했다. 아이는 한국에 가서 낳아 키우자고 결심한 직후였다.

이내 흑흑대며 우는 소리가 들려 용숙 쪽을 보니 그녀는 이불을 뒤집어쓰고 울고 있었다.

용숙이 자는 이불에서 조금 떨어진 곳에 내 이불을 깔고 누웠는데 잠이 오지 않았다. 오열하는 용숙을 위로해주고 싶었지만 어떻게 하면 좋을지 아무 생각이 나지 않았다.

일어나 눈을 살짝 떴는데 옆에 있던 용숙의 이불이 없었다. 동쪽 창문 커튼 사이로 쏟아지는 아침 햇빛이 희미했다. 다다미 6조짜리 방의 공기가 무척 무겁게 느껴졌다. 시계를 보니 오전 9시가 넘은 시각이었다.

이불에서 나와 옆에 있는 상으로 가보니 메모지가 한 장 남겨져 있었다.

"친정으로 갑니다."

남겨진 글자는 그것뿐이었다.

나는 가마타에 있는 파친코점에서 오전 당번을 끝내고 곧장 우에노로 찾아갔다. 한파가 몰려온다더니 무거운 구름이 하늘을 뒤덮고 있었다. 당장이라도 눈이 올 기세였다. 12월 우에노 시장은 사람들로 붐비고 있었다. 그 사람들 틈새로 비집고 나아갔다.

변두리에 한반도 요리 재료를 전문으로 취급하는 식료품점이 있어서 거기까지 걸어갔다. 좁은 가게 안에는 건어물과 고춧가루 등이 진열되어 있었다.

"소꼬리 있어요?"

쉰 전후로 보이는 굵은 파마를 한 아주머니에게 한국어로 말하자, 그녀는 가져오겠다며 안으로 들어가 금세 냉동된 소꼬리를 가져왔다. 벌집도 부탁했다.

비닐봉지에 넣은 고기를 안고 이번에는 청과점으로 갔다. 용숙이 전에 좋아한다고 했던 바나나를 한 다발 사려고 했는데 소꼬리보다 더 비쌌다.

잠시 고민을 하다가 어젯밤 용숙의 얼굴이 떠올라 주머니 안에 있는 어머니의 복주머니에서 지폐를 꺼내 씀씀이가 후한 척 한 다발을 샀다. 바나나와 함께 사과도 한 꾸러미 넣었다. 그리고 동인의 아내인 경귀네 친정이 하는 가게에 가서 수입 쿠키 캔도 손에 넣었다. 그 식료품점은 우에노에 지점이 세 개나 있었다. 동경 각지에도 계속 진출하는 중이라고 했다.

양손에 나누어 들어야 할 정도로 선물을 가득 챙긴 나는 국철을 타고 오이마치 용숙네 친정으로 서둘렀다. 역에서 내리자 찬바람이 얼굴을 때렸다. 이미 해가 진 하늘을 올려다보니 구름이 여전히 두껍게 하늘을 가리고 있었다. 달은 어디에도 보이지 않았다.

하얀 숨을 내뱉으며 센다이자카 언덕을 뛰어 내려가 10분도 안 되어 용숙의 친정에 도착했다. 공장에서 불빛이 새어 나왔다. 그 달콤한 에틸렌 냄새가 여전히 공장 안을 떠다녔다. 플라스틱 기계는 작업을 하지 않으면 딱딱하게 굳어버리기 때문에 24시간 풀가동을 한다고 한다.

나는 주거 공간인 2층을 올려다보았다. 거기서도 밝은 불빛이 새어 나왔고, 반투명 유리 안에 사람 그림자가 보였다.

숨을 가다듬고 "자, 가자!"고 기합을 넣었다. 공장에서 계단으로 올라가 "안녕하십니까? 사위가 왔습니다" 하고 큰 소리로 인사했다.

금세 장모가 얼굴을 내밀었다.

"이보게, 어서 들어오게. 밥은 먹었나?"

"아직입니다."

"금방 차릴게. 용숙이가 제멋대로 집을 나와서 자네 볼 면목이 없네."

장모는 정말 면목이 없다는 듯 이마를 찡그렸다.

"장모님, 이거 좀……."

내가 가져온 선물을 드렸다.

"과일이랑 과자랑……. 그리고 소꼬리랑 벌집도 챙겨 왔습니다. 몸에 좋다니까 용숙이한테 곰탕 좀 끓여주세요."

"어머나, 소꼬리는 여기선 구하기가 힘든 건데. 이렇게 신경을 쓰게 해서 미안하네."

장모는 몇 번이고 내 손을 쓰다듬었다.

"별말씀을요. 넉넉하게 사 왔습니다. 다 같이 드세요."

그러자 장모가 "우리가 좋은 사위를 뒀네그래. 용숙이가 아주 복이 많아" 하며 내 손을 잡았다. 마음이 따뜻해졌다.

거실로 들어가자 장인어른이 라디오를 들으며 명태 조림을 안주로 술을 한잔하고 있었다. 정중히 인사를 하니 장인어른은 왔냐며 고개를 한 번 숙이고는 나에게 앉으라고 재촉했다. 그리고 혼자 또 술을 드셨다.

장모가 흰 쌀밥에 구운 고등어, 김치, 무 된장국을 금세 들고 나왔다. 김이 나오는 식사를 앞에 두니 오늘 한 끼도 안 먹은 사실이 떠올랐다. 용숙을 생각하면 밥이 넘어가질 않았기 때문이다. 나는 젓가락을 들고 빈속에 허겁지겁 음식을 쓸어 담았다.

용해는 집에 없는지 용해의 아내가 건넌방에서 나와 나에게 인사했다. 그 뒤에서 다섯 살과 세 살짜리 아들 둘이 쪼르르 달려나와 나에게 고개를 숙였다.

까까머리 두 아들은 도장으로 찍어낸 듯 똑같은 얼굴이었다. 두꺼운 눈썹과 길고 가는 눈이 용해와 똑 닮았고, 추워서 붉게 달아오른 귀가 제 엄마를 쏙 빼닮았다. 이 아이들은 용해와 그 아내의 피가 섞인 자식들이다.

나에게도 혈육이 생긴다는 사실이 그제야 실감이 났다.

일본에 밀항한 이후, 항상 고향에 돌아갈 날만을 손꼽아 기다렸다. 복주머니에 지폐를 넣고 당장에라도 뛰어갈 것처럼 준비를 해두고 있었다. 그래서 마음 편할 날이 없었다. 머무를 곳도 없고, 나 혼자만 붕 떠 있는 존재 같아서 항상 초조했다. 유일한 삶의 지주는 고락을 함께

한 진하와 동인의 존재뿐이었다. 그리고 그들과 손을 잡고 조국을 위해 싸우는 일에 전념해왔다. 하지만 진하도 동인도 가정을 꾸린 후 나만 혼자여서 소외감을 느끼기도 했다. 용숙과 결혼한 후에도 고독은 줄어들기는커녕 더 깊어만 갔다.

하지만 지금은 내가 있어야 할 곳을 찾았다는 기분이 들었다.

"문 서방."

장인어른이 부르셨다.

나는 "네" 하고 대답했다.

"아이는 좋은 거야. 살아가는 힘이 되지."

장인어른은 술잔에 술을 따르며 자신의 말을 곱씹듯이 천천히 내뱉었다. 가만히 고개를 끄덕이자 장인어른은 복도를 쳐다보며 "용숙이는 골방에서 자고 있다네"라고 하셨다.

나는 일어나 복도로 걸어갔다. 미닫이문을 열자 다다미 다섯 장 정도 되는 일본식 방에 책장과 책상, 커버가 씌워진 오르간, 축음기, 재봉틀, 바둑, 화로, 접어둔 상이 보였다. 아마도 평소에는 창고처럼 쓰다가 한국에서 사람들이 오면 재워주는 방인 듯했다.

용숙은 물건에 파묻힌 것처럼 이불을 깔고 누워 있었다. 눈을 감고 규칙적인 숨소리를 내고 있었는데 어쩌면 나와 얘기하기 싫어서 자는 척을 하고 있는 건지도 몰랐다. 나는 미닫이문을 살짝 닫고 잠시 복도에 서 있다가 귀를 기울여 용숙의 숨소리를 듣고 있었다.

용숙의 친정을 나오자 진눈깨비가 내리고 있었다. 코트의 앞섶을 여미고 하늘을 올려다보았다. 차가운 빗방울이 얼굴로 떨어졌다.

두꺼운 구름 저편을 향해 "어머니" 하고 소리쳤다. 지나가던 사람들이 미심쩍은 얼굴로 나를 노려봤지만 나는 신경 쓰지 않고 계속 소리쳤다.

"제가 부모가 됩니다!"

"피가 섞인 자식이 태어납니다!"

결혼하고 아기가 생기니 조국의 가족과 점점 더 단절되어가는 기분이 들었다. 하지만 그것은 내 착각이었다. 아이를 통해 우리 어머니, 아버지와도 새로운 혈연으로 연결되는 것이다. 그리고 용숙 일가와도 더 강한 유대감이 생길 것이다.

가슴속 깊은 곳에서 뜨거운 마음이 솟아올라 추위를 느낄 수 없었다. 나는 뛰기 시작했다. 아파트까지 단숨에 달렸다. 그사이 딱히 의미도 없는 말들을 계속 외쳐댔다.

이틀 정도 지난 후, 오후 근무를 마치고 집으로 돌아오니 용숙이 돌아와 있었다. 친정에서 가져왔다는 장모가 끓여준 곰탕을 내놓았다. 뽀얀 국물을 벌집과 함께 입안에 넣었다. 추위로 딱딱하게 굳은 근육이 다 풀어지는 맛이었다.

후우, 하고 입김을 뱉자 용숙이 "맛있어요?" 하고 물었다.

"자네는 안 먹나?"

그렇게 묻자 용숙은 고개를 저었다.

"식욕이 별로 없어서……."

"그렇다고 안 먹으면 어떡해?"

또 날카로운 목소리가 나왔다. 이미 엎질러진 물이었다. 용숙은 바닥을 보고 입술을 꼭 깨물었다.

나의 이런 무뚝뚝한 성격이 스스로도 원망스러웠지만 그럼에도 나
는 묵묵히 곰탕을 계속 쑤셔넣는 것 외엔 별 방도를 찾지 못했다.

2

입덧은 2개월 후부터 잠잠해지기 시작했고 뱃속의 아이도 순조롭
게 크고 있었다. 어느 날, 용숙의 몸을 생각해 나는 우에노에서 비싼
인삼을 하나 사서 집으로 돌아갔다.

"좀 달여줘."

인삼을 건네자 용숙이 얼굴을 찡그렸다.

"왜 하필 인삼을 드시려고요?"

용숙은 내가 자기를 위해 사 오는 음식들을 그녀가 아니라 나 자신
을 위해 사 와서 먹고 마신다고 착각하는 것 같았다. 나도 '당신을 위
해서 사 왔다'고 한마디만 하면 될 텐데, 그 한마디가 쑥스러워서 입
밖으로 쉽게 나오지 않았다.

"그거야 좀 먹고 싶으니까 사 온 거지."

마음과는 정반대로 말이 튀어나왔다. 그러자 용숙은 보란 듯 한숨
을 내쉬었다.

"김치 냄새가 나서 못 살겠다, 조선인이 사는 줄 몰랐다고 옆집 여
자가 와서 난동을 피웠는데 하필이면 또 냄새가 나는 인삼을 달여달
라니 이러다 또 무슨 소리라도 들으면 어쩌려고요?"

"뭐야? 누가 그런 얘기를 했어? 옆집이라고?"

화가 머리 꼭대기까지 치솟아 당장 옆집으로 가려고 하자 그만두라고 용숙이 팔뚝을 잡고 말렸다. 생각보다 힘이 셌다.

"친정에 가서 달여다 드릴게요."

"나쁜 건 옆집이잖아. 그렇게 가만히만 있으니까 차별을 받는 거라고. 할 말은 해야지."

"부탁이니까 참으세요. 당신은 하루 종일 밖에 있으니까 괜찮을지 몰라도 혹시라도 옆집과 싸우면 매일 집에 있는 저는 더 힘들어져요. 여기 살 수 없게 된다고요. 곧 아이도 태어나는데 이제 와서 어디로 이사를 해요? 그리고 일본인들만 사는 곳에 살고 있는데 참는 것도 우리가 참아야지. 어쩔 수 없다고요."

나는 이대로 넘어가선 안 되겠다고 생각했지만 용숙의 표정이 너무나 절실한 나머지 옆집에 가서 한바탕하려다가 꾹 참았다.

한여름, 매미가 시끄럽게 울어댔다. 출산 예정일까지 한 달쯤 남은 용숙은 몸을 움직이는 것도 힘들어 보였다. 배가 뭉친다며 누워 지내는 날도 많았다.

한 시쯤, 오전 근무를 막 마쳤을 때 점장이 나를 불렀다. 나한테 전화가 왔다고 했다. 사무소에서 검은 전화기의 수화기를 귀에 대자 용해의 목소리가 들렸다.

"용숙이가 큰일났어. 지금 병원이야."

용해의 목소리가 평소보다 낮고 무거웠다.

"예정일까지 아직 한 달이나 남았는데……"

"어쨌든 빨리 와."

불안해서 어쩔 줄 몰랐지만 더 묻지도 못하고 서둘러 용숙이 있는 병원으로 갔다.

나카조노 산부인과는 간판도 없고 민가와 다를 바 없는 작은 병원으로 용숙의 친정에서 10분밖에 걸리지 않는 장소에 있었다.

입구의 문을 열었는데 인기척이 거의 느껴지지 않았다.

"계십니까?"

주위를 살피고 있을 때 앞치마를 걸친 여자가 나와 굳은 얼굴로 말없이 나를 안으로 안내했다. 큰일이 일어난 게 분명하다는 생각에 불안이 증폭했다.

안내를 따라 복도로 갔는데 안쪽 방에서 훌쩍거리는 소리가 들렸다.

"아내는 무사합니까? 아이는 어떻게 됐나요?"

여자에게 물었다. 그녀는 "아내 분은 무사합니다"라고 작은 목소리로 말했다. 그리고 고개를 저으며 "아기는 안타깝게 되었습니다" 하고 덧붙였다.

나는 그 자리에 주저앉았다. 그러자 여자가 허리를 구부려 내 등에 손을 얹었다.

"태어난 후 울지 않았어요. 이미 죽은 후였어요. 아들이었어요."

나는 용숙이 있는 병실에 도저히 들어갈 용기가 나지 않았다. 용숙을 어떤 말로 위로하면 좋을지 알 수 없었다.

용숙뿐만 아니라 이 세상에 태어나 숨 한번 못 쉬어보고 죽은, 이름조차 붙이지 못한 내 아들의 얼굴도 볼 수가 없었다. 나는 용해와 함께 병원을 나와 용숙의 친정으로 향했다. 장모는 용숙의 옆에 남았다.

용해도 나도 아무 말도 하지 않았다. 처가댁에 도착했을 때 2층에서 오르간 소리가 들렸다.

"아버지시군."

용해가 혼잣말을 하고 공장에서 계단을 올라갔다. 나도 뒤를 따라갔다.

들은 적이 있는 곡이었다. 계향이 자주 부르던 노래였다. 그런데 이렇게 서글픈 멜로디였나? 공장에서 풍기는 에틸렌의 달콤한 냄새와 오르간 음색이 기묘한 조화를 이루었다.

이전에 용숙이 자고 있던 서쪽 골방에서 장인어른이 오르간을 치고 있었다. 우리 둘이 들어가자 오르간에서 손을 떼고 우리를 보았다. 안경을 쓰고 있어서 표정을 읽을 수 없었다.

"이 노래는 '고향의 봄'이라는 동요라네. 내가 이 음악을 연주하면서 노래를 하면 용숙이가 아주 좋아했지. 그 애가 어릴 때 자주 이 노랠 연주해달라고 했는데. 이 노래를 참 좋아했어."

그렇게 말한 후 또 한 소절 연주하더니, 손을 멈췄다. 용해가 말없이 고개만 끄덕였다.

"곧 태어날 손주 녀석한테 들려주려고 요즘 연습을 좀 해뒀는데 말이지."

다시 '고향의 봄'을 쳤다가 멈추기를 반복했다.

지금까지 음악과는 인연이 없는 생활이었다. 라디오에서 유행가를 들어도 그저 흘려들었을 뿐이다. 그런데 장인어른이 치는 조국의 동요는 마음 깊은 곳까지 스며들었다.

어릴 적 계향이 이 노래를 부르며 작은 상처에 연고를 발라주던 일이 떠올랐다.

3

한동안 누워 지내던 용숙은 나뭇잎이 물들 무렵, 겨우 건강을 되찾았다. 체력은 돌아왔지만 패기가 없고 공허한 눈으로 멍하니 서 있을 때가 많았다. 친정에서 가져온 축음기만 하루 종일 듣는 날도 있었다. 바나나를 사 와도 손도 대지 않았고 식욕도 없어 보였다.

늦가을, 찬바람이 불던 날, 한청에서 급한 모임이 생겨 뒤늦게 귀가하자 용숙이 원망스러운 눈으로 나를 노려봤다.

"뭐 불만이라도 있어? 하고 싶은 말이 있으면 해봐."

"당신은 나 같은 거 하나도 소중하지 않지? 당신은 그날 아기 얼굴도 보러 오지 않았어. 나를 만나러 오지도 않았고. 아기가 그렇게 된 거 당신은 하나도 안 슬프지?"

"또 무슨 소리야? 슬프지 않다고? 내가?"

"벌써 다 잊어버리고 또 이렇게 조직 활동만 열심히 하고 다니잖아?"

나는 용숙이 아이를 사산한 후, 이전보다 더 열렬히 한청 활동에 빠져들었다. 용숙의 얼굴을 보는 것이 힘겨워 집에 가고 싶지 않았다.

뜻을 같이하는 동포가 있으면 전국 각지를 찾아다니며 군사정권에 반대하는 동지가 되어달라고 설득하거나 모금을 청하기도 했다. 한청 활동에 몸담고 있는 동안은 용숙이 사산한 일을 잊고 지낼 수 있었다. 다시 그 생각을 하면 가슴이 찢어질 것 같았다. 그런 날은 한반도에서는 부모보다 먼저 죽은 자식을 불효자식이라고 여긴다는 것을 떠올리며 어떻게든 아이를 잊으려 했다.

마침 한일 국교 정상화를 위한 회담이 재개되어 한국 정세에도 눈을 뗄 수 없는 상황이었다. 일본의 식민지 지배에 대한 책임을 애매하게 눠두고 금전 거래를 우선시하는 박정희를 비롯한 정권의 자세에, 또 과거와 제대로 마주하지 않는 일본의 불성실한 태도에 나와 동지들은 분노로 이글거렸다.

"나는 당연히 해야 할 일을 하고 있을 뿐이야. 지금 우리나라에서 큰일이 났다고. 한국에 사는 사람들이 어려움에 처해 있단 말이야."

"당신에게 한국인이란 어디까지나 한반도에 사는 한국인을 말하는 거지, 우리 같은 재일 한국인은 아닌 거잖아. 일본 사회에서 차별을 받으며 내내 고통스러워하는 재일 한국인을 위해 일할 생각은 당신한테는 애초부터 없었어. 그럼 그렇지. 같이 사는 아내 일조차 생각하지 않는 사람인걸 뭐. 당신이 보고 있는 건 여기 있는 재일 동포가 아니라 언제나 저 바다 저편이라고."

"당신도 같이 한국으로 가겠다고 약속했잖아."

내가 언성을 높이자 용숙은 백금 결혼반지에 시선을 떨어뜨리며 반지를 빙빙 돌렸다.

"당신, 또 잊고 있었지?"

"뭘, 또 뭔데? 그렇게 돌려서 말하지 좀 마!"

짜증을 내며 말하자, 용숙은 내 얼굴을 똑바로 쳐다보았다.

"오늘, 우리 결혼기념일인 거."

허를 찔린 나는 당혹감을 느꼈지만 잊고 있던 사실을 얼버무리며

"그래서 뭐? 그런 거 다 쓸데없다"고 내뱉고는 일부러 창가를 봤다.

"쓸데없다고? 나 혼자 이렇게 상다리가 부러져라 차려놓고 당신만 기다리고 있었는데?"

용숙은 집을 나가버렸다. 혼자 남겨져 그제야 상을 보니, 진수성찬이 차려져 있었다. 작은 흰색 도자기 꽃병에 빨간 장미가 한 송이 꽂혀 있었다.

4

이듬해 1963년 12월 17일, 새 헌법이 발효되어 박정희가 대통령 자리에 올랐다. 그날, 동경 본부와 부인회, 한청 사무소가 있는 가나토미초 건물에서는 절망의 한숨과 신음 소리가 여기저기서 들려왔다.

"최악의 상황이다."

동인이 눈을 지그시 감았다.

"제기랄, 못 해 먹겠다 진짜. 아니 이번엔 박정희야? 일본 제국의 육군 장교였던 남자가 대통령이 되다니! 정부 간부들도 다 일본에 딱 달라붙어 살던 놈들뿐이야."

진하의 눈이 시뻘겠다.

"특고[26]가 중앙정보부가 된 거지. 그 공포의 식민지 시절로 또 돌아가면 어쩌냐."

내가 그렇게 말하자 동인과 진하는 어쩌면 좋겠냐며 하늘을 우러

---

26 특별고등경찰. 1910년대에 경찰 소속으로 생긴 부서로, 1920년대에 일본 공산당이 생기면서 전국적으로 특고가 설치되었고 일제와 사상이 다른 인물들을 대거 체포했다. 소설 《게공선》의 작가 고바야시 다키지도 특고에 체포되어 고문을 당해 사망했다.

렀다.

"우리 매형, 나 때문에 민단 간부 자리에서 잘렸다고 하더라. 이제 민단의 간섭도 더 심해질 것 같다."

진하가 못 살겠다며 머리를 감싸 안았다.

"여기서 물러설 순 없어."

내 말에 둘은 뜨거운 눈으로 나를 보고 고개를 끄덕였다.

나는 한청 활동뿐만 아니라 파친코 사장이 고탄다에 새 가게를 낸 후, 그곳 책임자 자리에 앉게 되면서 더 바빠졌다. 그런 상황에서도 용숙이 또 한 번 임신한 후, 3개월 만에 유산했을 때는 되도록 일찍 집에 가려고 용을 썼다.

이불 위에 누워 있는 용숙에게 힘내자고 해주고 싶었는데, 정작 용숙을 눈앞에 두면 말이 목에 걸려 아무 말도 하지 못했다. 대신 귤 껍질을 까서 "어서 먹어라"고 건네주었고 용숙도 묵묵히 받아 입안에 넣었다.

다행히도 용숙은 열흘 만에 툭툭 털고 일어났는데 표정은 여전히 어두웠다. 이웃 부부한테 지난달 아이가 태어나 매일 아기 울음소리가 들리는 것도 용숙을 우울하게 만드는 원인 같았다.

"부러워……. 아기를 낳았다니, 나는 못 했는데……."

용숙의 눈에 눈물이 고였다. 그녀가 자책하는 모습을 보는 것은 몹시 괴로운 일이었다.

"어쩔 수 없잖아. 걸핏하면 훌쩍이지 좀 말고, 다 잊어버려."

"당신은 참 박정한 사람이네요. 아니, 불쌍한 사람이에요."

용숙은 나를 보고 애처롭다는 표정을 보인 후, 이내 싸늘한 미소를 지었다.

"뭐라고? 다시 말해봐!"

발끈해 위협하듯 소리를 질렀다.

"그렇게 큰 소리를 내면 이웃 사람들이 싫어한다니까요!"

나는 담뱃갑을 꼭 쥐고 집을 나왔다. 그리고 가까운 공터에서 손에 꼭 쥔 탓에 반쯤 꺾인 담배를 피우며 마음을 다스렸다.

돌아가는 길에 감이 주렁주렁 매달린 감나무를 발견했다. 나는 주변에 사람이 없는 것을 확인한 후, 감을 세 개 땄다.

집으로 돌아와 화해를 하자는 의미에서 감을 주며 "빨리 깎아 와"라고 말하자 용숙은 무표정하게 받아들고 부엌으로 갔다. 그때 머리칼이 뭉텅이로 빠진 그녀의 정수리를 처음 보고 깜짝 놀랐다.

"어떻게 된 거야, 그 머리?"

용숙은 나를 돌아보고는 머리가 빠진 부분을 손으로 대충 감추고는 대꾸도 하지 않았다.

이듬해, 동경 올림픽이 열려 일본 전체가 들썩들썩 정신이 없었다. 그런 가운데 한국이 올림픽에 참가하는 것을 나는 복잡한 심정으로 지켜보고 있었다. 북한이 불참하는 것도 마음이 쓰였다.

그럼에도 나는 한국 팀을 열렬히 응원했다. 어떤 정권이든 간에 자국 대표 선수들은 그저 자랑스러울 뿐이다. 조국에서 온 선수들이 싸우는 모습에 그 순간만큼은 솔직히 가슴이 뜨거워졌다. 라디오 앞에서 부부가 함께 응원을 하다 보니 나와 용숙의 관계가 아주 조금 뜨거워진 것 같았다.

한편 나는 국교 정상화를 위한 한일 교섭에 대한 내용이 조금씩 드러날 때마다 한청 동지들과 함께 데모와 집회를 열고 적극적으로 이의를 표명했다. 동인은 그때쯤 신문과 잡지에 글을 기고하기 시작했다. 우리는 민단 내에서 점점 위험인물로 낙인찍혀갔다.

"나랑 경귀는 이제 경귀네 친정과 인연을 끊었다."

집회에서 돌아가는 길에 들른 식당에서 동인이 털어놓았다.

"그랬구나. 정말 큰 결심을 했구나. 경귀는 괜찮대?"

진하가 물었다.

"경귀도 나름대로 자기 가족을 위해서 한 일이라고 하더라. 경귀 아버지가 본격적으로 한국에서 사업을 시작하실 건데, 우리가 누를 끼치면 안 될 것 같아서 그러기로 했다."

경귀의 친정은 식료품점을 운영하다 최근에는 제과회사를 사들여 직접 과자를 생산, 판매하기 시작했으며, 빠르게 성공가도를 달리고 있었다.

"한국 진출까지 생각 중인데 박정희 정권에 자꾸 덤비는 가족이 있다면 아무래도 걸림돌이 되겠지."

내 말에 동인은 "그렇다고 해도" 하고 맥주가 든 잔을 바라봤다.

"우리 부부는 민주화 운동을 그만둘 생각은 없어. 그러려면 인연을 끊는 것밖에 방법이 없더라."

"그럼 어떻게 먹고살려고?"

"이제 일자리를 찾아봐야지. 경귀는 아는 식당에서 일하게 될 거 같아."

경제적으로 많은 혜택을 누려온 동인 부부가 앞으로 고생을 하게 될 거라니. 그 경귀가 식당에서 일을 하게 되다니.

어설픈 각오로는 할 수 없는 선택이었다. 경귀의 아름다움은 그런 강한 신념을 가진 자의 고귀함에서 비롯한 것이란 생각이 들었다.

5

새해가 밝았다. 한국이 남베트남을 지원하기 위해 파병을 결정한 사실을 듣고, 베트남 전쟁에 반대하는 전국적인 운동에 참여하기로 했다. 하지만 6월, 굴욕적인 내용이 담긴 한일 기본조약이 체결되고 말았다.

7월, 박태구와 최진산 등 몇 명이 새 그룹을 만들어 한청에서 탈퇴했다. 개인적인 관계야 어떻든 지금까지 함께 활동해온 박태구의 이탈은 내 가슴에 굵은 손톱 자국을 남겼다.

민단 집행부는 그들을 조선총련과 내통하고 공산주의를 용인한 자, 즉 '용공'이라며 적성단체라 규정하고, 민단에서 제명했다. 이전에 우리가 입회했던 조련과 달리, 조선총련은 이미 일본 공산당과 결별한 사이였다. 민단이 한국 정부의 산하기관인 것처럼 총련은 조선민주주의인민공화국의 완전한 산하기관이었으며, 그 조직력은 민단보다 월등했다.

한청도 민단 집행부의 탄압 대상으로 갖은 괴롭힘을 당해온 까닭에 그들의 제명이 남 일 같지 않았다. 진하는 이전에 받은 여권을 빼앗겼으며, 우리 셋은 여권 발행 허가조차 받지 못했다. 그래서 한일 국교 정상화 이후에도 한국 땅에 돌아갈 정당한 수단을 찾을 길이 없었다.

우리는 이미 일본에 와서 지낸 기간이 한국에서 성장한 기간보다 길었으며, 제각각 이곳에 생활 기반을 다지고 살고 있었기에 최근에는 고향에 돌아가고 싶다고 토로하는 이도 없었다. 하지만 나는 여전히 절대로 귀국을 포기하고 싶지 않았다. 그렇다고 해서 박정희 정권에 굴복해 한청을 탈퇴하고 집행부에 머리를 조아려가며 여권을 받아낼 생각 또한 추호도 없었다. 이러한 모순에 다다르자 내 기분은 한없이 어두워지고, 참을 수 없는 분노에 사로잡혔다.

그러나 네 번째 결혼기념일이 지났을 무렵, 그런 기분을 단번에 떨쳐버리는 일이 일어났다. 나와 용숙 사이에 다시 아이가 생긴 것이다. 그리고 동인의 아내, 경귀가 임신한 사실도 알게 되었다.

사실 나는 기쁨보다 걱정이 앞섰다. 용숙은 또 심히 신경질적으로 변했고, 밖으로 한 발짝도 나가려고 하지 않았다. 새벽에 나를 깨워 "또 잘못되면 어떡하지?" 하며 울기도 했다.

그래서 용숙을 잠시 친정으로 보내기로 했다. 용숙의 친정은 플라스틱 공장에서 텔레비전 바깥 틀을 만들기 시작하면서 주문이 끊이지 않았다. 사업이 잘 풀리자, 공장과 함께 2층 주거 공간도 더 넓혀지었다.

덕분에 용숙에게도 다다미 여섯 장짜리 새 방이 생겼는데 생활하기에 불편함이 없어 보였다. 나는 가끔 선물을 사서 용숙을 보러 갔다. 이번에는 무사히 안정기를 맞이할 수 있을 것 같았다.

이전에 용숙이 당신이 보고 있는 건 재일 동포가 아니고 바다 건너 저편이라고 한 말이 내내 마음을 무겁게 짓눌렀다. 나는 그즈음에는 재일 동포의 권익을 옹호하는 일에도 깊이 관여하기 시작했다. 그것은 곧 태어날 아이를 위해 내가 할 수 있는 유일한 일이었다.

먼저, 외국인학교를 불허하기 위해 국회에 제출된 '외국인학교 법안'에 대한 반대운동에 참가했다. 과거에 조선인학교 교사였을 때 구속된 학생 황선남을 지키지 못한 일에 대한 죄책감을 떨칠 수 없었다.

민단 집행부는 법안 성립에 찬성했다. 압도적으로 많은 총련계 민족학교를 폐쇄하는 것이 한국에 이익이 된다고 판단한 것이다. 그러나 우리는 한청 동지들과 민단 동경 본부와 가나가와현 본부의 일부 민단 비주류파 회원들, 또한 정치적 입장이 다양한 일본인들과 또 다른 재일 동포들과 함께 국회 앞이나 문부성 앞 등 각지에서 연일 데모를 했다.

어느 날, 지하철 가스미가세키역 개찰구를 나가려는데 "문 선생님!" 하고 등 뒤에서 나를 부르는 남자의 목소리가 들렸다.

나는 선생님이라 불릴 처지도 아니어서 내가 아니라고 생각하고 다시 뒤돌아 가려고 했다.

"문 선생님!"

더 큰 목소리가 들려와 다시 뒤돌아보았더니 나와 비슷한 또래의 검은 테 안경을 낀 왜소한 사내가 상냥한 미소를 띠고 서 있었다. 그런데 그가 누구인지 전혀 기억이 나지 않았다.

"저예요. 선생님."

그가 안경을 벗었다.

"선생님한테 수학을 배운 황선남입니다."

"누구라고?"

나는 눈을 크게 떴다.

"정말 황선남이냐?"

"네, 황선남입니다."

나는 그만 황선남을 덥석 껴안았다.

"잘 지내는지 얼마나 걱정을 했는데."

껴안은 손을 풀고 선남을 지그시 바라보니 점점 기억이 되살아났다. 반짝이는 그 눈동자는 당시와 다름없었다.

"선남이 너도 이제 어른이 다 됐구나."

나는 선남이 무사히 살아 있다는 것에 진심으로 안도했다.

"그렇게 오래된 일을 다 기억하고 있었어? 어떻게 나를 알아봤니?"

"사진을 가지고 있어요. 딱 한 장뿐이지만, 단체사진이 있거든요. 제가 옛날 사진을 자주 들춰봐요. 그래서 선생님 얼굴도 다 기억해요. 근데 선생님은 하나도 안 변하셨네요. 저보다 더 젊어 보이세요."

사실은 세 살밖에 차이가 나지 않아 젊어 보이는 게 당연하다는 말을 꾹 참고는 입꼬리만 올려 웃었다.

"근데, 선생님이 왜 가스미가세키에? 혹시……."

"어, 데모하러 가는 길이야. 동지들도 곧 올 거야."

"저도요. 혹시 지금도 우리 학교에서 일하시나요? 어느 학교세요?"

"어, 그게, 지금은 아니야. 내가 지금은, 그, 한청에 있어."

"어, 그러시군요. 저는 총련에서 전무를 하고 있는데, 한청 사람들이 우리 학교[27]를 위해 일어나줘서 무척 감사하게 생각하고 있습니다."

---

27 일본 내에서 일반 교과와 함께 한국어와 한국 문화를 가르치는 학교를 우리 학교라고 부른다. 주로 조총련계 조선인학교를 그렇게 부른다.

"입장이 달라도 동포가 아닌가. 당연하지. 게다가 아이들에게는 조국의 언어와 문화를 배울 권리가 있다. 남도 북도 그게 무슨 상관인가. 우리가 꼭 지켜줘야 해."

나는 선남 앞에서 기분이 고양되었다.

"문 선생님."

선남은 감동이라도 한 듯 내 손을 잡았다.

"다시 시간을 내서 봅시다."

"그래, 밥이라도 한번 먹자."

내 말에 선남은 손에 힘을 주어 꼭 쥐었다. 그리고 내 눈을 보며 손을 떼고는 아쉽다는 듯 제 갈 길을 갔다.

6

외국인학교 법안은 폐지되었다. 그 후 재일 동포의 정치 활동을 봉쇄하기 위한 목적으로 출입국 관리 법안이 제출되었는데, 이 또한 제지하고자 우리는 더 적극적으로 움직였다. 나는 한청 활동 때문에 전국 각지를 바삐 돌아다녔다.

장마가 끝나고 얼마 지나지 않아 폭염이 찾아왔다. 나는 땀을 줄줄 흘리며 우쓰노미야에 사는 재일 상공인한테 활동자금을 요청했다.

동경으로 돌아와 이틀 만에 고탄다의 가게로 출근하자, 사장이 나를 기다리고 있었다.

"여보게, 자네에게 이런 말을 하긴 좀 그런데……."

평소와 달리 무거운 표정이었다.

"자네가 그만둬야겠어."

"왜 그러십니까?"

목소리가 커졌다.

"고탄다에는 라이벌이 있어서 쉽지 않았네. 곧 닫을 생각이야."

"그럼, 다른 가게로…… 옮길 순 없을까요?"

"자네처럼 툭하면 쉬는 사람은 곤란해."

사장은 팔짱을 꼈다.

"앞으로 조심하겠습니다. 뭐든지 하겠습니다. 자르지만 마세요. 곧 아이가 태어납니다."

허리부터 몸을 깍듯이 숙였다.

"일없어. 다른 데 가보게. 한청 동지들한테 부탁해보든가."

사장은 "여기, 남은 급여야" 하며 나에게 봉투를 들이댔는데 나는 사장의 팔을 잡았다.

"이러지 마세요. 부탁드립니다. 제발."

연신 머리를 조아리며 간청했다.

"작작 좀 하게."

그는 내 손을 뿌리치고, 봉투를 바닥에 던지고 나가버렸다.

용숙은 출산을 한 달 앞두고 오이마치에 있는 친정에 머무르고 있었다. 이런 상황에서 사돈어른을 찾아갈 수는 없었다. 이런 대낮에 용숙을 찾아가 직장을 잃었다고 하면, 몸도 무거운 그녀를 더 불안하게 만들 뿐이다. 그렇잖아도 불안해지기 쉬운 상황인데, 쓸데없는 일까지 알려서 좋을 게 없을 것이다.

잠시 입 다물고 지내다가 다음 직장을 찾으면 그때 알리자. 아니, 아이가 태어난 후로 미루자.

여하튼 밖에서 시간을 좀 때우다가 의심받지 않을 정도의 시각에 처가댁으로 가기로 정했다.

아파트로 곧장 갈 마음도 들지 않는 데다 딱히 갈 곳도 없어서 어슬렁대다가 느닷없이 고탄다의 라이벌 가게로 들어갔다. 나는 파친코 가게에서 일하면서도 파친코를 해본 적은 거의 없었다.

가게에는 손님이 가득했고, 빈 파친코 기계는 두 대뿐이었다. 입구에서 가장 가까운 곳에 자리를 잡았다. 파친코 전문가도 아니어서 이 기계가 돈을 잘 토해내는 기계인지 아닌지 구분할 수 없었지만, 적어도 이 가게가 이렇게 인기라는 것은 바로 구슬이 잘 터진다는 의미일 것이다.

군함 행진곡이 큰 소리로 울려 퍼지는 데다 구슬 소리까지 섞여서 가게 안은 소란스러웠다. 소음 속에서 모르는 남자들과 나란히 앉아 담배를 피우며 엄지손가락으로 파친코 구슬을 만지작거리는 동안 지겨운 일상도 잊을 수 있었다. 그러나 대박이 터지기는커녕 가지고 있던 구슬만 허무하게 줄어들었다. 몇 번인가 구슬을 더 사 와 네 시간가량 매달려봤지만 엄지손가락이 아파서 그냥 가게를 나왔다.

밖으로 나와 강한 태양 빛을 본 순간, 바보 같은 짓을 했다고 후회했다.

파친코 가게에서 해고된 당일에 라이벌 파친코 가게를 찾아가 돈을 잃고 오다니 멍청함의 극치가 아닌가. 무직인 주제에 아까 받은 일주일분의 급여 중 3분의 1 가까이를 써버렸다.

주머니에서 담배를 꺼냈는데 한 개피도 남아 있지 않았다. 담뱃갑을 꼬깃꼬깃하게 구겨서 바닥에 던졌다.

이제 어쩌지.

이렇게 되고 보니 나에게는 일과 한청 활동 이외에 아무것도 없었다는 생각이 들었다. 술도 약해서 시간을 때울 거리가 없었다. 다방에서 오래 지낼 수도 없는 노릇이었다. 그렇다면 모금한 돈이라도 한청 사무소에 가져다주고 올까도 싶었지만 이렇게 우울한 기분으로 그곳에 가고 싶지는 않았다. 한청에서는 그냥 훌륭한 인간으로서 제 역할을 다하고 싶었다.

나는 딱히 목적지도 없이 고탄다에서 국철 야마노테선을 타고 밖의 풍경을 멍하니 보며 아이의 이름을 생각했다.

남자아이라면 이름에 '종鐘'을 꼭 넣어주고 싶었다. 우리 집에서는 내 대는 '주周', 그다음 대는 '김金'자 변으로 시작하는 한자를 쓰도록 정해져 있었다.

종효(가네다카), 종범(가네노리), 종명(가네아키), 종덕(가네도쿠), 종신(가네노부) 등은 어떨까? 만일 딸이라면 어머니 이름 '이난梨蘭'의 한자 중 한 글자를 물려받은 이름으로 짓고 싶었다.

꽤 근사하지 않은가. 용숙한테도 물어봐야지.

조금 기분이 좋아져 전철로 동경을 한 바퀴 빙 돈 후, 시나가와에서 게힌도호쿠선으로 갈아타고 오이마치에서 내렸다.

역 앞 청과점에 진열된 수박이 눈에 들어왔다. 지난번에 사 갔을 때 용숙이 잘 먹던 일이 떠올랐다. 조카 두 놈도 좋아할 게 분명해 수박 한 통을 샀다.

수박 한 통을 안고 걷는데 나미코와 함께 수박을 먹던 날이 되살아났다. 그날도 오늘처럼 더웠다. 세어보니 그날로부터 18년이나 지나 있었다. 나미코를 생각해도 이제는 더 이상 마음이 쓰라리지는 않았다.

아직 해가 중천에 떠 있어 일단 아파트로 돌아왔는데, 문에 종이 한 장이 끼어 있었다.

'오이 산부인과로 빨리 와. 애 나온다'라고 적혀 있었다. 용해가 틀림없었다.

예정일은 3주 후였다.

벌써 출산이라니 좀 이르지 않은가.

나는 수박을 그 자리에 놓고 오이 산부인과로 서둘렀다. 용숙은 병원을 바꿨는데, 오이 산부인과는 히가시오이에 있었다. 나카조노 산부인과보다 규모가 크고 평판이 좋은 병원이었다.

숨을 헐떡이며 뛰어갔는데 용숙은 벌써 분만실에 들어가 있었다. 용해는 엉덩이도 반쯤만 붙이고 의자에 앉아 있었다.

"야, 가게에는 없던데 어디 갔었냐? 전화도 했는데."

용해는 내 얼굴을 보자마자 벌떡 일어나 큰소리를 질렀다. 점잖은 성격의 용해로서는 드물게 따지는 듯 날카로운 목소리였다.

"잠깐 볼일이 있어서……."

차마 해고당했다고는 입이 떨어지지 않았다.

"뭐, 어쨌든, 늦지 않아 다행이다."

"용숙이는 어때?"

"양수가 터져서, 두 시간쯤 전에 서둘러 데리고 왔어."

그때 분만실에서 격한 신음 소리가 들려왔다.

"괜찮은 건가?"

나는 완전히 동요한 상태였다.

"괜찮아, 걱정 마."

용해는 내 어깨에 손을 올리고, 앉아서 기다리자고 했다. 경험자인 용해가 든든하게 느껴졌다.

점점 힘주는 소리의 간격이 짧아졌다. 그리고 거친 숨소리 다음에 우렁찬 외침이 들려온 후 갑자기 조용해졌다.

태어난 걸까?

그런데 아기의 울음소리가 들리지 않았다.

4년 전 사산한 일이 떠올랐다. 다리가 떨리는지 구두가 바닥에 부딪혀 딱딱 소리를 냈다. 내 발밑을 봤다. 나는 바닥에 구두바닥을 딱 붙이고 서 있었다. 덜덜 떨고 있는 사람은 용해였다.

분만실 문이 열리고 젊은 간호사가 나와서 축하한다며 미소 지었다.

"아들입니다."

나와 용해는 동시에 일어나 양손을 드높이 들었다.

"만세!"

"반자이!"

한국어와 일본어로 제각기 환호성을 질렀다.

잠시 후 아들과 만날 수 있었다.

나는 아들을 조심조심 안아보았다. 흰 배내옷을 입은 내 자식은 너무나 작고 가벼웠다. 으앙으앙, 울음소리도 작았다. 금세 얼굴이 빨

강, 아니 보라색이 되었다. 나는 놀라서 간호사에게 아들을 다시 안겨
주었다.

아들의 체중은 2킬로가 조금 넘는 수준이었다. 첫 울음소리도 너
무 작아 분만실 밖에서는 들리지 않았던 것이다. 그 연약한 생명을 보
고 난 후 내 마음속은 근심으로 가득 찼다. 기쁨보다 불안이 훨씬 더
컸다.

내 기분을 알아챈 듯 초로의 남자 의사가 다가왔다.

"만약을 위해 인큐베이터에 넣겠습니다. 그게 아기한테도 안심이
될 거예요."

"저, 무슨 병 같은 건 아니지요?"

"좀 두고 봐야 알겠지만 너무 걱정하지 마세요."

"그래, 너무 걱정하지 말게."

용해가 옆에서 나를 위로했다.

"용숙이의 상태 좀 보고 왔어. 좀 지친 것 같지만 건강해 보여. 어
서 가봐."

나는 용숙이 쉬고 있는 병실로 갔다. 용숙은 눈 밑이 거무스름하
고, 초췌한 모습이었는데 내가 다가가자 몸을 일으켜 세워 침대에 앉
았다.

나는 뭐라고 하면 좋을지 몰라 가만히 있었다. 용숙도 아무 말도
하지 않았다. 방 모퉁이에 있는 선풍기가 유난히 큰 소리를 내며 돌아
가고 있었다.

"아기는 괜찮아요?"

침묵을 깬 것은 용숙이었다. 당황한 나는 대답도 제대로 못했다.

괜찮은지 아닌지 확신할 수 없었다.

"수박 가져올게, 수박."

그렇게만 말하고 용숙의 시선을 피해 병실에서 도망쳤다.

그날 밤에는 내내 악몽에 시달렸다. 꾸벅꾸벅 졸다가 꿈을 꾸었는데, 대마도 앞바다에서 목숨을 잃은 김추상과 오모리 해안에서 자살한 나미코가 내 아들을 안고 바다로 들어가려는 꿈을 꾸었다.

"안 돼!"

나는 내 목소리에 놀라 눈을 번쩍 떴다. 그리고 몇 번이곤 같은 광경이 꿈과 현실 사이를 오갔다. 머리가 돌아버릴 것만 같았다.

다음 날, 의사가 나와 용숙을 진찰실로 불렀다.

"아드님을 큰 병원으로 옮기실래요?"

"그게 무슨 뜻입니까?"

목이 잠겼는지 갈라진 목소리가 나왔다.

"아기가 울 때 청색증 증상이 나타납니다."

"청색증?"

"혈액 중에 산소가 부족해서 피부와 점막이 보라색이 되는 증상입니다. 심장에 질환이 있는 것이 원인이라고 하는데 심장 소리도 조금 걱정되는 부분이 있어요."

선뜻 대답을 하지 못했다. 의사의 말을 잘 이해할 수 없었다. 아니, 이해하고 싶지 않았다.

"시, 심, 장……."

용숙은 그 말만 한 후 망연자실한 상태로 먼 곳을 바라봤다.

"그러니까……. 전문 병원에서 정밀검사를 받아보세요. 동경여자 의대에 소개장을 써드릴 테니……."

의사의 목소리가 점점 멀어졌다. 그 후로는 의사가 설명하는 내용이 한마디도 귀에 들어오지 않았다.

7

열두 번째 노트를 다 읽은 리에가 스마트폰을 봤을 때는 새벽 네 시가 지나 있었다.

파란 잉크로 꾹꾹 눌러 쓴 글자는 여기저기 번져 있는 상태였다. 의심할 여지없이 아버지의 필적이다. 자세히 보니 만년필로 쓴 것 같았다.

작년에 아버지가 연하장에 답장을 쓰면서 글자를 쓸 때마다 손이 떨린다며 나이를 먹는 게 서럽다고 한탄하던 일이 생각났다. 날짜는 적혀 있지 않았지만 빗나간 글자도, 흔들린 부분도 보이지 않았다. 아마 아주 오래전부터 써온 것이 아닐까? 네모진, 결코 읽기 쉽다고는 할 수 없는 필체로 자신을 '서투른 편'이라고 적은 부분이 강한 인상을 남겼다.

노트에 줄줄이 적혀 있는 아버지는 지금까지 리에가 모르는 아버지였다. 까탈스러운 아버지의 얼굴이 각진 파란 글자와 겹치며 이루 말할 수 없는 복잡한 기분이 몰려들었다.

그건 그렇다 쳐도 아버지는 왜 생전에 한 번도 오빠와 리에에게 자신의 생애에 대해 이야기해주지 않으신 걸까? 이건 모두 사실일까?

잠시 생각에 잠겼다. 그러다 오늘은 회의가 있으니 두 시간 동안 눈이라도 붙이자고 침대로 들어갔다. 그런데 눈이 말똥말똥해서 쉽게 잠들 수 없었다.

침대에서 나와 스마트폰을 쥐고 하나 방으로 가서 하나가 자는 침대에 앉았다.

이불을 걷어차고 자고 있길래 얼른 덮어줬다. 옆에서 하나의 잠든 얼굴을 보고 있으니 어머니와 닮았다는 계향이 떠올랐다. 리에는 어머니와 닮았다는 소리를 자주 들었다. 하나는 리에와 닮았다고들 하는데, 그렇다면 하나에게도 계향의 모습이 있는 것일까?

리에는 일어나서 하나가 소중히 하는 물건을 넣은 가방을 옷장에서 꺼내 왔다. 복숭아색 펠트로 만든 작은 가방인데, 실버 비즈가 하트 모양으로 박혀 있었다. 작년 생일에 리에가 선물한 것이다.

가방에서 복주머니를 꺼냈다. 주머니 안에는 500엔짜리 동전이 몇 개 들어 있었다. 리에는 복주머니를 손바닥 위에 올려놓고 검은색 실로 수놓인 닭의 윤곽을 손으로 만져봤다. 그리고 복주머니를 꼭 쥐고 가슴에 가져다 댔다.

아버지는 수탉처럼 현명하고, 인내심이 강하고, 신뢰받는 강인한 남자가 되려고 했던 것일까?

리에는 베란다로 나갔다. 서쪽 하늘 낮은 곳에 하현달이 어슴푸레 보였다. 그 달이 자신에게 말을 걸고 있는 것 같았다.

어쩌면 아버지는 달에 가서 살면서 우리를 지켜보고 있는지도 모르겠다.

리에는 달을 바라보며 좀 전에 읽은 노트에 적힌 내용을 곰곰이 생각해봤다.

밀항, 가짜 이름으로 살아온 인생.

조선인학교 선생.

아버지의 첫사랑.

육체노동, 대학 진학과 좌절.

어머니와의 만남, 민주화 운동.

아버지가 존경하던 오이마치의 외할아버지.

그리고 아버지와 통할 리 없던 용해 외삼촌.

또 오빠가 어렸을 때부터 몸이 약한 건 알고 있었지만 심장이 안 좋다는 건 처음 알았다. 어머니가 오빠를 낳기 전에 사산과 유산을 경험한 사실에도 놀라움을 금할 수 없었다.

아버지와 어머니는 얼마나 힘겨운 삶을 살아온 것일까.

친구처럼 사이가 좋은 모녀관계였다. 같은 여자 사이에 사산과 유산에 대해 솔직하게 말해주었으면 좋았을 텐데. 리에는 조금 쓸쓸하다는 생각이 들었다.

문득 '고향의 봄'이 어떤 노래인지 궁금해져 스마트폰으로 검색해 동영상을 열어보았다. 다정하고 따뜻한 곡이었다. 가사에는 고향을 생각하는 마음이 담겨 있었다. 여자아이 목소리가 아름답게 울려 퍼졌다.

나의 살던 고향은 꽃 피는 산골

복숭아 꽃 살구 꽃 아기 진달래

울긋불긋 꽃 대궐 차린 동네

그 속에서 놀던 때가 그립습니다.

꽃 동네 새 동네 나의 옛 고향

파란 들 남쪽에서 바람이 불면

냇가에 수양버들 춤추는 동네

그 속에서 놀던 때가 그립습니다.

리에는 복주머니를 꼭 쥐고 동영상을 반복해서 재생했다. 그리고 하늘이 밝아오고 달이 완전히 사라질 때까지 그 모습을 지켜보고 있었다.

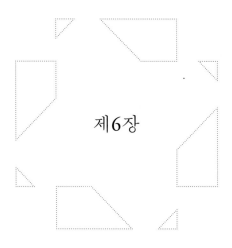

제6장

1

다리를 질질 끌면서 리놀륨 복도를 지나 병실로 향했다. 몸이 납처럼 무거웠다.

나는 거의 쉬지 않고 일만 했다. 영주권이 있는 재일 한국인에게도 드디어 국민건강보험에 가입할 자격이 생겼는데 아직 운용되기 전이었다. 종명(가네아키)이는 대학병원에서 첨단 의료를 받아야 해서 고액의 치료비와 입원비가 필요했다. 벌고 또 벌어도 도저히 그 금액을 맞출 수가 없었다.

지금 나는 한청 활동을 통해 알게 된 우쓰노미야의 재일 상공인 밑에서 파친코 가게 일을 돕고 있다. 동경 아파트는 처분하고 가게에서 먹고 자고 일한다. 화장실 청소부터 시작했는데 지금은 홀 책임자로 승진했다.

종명이는 통원과 입원 때문에 우쓰노미야에 와서 같이 살 수 없었다. 그래서 용숙과 종명이는 동경에 남아 용숙의 친정집에 들어가 살고 있다. 나도 동경에 올 때마다 처가댁에 신세를 지고 있다. 이번에는 장인어른에게 수술비까지 빌렸다.

오늘은 이틀이나 휴가를 받아 우쓰노미야에서 동경으로 돌아왔다. 한 달 만에 종명이를 만나러 왔는데 그냥 도망치고 싶은 기분밖에 들지 않았다. 하지만 내일이 수술이라 얼굴을 안 볼 수도 없다.

종명이의 병은 '팔로네징후'라는 심장병이다.

좌우 심실을 나누는 심실중격이라는 칸막이벽에 큰 구멍이 나 있고, 전신에 혈액을 보내는 대동맥이 좌우 심실에 걸쳐 있으며, 폐로 혈액을 보내는 폐동맥 우실 출구가 폐동맥변과 뭉쳐서 좁아진 상태로 좌우 심실의 압이 동등해져 우실이 비대해진다는 네 가지 특징을 가진 선천성 난병이다.

증상으로는 정맥의 혈액이 대동맥으로 흘러 들어오기 때문에 혈액 중 산소가 부족해 청색증 상태가 되고, 숨을 헐떡이거나 호흡곤란, 경련 등 발작이 종종 일어난다.

종명이는 심장외과 영역에서 최첨단이라는 동경여자의대 병원에서 치료를 받고 있다. 담당 의사에 따르면 이 병은 고식수술과 근치수술을 받아야 한다. 이번에 받는 수술은 고식수술로, 인공혈관을 통해 청색증을 개선하고 폐동맥이나 심실의 발육을 촉진시켜 근치수술을 가능하게 해주는 수술이다.

병원에 오는 도중에 우에노의 마쓰자카야 백화점에서 큰 돈을 주고 산 멜론을 들고 병실 앞에서 잠시 멈춰 섰다. 입원한 환자의 이름이 병실 앞 표지판에 검은 매직으로 쓰여 있었다.

나는 '문종명'이라는 이름을 확인하고 병실로 들어갔다. 병실 안은 조용했다. 제각기 침대에 붙은 커튼을 치고 있었다. 이 병실에는 증상이 심각한 어린이들이 많았다.

창가에 있는 종명이의 침대로 다가가자, 침대에 기대어 고개를 숙이고 앉아 있던 용숙이 나를 봤다. 잠깐 졸았나 보다. 초췌한 얼굴에 손가락 자국이 남아 있었다. 용숙은 흐리멍텅한 눈으로 나를 보고는 고개만 살짝 끄덕였다. 그리고 종명이에게 이불을 덮어주고 지긋이 바라보았다. 그 눈에서 감정의 기복을 알아챌 수는 없었다.

한 살 반짜리 아들은 가드가 달린 아기 침대 위에서 작은 숨소리를 내고 있었다. 뼈마디가 보일 정도로 가는 손목에는 수액 바늘이 꽂혀 있었다. 머리카락은 거의 없었고 눈두덩이가 푹 꺼지고 입가에는 주름까지 보였다. 아기 침대조차 커 보일 정도로 왜소한 몸에서는 다른 아기들 같은 통통한 모습은 찾아볼 수 없었다. 지난 설에 통통하게 살이 오른 동인이의 건강한 딸내미, 미영이를 보고 왔더니 종명이의 모습이 더욱 안타깝게 느껴졌다.

나는 종명이에게서 시선을 거두고, 멜론을 바닥에 내려놓고는 창밖을 바라봤다. 3월의 하늘에는 구름이 잔뜩 끼어 있었다. 건물들이 일렬로 늘어선 거리의 풍경은 회색빛으로 단조로웠다.

종명이 맞은편으로 다섯 살짜리 남자아이가 침대에 앉아 고통스럽게 몸부림치는 모습이 커튼 틈새로 보였다. 그 아이의 어머니가 아이에게 흡입 요법을 하면서 등을 쓰다듬거나 두드리고 있었는데 좀처럼 나아지는 것 같지 않았다.

그때 "여기였구나. 어딘가 했네" 하고 병실로 들어온 노파가 기침을 하는 남자아이 쪽 커튼을 들추고 안으로 들어갔다.

"아이고, 이게 웬일이야. 여기 조선인도 있네. 애야, 병실을 바꿔달라고 해야겠다. 얼마 전에 그 김희로 사건[28]도 있었잖니. 아니다, 우리가 아니라 저 사람들이 옮겨야지."

용숙은 노파의 목소리에 얼굴을 일그러뜨리고 바닥을 봤다.

나에게는 노파가 보였지만, 그녀는 나에게 등을 보이고 서 있었다. 순간 남자아이의 어머니와 시선이 부딪혔다. 여자는 무안한 얼굴로 노파의 손목을 잡아당겼다.

"쉿, 엄마!"

그러자 노파는 주변을 둘러보더니 황급히 커튼을 닫았다.

김희로는 총과 다이너마이트를 들고 인질을 잡아 여관에서 나흘간 인질극을 벌인 재일 동포 살인범이다. 재일 동포에 대한 멸시와 차별에 반대하는 성명을 낸 그의 모습은 연일 텔레비전에서 생중계로 보도되었다. 그는 자신을 포함한 재일 동포들을 차별한 경찰관에게 사과를 요구하다가 닷새 전쯤 경찰에 체포되었다.

나는 나도 모르게 이를 꽉 물고 있다가 병실에서 뛰쳐나가려고 커튼을 잡았다. 그 순간 용숙이 일어나 잠깐 기다리라며 종명이의 침대 가드를 올렸다. 종명이는 그 소리에 일순 놀랐지만 다시 곤히 잠

---

28 가난한 재일 동포 집안에서 태어나 일본 사회의 차별로 인해 직업을 구하지 못한 김희로는 수차례 감옥에 들락거렸다. 1968년 2월 20일 시즈오카현에서 조폭 두 명과 싸우다가 조센징이란 모욕을 듣고 총으로 살해한 후, 다이너마이트와 실탄을 들고 여관으로 도주해 투숙객 10여 명을 인질로 잡고 인질극을 벌였다. 체포된 후 무기징역을 선고받았지만, 그는 경찰관의 한국인 차별을 고발하기 위해 사건을 일으켰다고 주장했다. 승려 박삼중 등의 노력으로 1999년 가석방되어 한국으로 돌아왔다. 고도 경제성장기의 일본에서 재일 동포들이 받은 극심한 차별에 대해 알린 사건이기도 했으며, 일본 사회의 근간을 뒤흔드는 사건이기도 했다. 그는 1970년 《분노는 폭풍처럼》이란 책을 펴냈고, 2010년 부산에서 사망했다.

들었다.

용숙은 복도로 나가 내 앞으로 종종걸음으로 걸어갔다. 엘리베이터 앞에 서서 아래층으로 가는 버튼을 눌렀다. 나와 용숙은 한마디도 하지 않았고, 서로 눈을 마주 보지도 않았다.

승강기에 올라, 용숙의 등 뒤에 섰다. 머리칼이 숭숭한 뒤통수가 눈에 들어왔다. 가마가 갈라진 곳에 10엔짜리 동전 크기의 원형탈모가 드러났다.

종명이의 이름을 짓다가 용숙과 말싸움을 했을 때가 생각났다.

병원을 바꾼 직후였는데, 동경여자의대 병원에서 종명이가 정밀검사를 받은 날이었다. 다음 날까지 출생증명서를 제출해야 했다. 용숙과 나는 신생아실 옆 복도에서 아이의 이름을 생각했다. 검사를 마친 종명이가 인큐베이터 안에 들어가 있었다.

"종명이는 어때?"

내가 메모 용지에 볼펜으로 종명이라고 한자로 썼다.

용숙은 잠시 묵묵히 생각하더니 고개를 저으며 안 된다고 했다.

"너무 한국적인 이름은 안 쓰는 게 좋을 것 같은데."

"무슨 소리야? 이제 와서? 당당히 '문' 씨 성을 쓸 거라고."

"안 돼요. 아이도 태어났으니 지금부터라도 일본 성인 '후미야마'를 씁시다, 여보."

"왜 또 그런 소리를 하고 그래? 감추고 살아갈 필요는 없잖아."

"우리는 괜찮아요. 하지만 심장병도 있는데 거기다 이름 때문에 따돌림이라도 당하게 되면 당신이 책임질 수 있어? 아이가 불쌍하잖아."

결국, 둘이 상담한 결과, 라기보다, 내 의견을 관철한 결과, 아이 이름은 종명이 되었다. 하지만 '종명'이나 '쇼메이'가 아니라 '가네아키'로 읽자고 한 용숙의 의견도 받아들였다. 애당초 '쇼메이'라는 애매한 일본식 한자 읽기로 등록하는 것도 마음에 들지 않았다. 여하튼 일본 성인 '후미야마'를 쓰자는 제안은 받아들이지 않았다. 용숙은 그런 게 아이에게 하나도 도움이 될 게 없다고 주장했지만 나는 양보하지 않았다.

나도 이전에 일본 이름을 썼는데, 그 시절에는 그것이 굴욕적이었다. 그래서 아들은 명실공히 한국인으로 키우고 싶었다. 내 아들은 가짜 이름을 쓰며 살얼음 밟듯 살아온 나와는 다르게 하늘을 우러러 부끄럼 없이 키우고 싶었다.

1층에 도착하자 나와 용숙은 승강기에서 내려 병원 밖으로 나왔다. 날이 저물어가고 있었다. 바람이 차서 내뱉는 입김이 하얗게 보였다.

"커피 좀 마시고 싶어."

용숙의 말에 나는 근처 다방으로 그녀를 데리고 갔다. 혼자 여러 번 가본 적이 있는 곳이었다.

테이블만 몇 개 있는 작은 가게로 점원도 중년 남성 혼자였고 손님도 우리 둘뿐이었다. 구석에 놓인 레코드 플레이어에서 LP판이 돌고 있었다. 장르는 모르겠지만, 그윽한 커피 향기가 풍기는 공간에 조용한 피아노 선율이 울려 퍼졌다.

창가에 자리를 잡고 앉아 창밖을 보면서 나는 정신없이 담배를 빨았다. 용숙은 겨우 서른을 넘긴 나이인데, 화장기가 없고 머리숱이 적어서인지 그보다 열 살 아니 훨씬 더 나이 들어 보였다. 그런 용숙을 보고 있으니 가시방석에 앉은 것 같았다.

"설탕 둘이지?"

용숙은 내 얼굴을 보지도 않고 고개만 가볍게 끄덕였다.

나는 피우던 담배를 재떨이 위에 놓고 방금 나온 커피에 설탕을 넣어 스푼으로 저었다. 그리고, "자, 이거" 하며 용숙 앞에 놓아주었다.

그제야 겨우 내 얼굴을 한 번 본 용숙은 당장이라도 울 것 같은 표정을 간신히 감추고 있는 것 같았다. 왼손으로 커피잔을 들고 있었는데 손을 벌벌 떨고 있었다. 약지에 있던 결혼반지도 보이지 않았다. 내가 실직한 사실을 안 용숙이 반지를 전당포에 맡겼기 때문이다.

"앞으로 '후미야마'라고 하자."

그렇게만 말하고 용숙에게서 시선을 떼고 피다 만 담배를 다시 쥐었다. 짧게 여러 번 폐에 담배를 넣었다가 숨을 뱉은 후, 꽁초를 재떨이에 세게 비벼 껐다.

2

종명이의 수술은 무사히 끝났지만, 그 후에도 청색증 발작이 종종 일어나 입원하는 일이 적지 않았다. 체력이 달리는 데다 발작을 일으킬까 우려되어 종명이를 유치원에 보내지 않았다. 그래서 종명이는 친구가 거의 없었다.

소아과 병동에는 나이가 비슷한 아이들이 입원 중이어서 또래와 접촉하는 일이 없지는 않았다. 종명이가 네 살이 되었을 때 같은 병실에서 만난 다카시란 남자아이와 친구가 되었다. 다카시와는 퇴원한 후에도 엄마들끼리 편지를 주거니 받거니 했다. 엄마들 사이도 나쁘지 않은 것 같았다. 그런데 반년 정도 지난 후 다카시가 세상을 떠났다. 그 아이는 백혈병이었다. 1971년, 정월의 일이다.

용숙은 종명이에게 그 소식을 전하지 않았다. 그러다 경련 발작이 일어나 재입원했을 때 종명이는 다카시가 죽었다는 사실을 우연히 알게 되었다. 한동안 울기만 하던 종명이가 "나도 죽어?" 하고 용숙에게 물었다고 한다. 물론 부정했지만 종명이의 불안을 떨칠 수는 없었다. 여러 번 용숙에게 같은 질문을 했다고 한다.

담당 의사와 간호사가 괜찮다고 해도 종명이는 어릴 때부터 입원을 반복하며 같은 병실 아이들의 병세가 악화되는 것을 오래 봐온 탓인지 죽음이 남의 일처럼 느껴지지 않았던 것 같다. 죽음에 대한 공포는 종명이에게 딱 달라붙어, 불시에 울음보를 터뜨리기도 했다. 헉헉대고 울다가 청색증 발작이 일어나 호흡곤란에 빠진 적도 있었다.

담당의에 따르면 종명이가 죽을 확률이 영 없는 것은 아니었다. 하지만 치료와 수술 방법이 하루가 다르게 발달하는 중이어서 근치수술을 받으면 완치될 것이라고 했다.

"당신도 괜찮다고 말 좀 해줘요."

용숙의 요청에 오늘은 동경여자의대 병원에 혼자 왔다.

나는 우쓰노미야에서 2년을 버티다 동경으로 돌아왔다. 동경여자의대 병원이 있는 가와다초 부근, 오쿠보에 아파트를 빌려 가족 셋이 함께 살게 되었다. 지금은 진하가 시작한 사업을 돕고 있다. 사장은 진하이고 나는 전무라는 직책을 맡았는데 돈도 전보다 훨씬 많이 벌고 있다. 진하는 아사쿠사에 대규모 파친코점을 개업했다. 동인은 일본어로 신문을 발행해 박 정권과 일본 정부의 조선반도 정책을 비판하는 논평을 김태룡이란 이름으로 쓰고 있었다.

이젠 너무나 익숙한 소아과 병동으로 들어가자 담화실에 아이들이 잠옷 바람으로 몰려 있었다. 그곳에는 의자와 테이블이 있고 장난감도 마련되어 있었는데, 병문안을 온 손님들과 환자가 면회를 하는 장소이기도 했다.

어른들이 아이들 주변을 둘러싸고 있었다. 자세히 보니, 중심에 녹색 갓파[29] 옷을 입은 사람과 머리 꼭대기에 술이 달린 모자를 쓴 젊은 남녀가 있었다. 그들의 지도로 아이들도 어른들도 함께 종이로 매화꽃을 접는 중이었다. 밝은 웃음소리가 들려왔다. 다들 매우 즐거워 보였다.

아침에 방송되는 어린이 프로그램 출연자와 스태프가 온 모양이었다. 바로 옆에 있는 방송국[30]에서 위문단이 와서 입원한 아이들과 놀아주고, 공작과 그림을 가르쳐준다고 용숙한테 들은 적이 있다. 종명이도 매번 몹시 즐거워한다고 했다. 종명이가 있을까 해서 모여든 아이들 사이에서 찾아봤는데 보이지 않았다. 나는 서둘러 병실로 갔다.

'후미야마 가네아키'라고 적힌 이름을 확인하고 병실로 들어갔다. 종명이는 4인 병실 왼쪽 첫 번째 침대에서 베개를 세우고 기대어 앉아 있었다. 희고 가는 팔뚝에 수액 바늘이 꽂혀 있었다. 내가 온 걸 보고

---

29 일본의 전설 속 동물. 원숭이를 닮은 외형이지만 거북이 등딱지를 메고 있고 피부에는 물고기처럼 비늘이 붙어 있다. 영리하고 때로는 사람들을 돕기도 한다.

30 1997년까지 동경여자의대 병원 옆에 후지티비 본사가 있었다. 바로 근처에 도쿄한국학교가 자리하고 있었는데 현재 후지티비가 있던 곳에는 한국인 부유층이 거주하는 고층 아파트가 들어섰다.

도 나른한 듯 핏기 없는 얼굴로 눈만 껌벅거리고 있었다.

그렇게나 좋아하는 위문단이 찾아왔는데도 침대에 가만히 있는 것을 보니 몸이 많이 아픈 건 아닌지, 빈혈이 심한 건 아닌지 걱정되었다.

"힘들면 누워 있지 그래."

종명이가 가는 목소리로 아빠 혼자 왔느냐고 묻고는 "엄마는?" 하고 덧붙였다.

심장 질환으로 인한 발육 부진으로 종명이의 치열은 들쑥날쑥했다. 나는 차마 계속 보지 못하고 침대 옆 테이블로 시선을 옮겼다.

"가끔은 아빠 혼자 오는 것도 좋지 않아?"

종명이가 쓰는 플라스틱 컵과 어린이용 칫솔을 보며 말했다. 그리고 가져온 복숭아 통조림을 테이블 위에 놓았다. 종명이가 좋아하는 것이다.

"아빠."

얼굴을 들자 종명이가 진지한 눈으로 나를 쳐다보았다. 나는 나도 모르게 침을 꿀꺽 삼켰다.

"수술, 언제 해?"

"응? 조금 더 크면."

의사로부터 여섯 살이 돼서 체력이 좀 붙으면 하자는 말을 들었다. 수술을 받기에는 체중도 아직 부족하다고 했다.

"더 빨리 하고 싶어. 수술하면 안 죽잖아. 나, 죽기 싫어."

종명이의 목소리가 평소보다 더 명확했다.

아직 다섯 살도 안 된 아이가 죽고 싶지 않다는 말을 하다니.

내 가슴은 찢어질 것처럼 아팠다.

"안 죽는다니까!"

금세 또 화가 난 말투가 되고 말았다.

깜짝 놀란 종명이의 눈을 보고 제정신이 들었다.

"괜찮아. 건강해져서 소학교에 가야지."

나는 목소리 톤을 낮추고 천천히, 가능한 온화하게 말하려고 노력했다. 그러자 종명이의 눈이 반짝였다.

"소학교? 친구도 생기겠지?"

환하게 웃는 종명이를 안아주고 싶어서 손을 뻗었는데 연약한 몸이 부러질까 싶어, 손만 살짝 잡는 걸로 만족했다.

$$3$$

대통령선거에서 노골적으로 부정을 저지른, 박정희의 제멋대로인 강권독재정치는 재일 동포 사회에도 영향을 끼쳐, 동포 사회도 엉망이 되어가고 있었다.

3월에 민단 동경 본부 단장선거가 열렸다. 그때 집행부와 결탁한 공사가 "비주류파 소속의 선거 참모가 조선총련 간부들과 만나 밀담을 반복했다"고 주장했고, 그 증거로 밀담 내용이 담긴 녹음테이프가 있다고 공개 석상에서 발언했다. 그러나 마지막까지 테이프의 구체적인 내용은 밝혀지지 않았다. 요컨대, 중앙정보부의 특기인 날조였다.

그해 말에는 한국에서 국가 비상사태 선언이 선포되었다. 게다가 집회, 데모, 노동단체 행동이 규제되었다. 한편 북한에서는 김일성이 독재색을 강화 중이었다. 그리고 후계자로 김정일이 부상했고, 세습 냄새까지 풍겨 나왔다. 민주국가와는 거리가 먼 한반도 정세에 내 가슴은 두근거렸고, 쫓기듯 운동에 정력을 쏟아 부었다.

그러던 중 1972년 7월 4일 조국통일을 선언한 남북공동성명이 갑자기 발표되었다. 남북 양 정부 체제를 유지하면서 자신들 손으로 평화적 통일을 향해 나아가자는 취지였다. 박정희과 김일성의 속셈이야 어떻든 이 남북공동성명에 우리는 술렁였다.

"통일이 더 빨리 올지도 몰라."

진하가 신이 나서 말했다.

"나는 빨리 기사를 쓸 생각이다. 공동성명을 지지하는 내용으로."

동인도 고양된 목소리였다.

"본국이 서로 다가가고 있는데 우리한테도 할 일이 있지 않겠냐?"

나는 팔짱을 끼고 생각했다. 그러자 황선남의 얼굴이 떠올랐다. 가스미가세키에서 만났을 때, 그는 분명히 조선총련에서 전무를 맡고 있다고 했다.

"우리 쪽에서 총련을 찾아가 공동대회를 열자고 하면 어떨까?"

내가 말하자 두 친구도 그게 좋겠다, 꼭 열어야 한다고 등을 떠밀었다.

곧장 한청 동지들에게도 뜻을 전했다. 반대 의사를 피력하는 이는 거의 없었고, 얘기가 점점 구체적으로 진행되어갔다. 이 움직임은 민단의 비주류파층에도 퍼져, 그들도 함께 공동대회를 여는 방향으로 움직였다.

나는 한청 대표로 황선남에게 연락을 하기로 했다. 황선남에 대해

수소문해 그가 총련 산하 재일본 조선청년연맹(조청)에서 일한다는 것을 알아냈다.

우리는 신주쿠의 한 당구장에서 만나 뜨거운 포옹을 나눴다.

"문 선생님과 이런 형태로 재회를 하다니, 이 얼마나 멋진 일입니까?"

감동을 감추지 않고 표현하는 선남은 가스미가세키 개찰구에서 만났을 때와 그다지 변함이 없었다. 지적이고 단정한 마스크는 여전한데, 사람 속까지 꿰뚫어 보는 듯한 그 눈동자는 나이가 늘면서 더 날카롭게 빛을 발했다.

"나도 자네를 만나서 기쁘네."

우리는 당구장이 문을 닫을 때까지 열변을 토한 후, 긴 악수를 나누고 헤어졌다.

나는 한청을 대표하는 실행위원 중 한 명으로 여러 번 황선남을 만났다. 한 달도 채 되지 않아 동경, 오사카 등 전국 각지에서 한청과 조청에 의한 공동대회인 7.4공동성명 지지 집회를 개최하기에 이르렀다. 또한 민단 비주류파와 함께 총련과의 대대적인 공동대회도 실현시켰다.

그날, 동경 센다가야 체육관에는 수천 명의 사람들이 몰려들었다. 엄청난 열기가 터져 나왔다. 7.4공동성명을 지지하는 결의 표명을 다 읽은 순간, 나는 흥분해서 피가 머리끝까지 올라 주먹을 머리 위로 번쩍 쳐들고 포효했다.

전쟁까지 한 남북 정부에 농락당하여, 서로 으르렁대던 민단과 총련이 이렇게 손을 잡고, 함께 조국통일을 기원하는 날이 오다니 믿을 수가 없는 일이었다. 옆에 있던 동인은 감동을 곱씹듯 두 눈을 꼭 감았다. 진하는 만세를 외치면서 양손을 끊임없이 올렸다 내렸다 했다.

집회를 끝내고 고양된 기분으로 아파트로 돌아왔다. 용숙의 모습이 평소와 달랐다. 얼굴도 어둡고 말수도 적었다.

누가 나를 현실 세계로 잡아끄는 것 같았다. 그제야 바짝 제정신이 들었다. 가정으로 돌아오면 남북통일에 대한 바람이 마치 꿈처럼 느껴졌다.

종명이의 상태가 또 나빠졌는지 걱정이 되었지만, 종명이는 다다미에 양다리를 쭉 펴고 앉아 텔레비전을 보고 있었다. 건강 상태가 좋아 보였다.

"종명아, 밥은 잘 먹었니?"

"종명이야 뭐 항상 남기니까."

용숙은 무언가 할 말이 있다는 듯 내 안색을 살폈다.

"무슨 일이라도 있었어?"

"네. 그게……."

대답하기 어렵다는 듯 바닥을 봤다.

"종명이 일이야?"

목소리를 낮추고 물었는데 용숙이 고개를 저었다.

"오빠가……. 오빠 빚쟁이들이 여기로 찾아왔어요."

"뭐라고?"

언성이 높아졌다. 종명이가 나를 보았다.

"대체 무슨 일인데?"

다시 목소리를 낮추고 물었다.

"무서운 사람들이었는데……."

나는 용숙의 말이 끝나기도 전에 옷장 맨 윗서랍을 열어 통장과 복주머니를 꺼냈다. 통장에서는 이미 돈이 다 빠진 뒤였다. 황급히 복주머니 안을 보자, 안에 넣어둔 1만 엔짜리 뭉텅이가 사라지고 텅 비어 있었다.

"도대체……."

입술이 떨리는 것을 멈출 수가 없을 만큼 화가 치솟았다.

용해는 한량이었지만 빚까지 지는 일은 없었다. 그런데 최근에는 도박에 빠져 지냈다. 용해의 도박으로 인한 빚 때문에 용숙의 친정은 가세가 기울기 시작했다. 이제는 장인어른도 더 이상 빚을 갚아줄 여유가 없는 것 같았다. 그렇다고 정신 못 차리는 용해의 빚까지 대신 갚아줄 생각은 없었다.

게다가 그 돈은 종명이와 용숙을 위해서 피땀 흘려 모아둔 것이었다. 앞으로 들어갈 치료비와 수술비뿐만 아니라. 조만간 더 넓고 쾌적한 집으로 이사하려고 열심히 모아둔 것이었다.

"종명이도 있었고, 무슨 짓을 당할지 몰라서……. 그리고 당신한테 연락도 안 되었어요."

"수술비는 어쩔 건데!"

냅다 소리를 지르자 종명이가 놀라서 불안한 표정으로 내 얼굴을 살폈다.

용숙은 나를 똑바로 쳐다보았다. 빨갛게 충혈된 눈에서 떨어지는 눈물을 닦는 왼손 약지에는 결혼반지가 보이지 않았다. 첫 번째 고식

수술 뒤에 간신히 전당포에서 찾아왔는데 어찌 된 일일까?

"반지는?"

벌컥 그렇게 묻자 용숙은 "빼앗겼어요. 축음기도⋯⋯" 하고 울면서 대답했다.

"이자가 부족하다고 해서⋯⋯."

나는 나도 모르게 복주머니를 손에 꼭 쥐었다.

"저, 여보. 당신도 오빠한테 도움을 받았잖아요. 우리 집에서도 그렇고⋯⋯. 그러니까 너무 원망하지 말아요."

용숙의 말에 반론도 할 수 없었다.

나는 복주머니를 손에 쥐고 아파트를 나섰다. 홧김에 뛰쳐나왔지만 화를 풀 곳도 없었다. 근처를 배회하는 것밖에 할 일이 없었다.

딱히 갈 곳도 없어서 30분 정도 하염없이 걷다 보니 어느새 다카다노바바까지 와 있었다. 거기서 문득 발이라도 한번 디뎌보자 싶어서 와세다대학 부지로 들어가봤다. 여기 온 것은 처음이었다. 여름방학이라 학생들의 모습은 뜸했고, 사람 소리는 매미 소리에 묻혀 들리지 않았다.

아무도 없는 벤치에 앉아 휴식을 취하며 꼭 쥐고 있던 복주머니를 양손으로 감싸고 물끄러미 들여다봤다. 용숙에게는 우리 어머니가 만들어주신 복주머니라고 말하지 않았다. 그냥 옛날부터 가지고 있었다고만 말했다.

복주머니에서 시선을 떼고 고개를 드니 눈앞에 커플 한 쌍이 팔짱을 끼고 지나갔다.

대학 생활이란 도대체 어떤 것일까? 대학교 야간학부를 다니다가 생활에 지쳐 공부를 단념했지만 한번쯤 제대로 다녀보고 싶었다.

나는 와세다대학에서 만나 사랑에 빠졌다는 동인과 경귀의 젊은 시절의 모습을 떠올리고 있었다.

4

총련과 공동대회를 개최한 우리 그룹은 민단 집행부와 그 당시 중앙정보부 산하기관처럼 활동하던 대사관으로부터 '총련과 손을 잡은 이적행위를 했다'는 이유로 규탄받았다.

먼저 민단으로부터 산하단체를 취하하겠다는 연락을 받았다. 이어서 우리 활동에 같이 참가한 부인회 회원들 중 임원이었던 경귀가 뉴재팬호텔로 불려가 영사에게 심한 추궁을 당했다. 여성을 표적으로 삼는 것이 실로 역겨운 처사였다. 그런데도 경귀는 끝까지 "이적행위라는 판단에 동의할 수 없다"며 반론했다고 하니 역시나 동인의 아내, 장하다 싶었다.

우리는 역경에 처하자 역으로 결속력이 강화되어 더 자주 모였다. 그러자 우리 활동에 자극을 받은 민단 동경 본부와 가나가와현 본부에 소속된 반주류파 단원들도 민단을 탈퇴하고 한청과 함께 '민족통일협의회'라는 단체를 설립했다.

8월 말, 아침저녁으로 더위가 좀 식었을 무렵이었다. 그날 나는 한청 사무소로 향하고 있었다. 건물에는 1층에 동경 본부, 2층에 부인회, 3층에 한청 사무소가 있었는데, 그곳에는 민족통일협의회 동지들과 뜻이 비슷한 사람들끼리 모여 있었다. 그곳은 반주류파의 거점이기도 했다.

경귀가 영사한테 불려간 일을 염려해 언제 무슨 일이 생길지 모른다는 생각에 한청 젊은이들은 만일에 대비해 24시간 태세로 사무실에서 숙박 중이었다. 한국에서는 정부에 저항한 사람들을 중앙정보부가 부당하게 체포하고 구속하고 있었다. 일본이라고 안심할 수는 없는 노릇이었다.

"먹을 거를 좀 챙겨 가서 젊은 사람들 응원이라도 하자."

진하와 오후 3시에 사무소에서 만날 약속을 했는데, 용건이 빨리 끝나 오후 2시가 좀 지나 한청 사무실에 도착했다. 열 명쯤 사무실을 지키고 있었다. 어떤 녀석은 선풍기 앞에 앉아 졸고 있었고, 어떤 녀석은 사무를 보는 젊은 여성인 난재가 만든 주먹밥을 먹고 있었다. 사무실 분위기는 평온했다.

나는 오는 길에 산 수박 두 통을 난재에게 건넨 후, 그녀의 책상 위에 주먹밥이 몇 개 남은 것을 보고 하나 얻어먹었다. 점심을 못 먹어서 배가 고팠다. 주먹밥을 절반도 씹지 않고 삼켰다가 사레들렸다. 난재에게 보리차를 달라고 부탁하려고 했을 때 남자들의 고함 소리와 함께 계단 쪽에서 비명이 들려왔다.

그 순간 사무소에 있던 모두가 얼어붙은 표정이 되었다. 남자들은 각자 무기가 될 만한 물건을 쥐고 일어났다. 나는 적당한 것을 찾지 못해 근처에 있던 소화기를 쥐었다.

고함 소리가 가까워지고 이윽고 쇠파이프와 각목을 든, 어딜 봐도 조폭처럼 보이는 놈들이 여러 명 들어와 한국어, 일본어가 섞인 욕을 퍼부으며 날뛰기 시작했다. 책상이며 수납장이며 여기저기를 다 때려 부수고, 바닥에 있는 것들을 모두 던지고 차서 난장판을 만들어놓았다.

한청 녀석들은 소화기와 나뭇조각, 죽도 등을 손에 들고 무법자들에게 맞섰지만, 정신없이 두드려 맞았다. 맨손으로 격투를 하는 동지들도 있었지만, 기본적으로 자신을 지키기에 급급했다. 나도 소화기를 휘두르며 맞서다 등을 차이고 쓰러졌다.

머리에서 피를 흘리는 사람, 허리를 매만지며 웅크리고 있는 사람, 무법자의 발에 과감하게 달라붙었다가 머리를 가격당하고 신음 소리를 내뱉는 사람도 있었다. 구석에서 벌벌 떨던 난재는 얼굴이 백지장이 되어 있었다. 그녀의 발밑에는 반으로 동강 난 수박이 떨어져 있었다. 빨간 과즙이 바닥에 흥건했다.

조폭 중에 이것저것 지시를 내리는 체격이 다부진 사내가 있었다. 아무래도 쇠파이프를 휘두르는 그 남자가 리더 같았다.

나는 일어나서 쇠파이프를 든 남자의 등 뒤에 철썩 달라붙었다.

"놔, 이 새끼야!"

남자는 몸을 흔들어 나를 떼어내려고 했지만 나는 꼭 붙잡고 놓지 않았다.

"이 새끼가 말을 안 듣네."

쇠파이프로 내 왼쪽 팔을 후려쳤다. 극심한 통증에 손이 움츠러들었다. 나는 그 자리에서 뻗었다.

사내가 나를 내려다보고 발로 짓이기려다가 내 얼굴을 보더니 동작을 멈췄다.

"이 새끼, 후미야마잖아."

그렇게 말하고 허리를 굽히며 나를 내려다봤다.

이전보다 더 강렬한 인상인데 어디에선가 본 적이 있는 얼굴이었다. 아니, 본 적이 있는 게 아니라 내가 잘 아는 그 얼굴이었다.

"형님……."

내가 목소리를 쥐어짰다.

"야, 이 자식, 너 여기서 뭐하는 거냐? 밥풀부터 좀 떼라."

야스카와, 즉 안철수가 기가 막힌다는 표정으로 내 입가에 붙은 밥알을 떼어 바닥에 툭 던져버리고는 자리에서 일어났다.

"야, 이제 그만. 철수한다!"

안철수가 자기 패거리를 향해 소리를 치자, 조폭들은 차렷 자세로 멈췄다.

"네, 형님! 알겠습니다!"

안철수는 잠시 말없이 나를 쳐다봤다. 나도 날카로운 시선을 되돌려줬다.

안철수가 나를 보는 눈에는 예의 그 사나움이 없었다. 복잡한 감정이 끓어올랐다.

놀라움과 그리움, 분노, 그리고 서글픔.

나한테서 시선을 옮긴 그는 패거리를 이끌고 사무소에서 나갔다.

사무소 근처 여관으로 다친 사람들을 데리고 갔다. 부인회 회원들과 난재가 상처를 치료해주었다. 나는 왼팔에 시퍼런 타박상이 남아 있었는데 골절은 아니었다. 다른 동지들도 빨리 병원에 가야 할 정도로 중상인 사람은 없었다. 아마 안철수 패거리가 어느 정도 수위만 유지하고 간 것 같았다. 위협이라는 목적을 달성하려는 과연 조폭다운 수법이었다.

"야, 너 괜찮아?"

진하가 안색이 변해 달려왔다.

"별거 아니야."

나는 왼쪽 팔을 들어 보였다.

"이전에도 그런 적이 있었지. 박정희 군사 쿠데타가 있었을 때. 우리는 그 자리에 없었지만서도⋯⋯."

진하는 그렇게 말한 후, 아무리 그래도 용서할 수 없다며 악담을 해댔다.

"이번에도 집행부 짓 아니겠냐? 지난번보다 악질이네. 중앙정보부도 등 뒤에 있겠지?"

나는 타박상을 입은 팔을 쓰다듬으며 말했다. 나는 이번 일로 인해 위험이 서서히 다가오고 있다는 사실을 직감했다.

진하는 "젠장"이라며 하늘을 올려다봤다.

"남북공동성명은 대체 뭐였단 말이냐? 그냥 속임수였던 거냐? 이런 식으로 통일이 될 리가 없지."

"그래, 반공정책은 더 심해질 거야. 적으로 찍히면 끝장이다. 다음에는 위협만으론 안 끝날 수도 있다. 무슨 일이 벌어질지 예상도 못 하겠구나."

안철수가 쇠파이프를 휘두르던 모습이 떠올랐다.

"하지만."

진하는 다친 동지들을 둘러보았다.

"우리는 굴복하면 안 된다, 절대로. 또 깡패 놈들이 오면 죽기 살기로 싸우면 되겠지."

진하의 용감한 태도에 나는 고개를 끄덕였지만 습격해 온 자들이 안철수와 그 부하들이란 사실을 도저히 진하에게 얘기할 수 없었다.

그 후로도 진하와 동인에게 안철수에 대해 고백하지 못했다. 밀항 동지이자 형님처럼 따랐던, 우리에게 항상 도움을 주었던 안철수가 사무소를 습격한 무뢰한이란 사실을 알게 된다면 둘은 상당한 충격을 받을 것이다.

한국전쟁에 의용군으로 참전한 안철수에게 가족에게 쓴 편지를 전해달라고 부탁했지만, 그 후 안철수를 만나지 못해 가족이 어떻게 지내는지도, 연락처조차도 모른 채 지내고 있었다. 진하와 동인도 가족이 어떻게 지내는지 미치도록 궁금할 것이다.

최악의 상황에서 만나긴 했지만 뒤따라가 편지는 전해줬는지, 전해줬다면 가족들은 어떻게 지내고 있는지 물어볼 걸 그랬다고 후회했다.

나는 안철수에 대해 숨기고 있다는 꺼림칙함 때문에 진하와 동인과도 거리를 두게 되었다. 그러자 자연스럽게 운동에도 발길이 뜸해졌다. 진하와는 일 때문에 서로 얼굴을 봐야 했지만 종명이의 병을 이유로 사적인 만남은 피하게 되었다.

5

11월 초순, 심야 1시가 넘어 동인에게서 전화가 걸려 왔다.

그동안 3개월 가까이 만나지 못했다. 갑작스러운 전화에 혹시 무슨 큰 사건이라도 터진 게 아닌지 걱정이 앞섰다. 그런데 희열에 찬 동인의 목소리가 들려왔다.

"내일 시간 있냐? 저녁 7시쯤."

"뭔데? 무슨 일이야?"

"그게 말이지. 놀라지 마!"

"뭔데? 빨리빨리 말해. 너답지 않게시리."

"실은 내가 김대중 선생과 만나게 됐어."

"뭐? 김대중 선생?"

흥분한 나머지 큰 목소리가 튀어나왔다.

"어떻게 된 일이냐?"

옆방에서 자던 용숙과 종명이를 깨울까 봐 얼른 목소리를 낮추고 물었다.

"우리 신문에서 긴급 취재를 하게 됐다. 취재 끝난 다음에 너랑 진하도 같이 만나면 좋을 것 같아서 선생에게 물어봤더니 흔쾌히 그러자고 하시더라."

"무슨 일이 있어도 꼭 갈게."

나는 당장 약속을 잡았다.

동인은 김대중 선생과 식사할 예정인 장소를 가르쳐주었다.

나는 수화기를 내려놓고도 흥분해서 곧장 잠자리에 들 수 없었다.

제1 야당의 전 대통령선거 후보였던 김대중 선생은 반박정희 정권의 심볼이자 박정희 최대의 정치적 라이벌이었다.

김대중 선생은 지병인 고관절 치료를 위해 10월부터 일본에 와 있었다. 그리고 일본에서 박정희의 비상계엄령 선포와 국회 해산을 알고, 이미 그에 반대하는 성명과 함께 망명을 발표했다.

한국 정세는 악화의 길을 걷고 있었다. 정당 및 정치 활동이 전면적으로 금지되고 현행 헌법의 일부 정지가 발표됨과 동시에 헌법개정안이 공시되고 다음 달에 바로 승인되었다. 대통령 임기도 4년에서 6년으로 늘었고, 박정희 대통령의 독재색은 점점 강화되어갔다. 이들 일련의 사태는 정부 스스로 10월 유신이라 이름 붙였으며, 대통령 권한이 강화된 신헌법은 유신헌법이라 불렸다. 선거 방식도 압도적으로 여당과 대통령에게 유리한 형태가 되었다. 이것은 두말할 나위 없이 두 번째 쿠데타라고 부를 만한 위험한 사태였던 것이다.

절망적인 기분이 들어 손 놓고 조국의 상황을 망연자실해 지켜보고 있었는데, 망명한 김대중 선생과 만나게 되다니 이것은 어떤 계시가 아닐까? 밀항선에 몸을 싣고 목숨 하나 간신히 부지하여 일본으로 도망쳐 온 내가 드디어 조금이나마 쓸모 있는 삶을 살게 되는 것일까? 지난 3개월간 운동에서 떨어져 있었는데 다시 돌아가야 하는 것일까?

나는 눈을 뜨고 아침이 올 때까지 책상다리를 한 채, 골똘히 생각에 잠기었다.

긴다의 초밥집에 도착한 사람은 내가 마지막이었다.

포렴을 들추고 들어가니, 테이블 두 개와 바 카운터만 있는 좁은 가게에서 주방장 혼자서 일을 하고 있었다. 김대중 선생은 안쪽 테이블석에 진하와 동인과 마주 앉아 있었다. 꿈인지 생시인지 내 손등을 꼬집어보았다. 아무래도 현실이 틀림없었다.

"처음 뵙겠습니다. 만나뵙게 되어 반갑습니다."

한국어로 인사를 하고 늦어서 죄송하다고 사과를 하자 김대중 선생은 한 손을 들면서 괜찮다고 말했다.

눈으로 직접 본 김대중 선생은 40대 후반이라는데, 상상했던 것보다 관록이 있었다. 하지만 정치가들이 가진 고압적인 분위기는 아니었다. 오히려 민단 집행부 사람들이 훨씬 더 거들먹거리는 축에 속했다. 김대중 선생은 대학교수라고 해도 될 정도로 교육자 같은 침착함이 있었고 온화한 분위기를 풍겼다. 그런 가운데도 강한 의지가 엿보였다. 또 천성적인 고귀함이 있어 반짝반짝 빛이 났다.

나는 긴장한 나머지 딱딱하게 굳은 채로 서 있었다.

"앉으시게."

김대중 선생이 친근한 미소를 지었다.

우리는 김대중 선생이 그린 앞으로의 전망에 열심히 귀를 기울였다. 앞으로는 한국이 아닌 타국에서 정치 활동을 해나가겠다고 결심했다고 한다. 김대중 선생은 물 탄 위스키를 천천히 음미하며, 자기 자신에게도 말하듯 힘차게 메시지를 전달했다.

경애하는 김대중 선생 앞에서 태연하게 먹고 마실 수가 없어서 우리 셋은 초밥이 나와도 손도 대지 못했다. 동인은 만년필로 메모를 하고, 진하는 등을 빳빳이 세우고 앉아 있었다. 나는 몸에 힘이 잔뜩 들어가 때때로 숨이 멎을 것 같았다.

술을 한 방울도 안 마셨는데 김대중 선생의 말에 취해버렸다. 깊은 감명을 받았다.

밀항할 때 타고 온 고기잡이배, 그 배의 물간에서 바라본 폭풍 후 들어오던 환한 햇살이 떠올랐다. 바로 그날처럼 절망 속에서 희망을 찾아낸 기분이었다. 고양과 흥분으로 온몸이, 영혼이 그 어느 때보다도 뜨거워지는 것을 느꼈다.

김대중 선생은 부정선거가 없었다면 대통령이 되어, 한국을 민주화했을 인물이었다. 그는 우리들의, 한국의, 희망이었다. 그래서 앞으로는 함께 싸워나갈 것이다. 드디어 내가 일본에 온 진정한 의미가 무엇인지 찾아냈다.

나는 김대중 선생의 힘이 되고 싶었다.

독재로 고통을 받는 한국의 동포들을 위해 무언가를 하고 싶었다.

우리도 쿠바 혁명을 성공시킨 피델 카스트로와 체 게바라처럼 될 수 있을 것이다.

김대중 선생은 공산주의자가 아니다. 하지만 박정희에게 적은 모두 빨갱이였다.

김대중 선생은 폭력에도 부정적이었다. 때문에 우리들이 체 게바라처럼 무기를 들고 싸울 날은 오지 않을 것이다. 그렇다면 구체적으로 어떤 일을 하면 될까?

우리 셋은 똑같은 마음을 가지고 있었을 것이다. 김대중 선생의 이야기가 일단락되자, 동인이 입을 열었다.

"여기 있는 저희 셋, 그리고 민족통일협의회 동지들은 김대중 선생의 일본 활동을 전면적으로 지지합니다."

"참으로 든든합니다."

김대중 선생은 우리 한 사람, 한 사람과 강하게 악수를 나눴다. 두껍고 따뜻한 손이었다.

동인이 카메라를 꺼내 가게 주방장에게 사진을 부탁했다.

"김대중 선생님, 같이 사진 좀 찍어도 될까요?"

그는 흔쾌히 응했고, 자리에서 일어나 나와 진하, 동인과 함께 섰다. 다리를 끄는 모습이 아직도 편치 않아 보였다. 수상쩍은 교통사고로 그는 고관절을 앓고 있었다. 그 사고는 정부의 술수임이 분명한데 그럼에도 기적적으로 목숨을 건진 것이다.

다리를 끌고 걷는 모습이, 그가 포기하지 않고 싸워온 증거처럼 느껴져, 눈시울이 뜨거워졌다. 나는 눈물을 멈추려고 볼에 힘을 주었다.

"무서운 얼굴 좀 펴고 웃읍시다."

주방장의 말에 억지로 웃는 얼굴을 만들었다.

플래시에 익숙하지 않은 나와 진하가 눈을 감아서 여러 번 다시 찍었다. 넷이 정면을 보고 있는 사진 한 장을 겨우 건졌다.

그 후로도 이야기꽃을 피우다 밤 10시쯤 되어 자리를 떴다.

김대중 선생은 돌아가는 길에, 우리 셋을 한 명씩 얼싸안고 등을 두드렸다. 그러자 진하가 엉엉 울기 시작했다. 진하의 모습을 본 김 선생은 "오냐. 오냐" 하면서 명랑하게 고개를 끄덕이며 진하의 등을 두드렸다. 주방장도 동인도 미소를 지었고, 나도 입가에 절로 미소가 번졌다.

택시를 불러 동인이 김대중 선생을 호텔까지 모시고 갔다.

"저 자식은 언론으로 지원할 거다. 나는 선생이 일본에 계시는 동안 신변 안전을 담당할 거고. 자식, 너는 활동자금이다."

남은 초밥을 술안주로 사케를 마시며, 진하가 달뜬 얼굴로 말했다. 아직 흥분이 가시지 않은 것일 게다. 나도 기분이 고양되었는데 긴장감이 풀어지면서 갑자기 허기가 졌다. 초밥을 연신 입안에 집어

넣었다.

"내게 맡겨라."

입안에 초밥을 넣은 채로 대답한 후, 삼키고 말을 이었다.

"자금 건에 대해선 내가 이전부터 인맥이 좀 있어. 박정희한테 내심 분노 중인 사람도 한둘이 아닐 거야."

"미안하다."

진하가 고개를 숙였다.

"뭐가 미안해?"

"애도 아파서 힘들 텐데. 자금을 마련하려면 전국을 돌아다녀야 할 거야."

나는 술을 마시고 싶었다. 취해서 잠시만이라도 종명이의 병과 용숙의 빚을 잊고 싶었다.

오랜만에 술을 직접 따라 한 입 마셨다. 사케는 떫지도 않고 달콤했다. 이거라면 나도 마실 수 있을 것 같았다.

"할 말이 있는데."

그렇게 말하고 술을 한 모금 더 마셨다. 진하가 "뭐냐?"며 내 말을 기다렸다.

"야스카와 형님……."

내 말이 끝나기도 전에 진하가 "아! 야스카와 형님!" 하고 미소부터 지었다.

"오랜만에 듣는 이름이구나. 그러고 보니 그런 시절도 있었네. 형님은 잘 지내? 어디 있는지 알아?"

"어어, 응, 그런 게 아니라. 아니, 그냥 잠깐 생각이 났을 뿐이야. 너는 보고 싶지 않냐?"

"물론 보고 싶지. 지금쯤 어디서 어떻게 살고 있을까? 우리 부모님한테 편지는 전해줬는지 몰라."

진하가 갑자기 수심에 잠겨 한국에 있는 가족이 보고 싶다고 털어놓았다.

"벌써 25년이다."

진하가 손가락을 꼽으며 말했다.

나는 시간이 그렇게 지났느냐며 술잔을 비웠다. 역시나 안철수가 그날의 조폭 두목이라고는 고백하지 못했다. 그 사실은 내 맘속에만 담아두기로 했다.

진하와 헤어지고 긴다에서 신오쿠보까지 걸어갔다. 겨우 한잔 마셨을 뿐인데 잠이 부족했는지 취기가 올라왔다. 얼굴이 달아서 술이 좀 깬 다음에 집으로 가려고 했다.

누군가가 쫓아오는 느낌이 들어서 뒤를 돌아봤지만 아무도 없었다. 그날은 집까지 걸어가면서 여러 번 뒤를 돌아봤는데 뒤따라오는 사람의 그림자도 보이지 않았다. 아마 술에 취한 탓에 달이 따라오는 것을 보고 사람이라고 착각한 모양이었다.

나는 하늘을 우러러 환한 반달을 쳐다봤다.

한국으로 돌아갈 날이 금세 올지도 모른다. 김대중 선생을 따라가면 될 것이다.

나는 달을 향해 크게 손을 흔들었다. 고향의 어머니에게도 마음이 전해질 것 같아 잠시 그렇게 손을 흔들고 있었다.

6

1973년 설, 나는 결혼하고 처음으로 용숙의 친정에 가지 않았다. 빚쟁이 일을 용서할 수 없었다. 용해의 얼굴을 보면 달려들어 한 방 먹일 것 같았다. 종명이랑 용숙만 보내놓고 장인어른의 연하 선물로 사케를 보냈다.

일주일의 설 휴가가 끝나고 바로 종명이의 진찰이 있어서 그날은 나도 같이 따라갔다. 드디어 올해 종명이가 두 번째 수술을 받게 될 것이다. 장기 입원비와 고액의 치료비는 큰 부담이었지만 그나마 간신히 돈을 마련할 수 있을 것 같았다. 아니 무슨 수를 써서라도 꼭 마련해야 했다.

종명이는 여섯 살이 되었다. 원래는 올 4월에 소학교에 들어갈 나이인데 우리 부부는 담당 의사와 상담 후, 입학을 1년 늦추기로 했다. 아직 수술도 받기 전인 데다 발작도 있었기 때문이다. 무엇보다도 학교에 다닐 만한 체력이 부족했다. 종명이는 조금만 걸어도 금세 숨이 차서 주저앉았다.

근치수술은 담당 의사가 미국 학회에서 연구발표를 마치고 돌아오는 7월 이후에 하기로 했다.

집으로 돌아와 입학을 늦추겠다고 전하자 종명이는 경기를 일으킬 것처럼 흐느꼈다. 다행히도 경기를 일으키지는 않았지만 좋아하는 방송도 보지 않고, 식사도 하지 않고 이불 속에 들어가 훌쩍훌쩍 눈물만 흘렸다.

나는 더 이상 볼 수 없어서 도망치듯 집을 빠져나와 한청 사무소로 갔다.

김대중 선생은 새해가 밝자마자 미국에서 일본으로 돌아와 정력적으로 여당과 야당 정치가를 만나 지원을 요청했으며, 민족통일협의회 동지도 모두 그를 지원하기에 바빴다.

활기 넘치는 사무소에 들어가자 난재가 "여기요" 하며 전화번호가 적힌 메모를 전해주었다.

"문 선배, 어제 '안'이라는 남자한테 전화가 왔어요. 여기로 걸어달래요."

"안이라고? 누구지?"

"좀 거친 사람 같았어요."

나는 사무소에서 나와 근처 공중전화로 뛰어갔다.

다이얼을 돌리자 전화벨이 세 번 울린 후 상대방이 수화기를 들었다. 문덕윤이라고 하자, 상대는 "어, 나다" 하고 대답했다. 역시 안철수였다.

"오늘 밤 시간 있냐? 밥이라도 먹자. 그래, 스테이크는 어때? 내가 사지."

나는 대답을 하지 못하고 웅얼거렸다.

"야, 내가 너 잡아먹을까 봐 그래?"

안철수는 곧바로 가게 이름을 말했다.

안철수가 지정한 장소는 롯폰기의 스테이크 하우스였다. 손님들 모두 옷을 단정하게 차려입고 앉아 있었다. 외국인 손님도 종종 눈에 뜨였다. 샹들리에에 푹신푹신한 양탄자에 벽에는 커다란 유화가 걸린 몹시 고급스러운 가게였다. 지금껏 이런 가게에는 와본 적이 없는 데다 싸구려 양복을 입은 내 모습이 이런 자리에는 영 어울리지 않는 것 같아 혼자만 외톨이가 된 기분이 들어 쓸쓸하고 얼떨떨했다.

야스카와라고 예약한 이름을 대자, 검은 유니폼을 입은 점원이 정중하게 개인실로 나를 안내해주었다.

거기에는 세련된 트위드 재킷을 입은 안철수와 갈색 재킷을 입은 처음 보는 남자가 앉아 있었다. 남자는 풍채가 좋고 관록도 묻어났다.

"오랜만이다."

나는 남자가 기억나지 않았다. 경계하며 머리를 숙이자 안철수가 "하하" 웃었다.

"뭐 기억이 안 날 수도 있지. 25년이나 지났으니까."

남자도 미소를 지어 보였다.

안철수는 나에게 "어쨌든 앉거라" 하고 재촉했다.

"이 녀석은 고구연이다. 생사를 함께한 동지 셋이 드디어 모였구나. 어때? 놀랐냐?"

"정말로 고구연 씨이십니까? 믿을 수가 없네……."

눈앞의 고구연은 몸이 두 배쯤 불어 있었다. 옛날 모습이 남아 있지 않았다.

"나도 당신 얼굴, 나 잊어버렸지."

고구연이 손을 뻗길래 우리는 세게 악수를 했다. 마치 꿈이라도 꾸는 것 같았다.

편지를 전해줬는지 물으려고 왔는데 어떤 태도로 안철수를 대해야 할지 몰라 곤혹스러웠다. 이런 상황에 고구연이 함께란 사실이 그나마 다행스러웠다. 현재 상황은 고향이 같은 옛 지인, 그것도 대마도 앞바다에서 살아남은 동지와의 오랜만의 재회에 지나지 않는다. 그렇게 생각하기로 하자 마음이 조금 가벼워졌다.

우리는 어느새 한국어로 말을 하며 밀항할 때 일을 입에 올렸다.

고구연은 죽은 김추상 얘기를 하며 눈물을 보였다. 그리고 밀항 이후 어떻게 살아왔는지 자신의 이야기를 털어놨다.

고구연은 교토 친척 집에 의지하며 고철을 줍는 일을 도왔다고 한다. 이후 한국전쟁으로 꽤나 돈이 들어오기 시작했고, 옷차림이며 타인의 시선 따위 신경 쓰지 않고 일만 해온 결과 조금씩 여유가 생겼다고 한다. 지금은 교토에 건물도 몇 채 가지고 있고 볼링장, 파친코 가게 등 이런저런 사업을 꾸리고 있다고 했다. 꽤나 성공한 축에 드는지 교토 민단에서 임원을 맡고 있었다.

5년 전 안철수가 민단을 통해 찾은 고구연에게 연락해 재회한 후, 두 사람은 가끔 만난다고 했다.

나는 어떻게 사느냐고 묻길래 결혼해서 여섯 살짜리 아들이 있다고만 말했다. 아들의 병 얘기는 하지 않았다. 일도 파친코 가게에서 일한다고만 했다. 안철수 앞에서 운동이나 민족통일협의회 이야기는 물론 꺼내지 않았다. 진하와 동인도 화제에 올랐는데 두 사람 모두 결혼해서 잘 산다고만 전했다.

그러는 동안 점원이 두꺼운 스테이크를 가져왔다. 그러자 우리 셋은 마치 입이라도 맞춘 듯 한국어로 얘기하기를 그만뒀다.

철판 위에서 소스와 육즙이 지글지글 익어가는 소리가 개인실에 울려 퍼지자 식욕이 불끈 솟았다.

이렇게 엄청난 고기를 종명이에게도 먹이고 싶다. 이 가게의 고급스러운 분위기를 용숙과 함께 느껴보고 싶다. 그런 생각을 하면서 스테이크를 잘랐다.

고구연과 안철수는 위스키만 마시고 고기는 쳐다보지도 않았다. 나는 다시 한국어로 말하기 시작한 두 사람의 이야기에 귀를 기울이며 크게 자른 고기 덩어리를 덥석 물어 잘 씹지 않고 삼키다가 사레들렸다.

"너는 아직도 그러냐? 천천히 좀 먹어."

안철수가 웃으며 등을 두드려주었다.

나는 물과 함께 고기를 꿀꺽 삼키고 화제가 줄어든 틈을 타 안철수에게 "근데 말이죠" 하고 말을 걸었다.

"형님은 왜 의용군에 지원하신 겁니까? 목숨을 소중히 하라고, 얌체처럼 살라고 저한테 말씀하셨잖아요."

안철수의 기분이 좋아 보여서 오래 품었던 의문을 이 기회에 꺼냈다.

그러자 안철수의 안색이 싹 바뀌었다.

"야, 임마, 잘 듣거라."

험상궂은 얼굴이 날카로워지면서 더 무시무시한 형상이 되었다. 나는 그에게 압도되어 침을 꿀꺽 삼켰다.

"우리 작은아버지가 빨갱이들 때문에 돌아가셨다는 건 네놈한테도 얘기한 적이 있지?"

나는 "네" 하고 대답했다.

"그래서 할아버지랑 할머니가 먹을 게 없어서 아사하셨다. 내가 가서 부양할 수 없을 때였어."

나는 침묵했다. 고구연도 고개를 숙이고 듣고만 있었다.

"굶어 죽었다고. 나는 절대로 빨갱이 놈들을 용서할 수 없었다. 다 죽여버리려고 전쟁에 간 거다. 지금도 빨갱이 놈들 절대 용서 못 해."

안철수는 그렇게 말하고 자기 앞의 스테이크를 포크로 푹 찌른 후 나이프로 자르기 시작했다. 철판과 나이프가 부딪치는 소리가 귀를 찔렀다.

"아, 참. 맞다."

안철수는 트위드 재킷 안쪽 주머니에서 봉투를 꺼내 "너희 어머니한테 받은 거다" 하며 나에게 편지를 주었다.

나는 일순 몸이 굳어버렸다.

어머니 편지? 그렇다면 안철수는 내 편지를 전해준 것이다.

안철수의 얼굴을 빤히 들여다보자 그는 "자, 옜다" 하고 편지봉투를 흔들어 보이며 받으라고 재촉했다. 나는 안철수에게서 편지를 받아 그 자리에서 뜯었다.

봉투 안을 들여다보자 세 쪽으로 접은 하얀 편지지에 까만 글자로 한글이 적혀 있었다.

상주야,

밥은 먹고 다니느냐?

살아 있어서 다행이다.

빨리 보고 싶구나.

어서 돌아오렴.

네가 돌아오기까지 이 에미는 죽을 수도 없다.

빨리 오려무나.

밥은 꼭 챙겨 먹고 다녀라.

눈물로 글자가 번졌다. 손가락으로 눈물을 닦고 다시 한번 읽었다.

'어머니, 밥을 잘 먹고 다닙니다.'

그렇게 마음속으로 대답했다.

그리고 안철수를 보았다.

"이건 언제? 육이오 때입니까?"

안철수는 고개를 저었다.

"그때는 못 만났어. 내가 삼천포에 못 갔으니까. 그리고 우리 친척은 이제 거기 없으니까 삼천포에 갈 일도 없었지. 근데 나는 너희들 편지를 도저히 못 본 척할 수가 없었다. 소중히 간직하고 있었지. 그랬더니 이게 웬일이냐. 이 자식, 구연이를 5년 전에 만났다고 했지? 구연이가 고향에 성묘하러 간다길래, 너들 편지를 가족들에게 전해달라고 부탁했지. 그러니까 4년 전에 받은 편지다. 근데 아쉽게도 다른 두 사람의 가족은 찾을 수 없었다. 아직도 거기 사는 사람은 너희 집뿐이었어. 그래서 너희 집에만 편지를 전달했다."

나는 고구연을 처다봤다. 그는 엷은 미소를 지으며 내 시선을 받았다.

"어머니는, 어머니는 안녕하십니까?"

"어머니는 몸이 많이 안 좋으셨다. 눈도 나빠지셔서 편지도 잘 못 보시고 남한테 부탁해서 읽으셨다. 그래서 그건 네 남동생이 쓴 거야."

나는 다시 한번 편지로 시선을 돌렸다.

고구연에 따르면 부모님은 내가 죽었다고 생각하고 포기했다고 한다. 그리고 부모보다 먼저 죽은 자식은 불효자식이라며 산소도 만들지 않고 그냥 잊으려고 노력하고 있었다고 한다.

그런 상황에 찾아가서 편지를 직접 전했더니 아버지가 까무러치게 놀랐다고 한다. 어머니는 고구연의 손을 잡고 연신 고맙다고 하면서 손을 놓지 않고 눈물만 흘렸다고 한다.

"어머니는 너 보고 싶다고, 보고 싶다고 계속 같은 말씀을 하셨다."

가슴이 울컥해 숨을 쉬기도 힘들었다. 나는 편지를 꼭 쥔 채 깊이 숨을 들이쉬고는 길고 약하게 내뱉었다.

"네가 준 편지가 육이오 때 쓴 편지라고는 도저히 말씀드릴 수 없었다. 일이랑 처자식 얘기도 물으시던데 다른 사람한테 부탁받은 거라 자세한 사정은 모른다고 대답했어. 그랬더니 어머니는 그러냐며 서글프게 네 이름을 불렀다. 도저히 볼 수 없었다. 그래서 그만 답장을 전하겠다고 약속해버렸지. 너를 다시 볼 줄은 몰랐는데, 여하튼 이렇게 전해줘서 다행이다. 정말 다행이야."

나는 고구연을 봤다.

"다른 가족들은 잘 지냅니까?"

"아버지랑 형제들은 다들 건강했어. 먹고사는 건 문제없어 보였다. 네 바로 아랫동생은 학교 선생이라고 하더라. 그리고 네가 사라진 후에 여동생이 하나 더 태어났대."

"그렇습니까."

나는 편지지를 봉투에 넣었다.

"아, 참. 작년 10월에 고향에 갔을 때 걱정이 되어서 너희 집 이웃 사람한테 물었더니 어머니가 몸이 안 좋으신지 요즘은 누워서 지내신 다고 하더라고."

고구연은 안쪽 주머니에서 메모를 꺼내서 나에게 건넸다.

"아마 너한테서 연락이 오기를 목 빠지게 기다리고 있을 테니, 전 화라도 해봐라."

나는 메모에 적힌 숫자를 뚫어져라 쳐다봤다.

"야, 임마."

안철수가 날카로운 눈으로 나를 보았다.

"전화가 아니라, 빨리 어머니 보러 가, 이 자식아!"

그런데 나는 현재 한국에 갈 수가 없는 몸이다. 민단 집행부, 즉 박 정권에 반기를 들고 있는 까닭에 여권을 발행받을 도리가 없었다.

어머니를 보러 간다는 것은 운동을 그만둔다는 의미다. 민단 집행 부에 굴복해 여권을 받는다는 뜻이다. 그것은 동지를, 김대중 선생을 배신한다는 의미와 다르지 않다.

안철수도 그런 사정을 모르지 않을 것이다. 알면서 일부러 떠보는 것일 게다.

내가 가만히 있자 안철수는 잘 생각해보라며 말을 계속했다.

"어머니를 더 이상 걱정시키지 마. 몸도 편찮으시다는데, 얼굴이라 도 보여주고 와야지. 대체 네놈은 처자식도 있는 놈이 식구들 생각부 터 해야지. 안 그래? 쓸데없는 짓 하고 다니지 마. 구연이처럼 돈이라 도 잔뜩 벌어서 가족들한테 배부르게 비프스테이크 사주고 그래야지."

나는 대꾸도 한마디 못 하고, 그저 철판에 남은 스테이크만 쳐다보는 수밖에 없었다.

"어느 날 정신 차리고 보니 내가 이런 일을 하고 살고 있더라. 처자식도 없고 부모도 없고. 나한테 소중한 사람은 다 죽었어. 근데 너는 아니잖냐. 야, 임마. 죽으면 못 만난다고."

안철수가 눈을 내리깔고 말할 때 나미코가 내 머리 한편을 스쳤다.

스테이크 하우스를 나와, 안철수가 아카사카에 있는 한국 클럽에 가자고 했지만 거절했다. 전혀 그럴 기분이 아니었다.

"교토에 오면 명함에 있는 번호로 전화해라. 나도 여기 가끔 오니까. 다음번엔 진하랑 동인이도 같이 보자."

헤어질 때는 교토 사투리로 돌아간 고구연이 "그럼 또 보자"며 역시나 일본어로 인사를 하며 악수를 청하길래 나는 그 손을 꼭 쥐었다.

두 사람이 안철수가 운전하는 차를 타고 가버린 후, 나는 스테이크 하우스로 돌아가 스테이크 2인분을 주문해 싸 가지고 갔다. 꽤나 비쌌지만 신경 쓰지 않았다.

오쿠보 아파트로 돌아와 부엌에서 물을 마시며 종명이는 어떠냐고 용숙에게 물었다.

"하루 종일 이불 속에 처박혀서 한 발짝도 안 나왔어요."

용숙은 초췌한 얼굴로 나를 처다보았다.

"그랬군."

"이거" 하며 종이 봉투를 건네자 용숙이 뭐냐고 물으며 안에서 꺼낸 꾸러미를 풀었다. 용숙은 두꺼운 고기 덩어리를 보고 놀라며 물었다.

"이 고기, 어디서 났어요?"

"오늘 간 스테이크 집인데 맛있어서 사 왔어."

용숙은 한숨을 쉬었다.

"당신 참 팔자 좋은 사람이네. 나는 하루 종일 종명이 시중 들고 있는데 스테이크라고?"

용숙은 냉장고에 고기를 넣었다. 나는 그 순간 피가 거꾸로 솟을 정도로 화가 났지만 용숙의 수척한 얼굴을 보고 꾹 참았다.

"얼마나 맛있었으면 또 먹고 싶어서 사 왔어요? 종명이 일로 돈도 많이 나가는데 이런 비싼 고기……."

나는 종명이랑 용숙에게 맛이라도 보게 하려고 사 왔다고 솔직하게 고백도 못 하고 그저 가만히 듣고만 있었다.

"먼저 잘게요."

용숙은 무표정한 얼굴로 그렇게 말하고 부엌에서 나갔다.

7

나는 안철수를 만난 후 어머니의 편지와 전화번호가 적힌 메모, 그리고 복주머니를 주머니에 넣고 다니며 가끔 꺼내 보면서 애만 태웠다. 어머니가 보고 싶어 미칠 것 같았다. 하지만 김대중 선생과 뜨거운 악수와 포옹을 나누었으며, 옆에서 연설을 들어왔고, 진하와 동인과 함께 조직의 중심이 되어 활동을 해왔기 때문에 민주화 운동을 그만 둔다는 선택지는 없었다. 목숨을 걸고 도망쳐 왔는데 이제 와서 흐지부지 포기할 수도 없는 노릇이었다.

무엇보다 박정희 정권을 무너뜨리고, 양심의 가책 없이 밝은 기분으로 고향으로 돌아가고 싶었다. 어머니가 편찮으시다는 소식이 마음에 걸렸지만 당분간 제발 살아 있어달라고 비는 수밖에 없었다. 고향에 전화를 하면 내가 돌아가지 못하는 이유를 설명해야 할 것이다. 그래서 전화를 걸고 싶어도 참았다.

나는 전국을 돌며 김대중 선생을 위한 활동 지원비를 부지런히 모았다.

3월이 되자 김대중 선생은 미국으로 돌아가 3개월 정도 유세를 한 후, 워싱턴에서 '한국민주회복 통일촉진 국민회의'라는 해외 반체제운동의 핵심조식을 만들었다. 그리고 7월에 다시 일본으로 돌아왔다. 우리는 김대중 선생을 의장으로 하는, 동일한 조직을 일본에서도 만들 준비를 시작함과 동시에 여전히 그를 다양하게 지원했다.

김대중 선생의 주거지가 탄로 나지 않게 호텔을 자주 바꿔야 해서 체재비도 적지 않게 들었다. 그래서 동지 중 하나가 다카다노바바에 아파트를 빌려 그곳을 김대중 선생의 주거지를 겸한 활동 거점으로 삼았다. 그런데 항상 중앙정보부의 그림자가 눈앞에 아물거렸다. 자주 미행을 당했다. 아파트도 감시당하고 있는 것 같았다. 그리고 중앙정보부뿐만 아니라 일본 공안도 김대중 선생을 주시하고 있다는 것을 느낄 수 있었다.

물론 진하와 경호 담당 동지들은 항상 세심한 주의를 기울였다. 한청의 강건한 젊은이들을 24시간 태세로 김대중 선생의 보디가드로 붙여두었고, 때로는 갑작스럽게 호텔을 바꿔 미행을 따돌리고, 김대중 선생이 언제 어디에 있는지 정보를 흘리지 않으려고 노력했다.

그런 가운데 마침내 종명이의 근치수술이 7월 31일로 정해졌다.

근치수술은 인공심폐장치를 사용해 심정지 상태에서 심실중격결손의 폐쇄, 즉 구멍을 막고, 폐동맥협착을 해제하여 혈류를 정상으로 돌리는 엄청난 개폐수술이었다. 수혈도 필요해 혈액을 제공하는 나도 사전 검사를 받았다.

　　수술 일주일 전에 입원한 종명이는 처음에는 마음의 준비를 단단히 하고 있었는데, 다음 날이 되자 침울한 표정이 되었다.

　　수술을 하면 소학교에도 갈 수 있다고 어린 마음에도 스스로를 격려했건만, 정작 수술을 앞두고 정밀검사가 시작되자 역시나 수술에 대한 불안이 생긴 것 같았다. 자세한 내용은 모를 텐데, 그런데도 간단한 수술이 아니라는 것을 눈치챈 분위기였다.

　　용숙은 종명이의 손을 잡고 "뭐 필요한 거 없어?" 하고 물었다.

　　"아무거나 말해. 엄마가 사다줄 테니까."

　　나도 말을 더했다.

　　종명이는 잠시 고민하더니 학이라고 말했다.

　　"학?"

　　내가 묻자 종명이가 고개를 끄덕였다.

　　"종이학. 많이. 저기, 저거."

　　종명이가 손가락으로 가리킨 침대의 커튼이 열려 있었다. 거기에는 종명이 또래로 보이는 여자아이가 잠들어 있었고, 커튼레일 모퉁이에 학 천 마리가 걸려 있었다.

　　"학교 친구들이 줬대."

　　종명이는 눈물을 글썽이며 나를 바라봤다. 용숙은 얼굴을 돌리고 콧물을 훌쩍였다.

나는 마음이 아파 "알겠다"고 힘차게 말했다.

"아빠가 약속할게. 수술이 끝났을 때 종명이 침대에도 학 천 마리가 있을 거다."

"응, 아빠. 나 수술 잘할게."

표정이 환해진 종명이를 용숙이 끌어안았다.

나는 병실을 나와 매점으로 가서 색종이를 찾았는데 마침 다 팔리고 없었다. 전날 근처 방송국에서 위문단이 왔을 때 색종이를 다 사 갔다고 했다. 점원은 문방구에 가보라고 귀띔했다. 병원 밖으로 나가려고 했을 때 입구 근처 로비에서 경귀와 미영을 만났다.

미영은 "안녕하세요?" 하며 머리를 꾸벅 숙였다. 영리한 얼굴이 동인을 많이 닮았다. 두 개로 묶은 머리가 흔들리는 게 몹시 귀여웠다.

"종명이 병문안 왔어요."

경귀는 노란 꽃다발을 들고 있었다. 불현듯 '그러고 보니 용숙이 집에 꽃을 사 오지 않게 된 것도 오래되었구나' 하는 생각이 들었다.

"고맙습니다."

"어디 가는 거예요?"

"잠깐 뭐 좀 사러."

"그럼 내가 갔다 올게요. 뭐가 필요한데요?"

"그게…… 색종이를 좀 사려고. 문방구를 찾아야 해서."

"색종이? 종명이 종이접기 좋아해요?"

"아니, 그게, 좀……."

나는 경귀에게 종명이가 종이학 천 마리를 원하고 있다는 것, 유치원에도 소학교에도 못 가서 친구도 없고, 종이학을 접어줄 사람도 없다는 것, 대신 나랑 용숙이 접어주려고 한다는 것, 수술이 끝나고 눈을 뜰 때까지 완성시켜야 한다는 것 등을 간추려 말했다.

"덕윤 씨, 종이학 접을 줄 알아요?"

"아내한테 배우려고요."

경귀는 아름다운 얼굴로 나를 찬찬히 보더니, 대뜸 자신이 도와주 겠다고 했다.

"미영이도 종이접기 좋아하는 데다 학은 또 얼마나 잘 접는데요."

미영을 보고 "그렇지?" 하며 미소지었다.

"응, 엄마!"

대답하는 미영이의 치열이 몹시 고왔다.

"덕윤 씨도 회사에도 나가야 하고 일도 있을 텐데. 또 용숙 씨도 아이 옆에 붙어 있어야 할 테니까. 그러니까 나한테 맡겨주세요. 부인회 사람들이랑 미영이 학교 친구들이랑 같이 학 천 마리 접어다 드릴게요. 여름방학도 막 시작되어서 심심한 아이들도 많을 거예요."

"미안해요."

내가 송구스러워하자 경귀는 꽃다발을 나에게 안겼다.

"자, 그럼 빨리 시작해야 하니까 오늘은 이만 가볼게요. 종명이를 기쁘게 하려면 얼른 가서 열심히 접어야죠. 늦지 않게 가져올게요."

그러고는 이만 가보겠다며 미영이의 손을 끌고 병원에서 나갔다. 미영이가 나를 보고 손을 흔들며 인사를 하길래 나도 손을 흔들어 응대했다.

8

약 열 시간에 걸친 수술이 끝나고 집중치료실로 옮긴 종명이는 마취에서 깰 시간이 되어도 혈압이 낮았고 좀처럼 눈을 뜨지 않았다. 수액을 맞으며 산소마스크를 쓴 채 침대에 누워 있는 모습을 보는 것은 매우 힘겨웠다.

의사에게 수술은 성공적이라며 걱정할 것 없다는 얘기를 들었지만, 나도 용숙도 이대로 눈을 못 뜨면 어쩌나 싶은 불안한 마음에 안절부절못했다. 우리는 밤낮으로 꼭 달라붙어 간호했다.

누워 있는 종명이가 볼 수 있는 장소에 종이학 천 마리를 매달아두었다. 경귀가 간호사 스테이션에 건네주고 간 것이다. 나와 용숙이 접은 것도 더했다. 용숙은 "당신 친구한테 고맙다고 해야 되는데" 하며 종이학을 꺼안았다.

색색의 학들이 빽빽하게 붙어 있었다. 이 종이학들 덕분에 온통 새하얀 벽과 바닥, 커튼 등으로 살벌해 보이던 침대가 그나마 밝아진 것 같았다. 또 미영이가 종명이에게 편지를 써줬는데 그것은 병실 서랍 안에 넣어두었다.

수술 후 나흘째 되던 날, 종명이가 드디어 눈을 떴다.

아직 의식이 다 돌아온 것 같지는 않는데 종이학 천 마리를 보고 눈을 동그랗게 뜨더니 다시 눈을 감았다.

다음 날에는 상태가 안정되고 산소마스크도 뗄 수 있었다. 아직 누워 지내야 했지만 이틀 후에는 말도 어느 정도 할 수 있게 되어 일반 병실로 옮겼다.

"아빠, 고맙습니다."

커튼레일에 달린 종이학을 보고 종명이가 연약한 목소리로 말했다. 나는 가슴이 벅차 그저 고개를 끄덕이고만 있었다.

"아빠 친구가 도와주셨어."

용숙이 설명했다.

"아빠한테는 친구가 많은가 보네. 부럽다."

그때 용숙이 얼른 눈시울을 닦는 것이 보였다.

"아빠 친구 딸이랑 그 애 친구들이 학을 접어줬대."

"걔는 학교 다녀? 몇 살이야?"

"응, 종명이랑 똑같은 나이의 여자아이야. 걔가 준 편지도 있단다."

미영이가 주고 간 편지를 서랍에서 꺼내 "여기" 하면서 봉투를 열어 편지지를 건넸다.

거기에는 서툰 히라가나와 함께 연필로 그린 그림이 들어 있었다. 머리를 두 갈래로 묶고 스커트를 입고 있는 여자아이와 짧은 머리에 반바지를 입은 남자아이가 손을 잡고 있었다.

편지를 종명이에게 보여줬다.

"'건강해지면 만나자'라고 쓰여 있네."

아직 글을 못 읽는 종명이를 위해 내가 읽어주었다.

"나도 미영이를 빨리 보고 싶어."

종명이는 눈을 반짝이며 그림을 쳐다봤다.

저녁에 공중전화에서 경귀에게 전화를 걸어 수술이 무사히 끝난

것과 그 후 경과에 대해 보고한 후, 다시 한번 종이학 천 마리를 접어

줘서 고맙다고 전했다.

"종명이가 몹시 기뻐했어요. 미영이도 보고 싶다고 하니까 상태가

더 좋아지면 그때 꼭 한번 얼굴이라도 보러 오세요."

"다행이에요. 미영이도 많이 걱정했어요. 미영이한테도 전할게요."

"근데……."

나는 마음 한쪽에서 떠나지 않는 김대중 선생의 동향에 대해 물

었다.

"중앙정보부가 집요하게 미행하는 것 같아요. 오늘은 박영옥 씨가

선생님을 호텔에 숨긴 것 같아요. 남편도 박영옥 씨랑 자주 연락을 하

고 있는 것 같고요."

박영옥은 진하의 미곡통장에 적힌 이름이다. 나는 내가 아무 도움

도 될 수 없는 것이 답답하기만 했다.

종명이는 점점 회복되어가던 중에 밤에 열이 좀 나기 시작하더니

심야에는 열이 부쩍 올랐다. 나와 용숙은 교대로 병원에서 지냈는데

그날은 내가 병원에서 자는 날이었다. 나는 고열로 칭얼대는 종명이를

진찰하는 의사와 간호사 옆에 붙어 안절부절못하고 주위를 맴돌았다.

다음 날 아침이 되자 다행히 열이 좀 내리긴 했는데 축 늘어져 눈

도 뜨지 못했다.

낮에 병원에 온 용숙이 그 모습을 보고 심란해했다. 그제야 사정을

설명했다.

"도대체 왜 저를 부르지 않았어요?"

따지는 듯한 용숙에게 금세 또 평소처럼 화가 솟았지만 오늘은 화를 참고 병실을 나왔다.

담화실 텔레비전에서 야구 시합이 방영되고 있었다.

오늘부터 고교야구가 시작되었구나. 텔레비전 앞 의자에 앉아 딱히 볼 생각이 없었던 야구를 보기 시작했다. 첫 출전이라는 기후현 대표로 나온 주쿄상업고등학교가 시가현 이카고등학교를 크게 앞서는 일방적인 전개였다. 야구를 보다 고단함이 몰려와 깜박 졸았다.

얼마쯤 잤을까? 주위가 소란스러워 눈을 떴다. 텔레비전 주변에 사람들이 몰려들어 떠들썩한 분위기였다.

무슨 일인지 보려고 텔레비전 가까이 다가가자 '김대중 납치됐다!'란 뉴스 속보가 자막으로 흘러나왔다.

까무러치는 줄 알았다. 나는 눈을 세게 비빈 후, 다시 한번 자막을 읽었다.

그랜드팰리스 호텔에서 김대중 선생이 홀연히 자취를 감췄다는 내용이었다. 법치국가인 일본에서 대낮에 사람이 납치를 당하다니 이건 보통 일이 아니었다. 중앙정보부 짓일까? 그놈들이라면 그러고도 남을 것이다.

시계를 보니 오후 3시 5분께를 지나 있었다.

황급히 공중전화로 달려가 다카다노바바 아파트 번호를 눌렀는데 통화 중이라 연결되지 않았다. 다음으로 한청 사무소에 걸었는데 역시나 통화 중이었다. 동경 본부, 부인회, 생각나는 대로 전화번호를 돌렸다. 모두 연결되지 않았다. 경귀가 있을지도 몰라 동인의 집에도 걸었지만 받는 사람이 없었다.

도저히 가만히 있을 수가 없었다. 나는 어쨌든 다카다노바바로 가려고 병원을 나섰다. 하지만 용숙에게 아무 말도 하지 않고 가면 안 될 것 같아 종명이의 병실로 돌아갔다.

종명이는 산소마스크를 쓰고 힘겹게 헉헉대고 있었다. 옆에 들것이 놓여 있었다. 의사와 간호사가 종명이를 둘러싸고 바삐 움직였다. 용숙은 침대에서 조금 떨어진 곳에서 새파랗게 질린 얼굴로 이 상황을 지켜보고 있었다.

"무슨 일이야?"

"호흡곤란이⋯⋯."

거기까지 말한 용숙은 양손으로 얼굴을 감쌌다.

"집중치료실로 가겠습니다."

의사가 나를 향해 말했다.

종명이는 들것에 실려 나갔다.

나는 병원에 남았지만 종명이의 상태가 우려되는 한편, 김대중 선생 일이 머리에서 떠나질 않아 바작바작 속만 태우고 있었다. 가슴이 찢어질 것 같았다. 담화실 텔레비전 뉴스와 매점에서 산 호외를 보고 사건 개요를 파악했다.

그랜드팰리스 호텔에서 김대중 선생이 자취를 감췄으며, 사라진 2210호실에서 김대중 선생의 물건이 발견된 것, 그 방을 예약한 인물은 존재하지 않는다는 것 등을 알 수 있었다. 김대중 선생은 2212호실에서 한국에서 온 지인을 만나 이야기를 나누고 방을 나온 뒤 복도에서 누군가에게 2210호로 끌려간 것까지는 밝혀졌다.

공중전화에서 여기저기 전화를 걸다가 심야 2시가 넘었을 때 겨우 다카다노바바 아파트와 연결되었다.

진하는 없었지만 전화를 받은 20대 동지, 신 군의 말에 따르면 김대중 선생은 그날 마침 보디가드를 로비에 대기시키고 지인을 만나러 갔다고 했다.

"경호가 없는 틈을 노린 겁니다. 우리가 낌새를 눈치챘을 때는 이미 선생님이 안 계셔서……."

신 군은 목이 메는지 더 이상 말을 잇지 못했다.

납치 후 김대중 선생의 생명의 위협을 직감한 민족통일협의회 회원을 중심으로 '김대중 선생 구출대책위원회'를 결성했는데 나는 거기도 참석하지 못했다. 종명이가 계속되는 고열로 집중치료실에서 나오지 못해 병원에 내내 붙어 지내야 했다.

그로부터 닷새 후인 8월 13일 밤 10시 30분에 김대중 선생이 한국 서울에 있는 자택 근처에서 풀려났다. 일단 목숨을 건졌다는 사실에 나는 진심으로 안도했다.

김대중 선생은 호텔에서 납치된 후 눈을 가린 채 구속되어, 차와 배에 실려 다녔다고 한다. 범인은 아직도 밝혀지지 않았다. 검문을 한 번도 받지 않고 국경을 넘어가다니, 이번 일은 한국 정부가 얽혀 있는 게 틀림없다고 생각했다. 물론 박정희 정권은 관여를 부인했다. 간신히 풀려났지만 김대중 선생은 한국 정부가 자택 감금한 상태로 다시 일본에 올 수 있는 상황이 아니었다. 그래도 민족통일협의회 동지들이 중심이 되어, 김대중 선생을 의장으로 하는 일본 측 '한국민주회복 통일촉진 국민회의', 즉 한민통을 결성하기로 했다.

한민통은 앞으로도 권력에 굴복하지 않으며 박정희 정권 타도와 한국 민주화 및 재일 동포의 생활 및 권익 향상을 위해 민단을 민주화하는 것을 그 이념으로 삼았다. 그리고 김대중 선생이 한국에서 더 이상 목숨을 위협받지 않도록 적극적인 활동을 펼쳐나가기로 약속했다.

일련의 한민통의 움직임과 함께 13일에 발기대회가 열린다는 얘기를 진하를 통해 들었다. 나는 그 자리에 꼭 참석하고 싶었다. 다행히도 종명이의 상태가 좋아지고 있었다. 하지만 용숙에게 둘러댈 거리를 찾아야 했다. 그래서 회사에 급히 처리할 일이 있다고 거짓말을 하고 대회가 열리는 장소로 향했다.

9

"종이학, 고마워. 편지도."

종명이는 미영이 앞에서 쑥스러워했다.

"수술은 무섭지 않았어?"

미영이가 묻자 종명이는 "조금"이라고 대답했다.

"근데, 나, 잘 견뎠어. 수술 자국 보여줄까?"

종명이가 잠옷 앞 단추를 풀고 거즈로 두른 가슴을 보여줬다.

그러자 미영이가 "우와, 대단하다"며 눈을 동그랗게 떴다.

"우리 종명이 정말 훌륭하네."

경귀가 말하자 종명이는 보란 듯이 "하하하" 하고 웃으며 잠옷 단추를 채웠다.

종명이는 미영이의 소학교 얘기에 귀를 기울였다. 미영이는 수영 시간이 즐거웠다는 것, 수영을 좋아해서 여름에는 학교 수영장에 다닌다는 등의 얘기를 해주었다.

"엄마, 나도 수영장에서 수영하고 싶어."

용숙은 "그래" 하고 대답했지만 표정은 어두워 보였다.

체온을 잴 시간이 되어 간호사가 들어오자 경귀는 이제 집에 갈 시간이라며 미영이를 재촉했다.

"종명이 피곤할 거 같으니까 이제 가자."

"저는 괜찮은데."

종명이는 미영이와 헤어지기 싫은 모양이었다.

"퇴원하면 또 보자. 종명아, 아줌마네 집에 놀러 와."

"우리 집에 리카 인형이 있어. 종명아, 놀러 오면 너한테 와타루 인형 빌려줄게."

미영이가 흰 이를 드러내고 씨익 웃었다. 종명이도 기쁜 듯 "어. 그래" 하고 대답했다.

용숙과 나는 엘리베이터 홀까지 경귀와 미영이를 배웅했다.

"정말 고맙습니다."

용숙이 머리를 꾸벅 숙였다.

"2주 전에 한민통 발기대회에서 덕윤 씨랑 만났을 때 종명이의 상태가 좋지 않다고 해서 꽤나 걱정을 했어요. 이렇게 나아져서 정말 다행이에요."

한민통 발기대회 일은 용숙에겐 비밀로 하고 있었기 때문에 큰일났다고 생각했다. 나는 용숙의 얼굴을 슬쩍 엿보았는데 그녀는 눈썹을 한 번 움직였을 뿐, 온화한 표정을 유지하고 있었다.

"덕분에 주말에 퇴원할 수 있게 됐어요."

나는 얼른 화제를 바꿨다.

"어머, 잘됐네요. 그럼 이만 갈게요. 정말로 저희 집에 한번 놀러 오세요."

경귀가 인사하라고 하자 미영이는 "안녕히 계세요" 하고 예의 바르게 머리를 숙였다.

둘이 탄 엘리베이터 문이 닫히자 용숙이 내 얼굴을 노려보았다.

"운동이 그렇게나 중요하군요, 당신한테는. 종명이가 그렇게 아팠는데 또 대회에 나가셨다고요?"

"김대중 선생이 위험에 처했었다고. 그런 국면인데 어쩔 수 없잖아."

한민통 발기대회가 얼마나 중요한 일인지 설명하고 싶었지만 용숙이 알아들을 리 없었다.

"나한테도 종명이한테도 김대중이 무슨 관계가 있어요?"

서슬이 퍼런 용숙의 태도에 나는 말문이 막혔다.

"그리고 나는 두 번 다시 저 애 보고 싶지 않아요. 건강한 아이를 보는 게 너무 힘들어요. 그러니까 종명이도 저 집엔 안 보낼 거예요."

용숙은 딱 잘라 말하고는 병실로 돌아갔다.

나는 몹시 당혹스러웠다. 담배를 피우고 싶어져 엘리베이터 버튼을 눌렀다.

종명이는 9월 초에 퇴원했다. 경과는 순조로웠고 눈에 보이듯 체력도 붙었다. 체중도 점점 늘어갔다. 종명이는 나에게 언제 미영이를 만나러 갈 거냐고 물었는데 나는 그때마다 용숙의 안색만 살피며, "조만간"이라고 대답했다. 그러자 언제부터인가 종명이도 미영이 얘기를 하지 않게 되었다.

그즈음, 경찰 수사본부는 김대중 선생이 납치된 현장에서 주일 한국대사관 일등서기관의 지문이 검출되었다고 발표했다. 사건이 한일관계를 위험하게 만드는 사태로까지 번지면서 언론은 연일 떠들썩하게 보도 열전을 펼쳤다. 그 결과 11월, 한국 국무총리가 방일하여 다나카 가쿠에이 총리에게 박정희 대통령의 친서를 전하는 것으로 정치적 결착을 봤다. 그러나 사건의 진상은 유야무야되었다.

용숙의 말이 돌덩이처럼 내 가슴을 무겁게 짓눌렀다. 한민통에서는 활동자금 조달자 역할을 도맡아왔지만 이전처럼 적극적으로 활동하지는 못했다.

그에 비해 진하는 김대중 선생 경호에 과오가 있었던 점에 책임을 느끼는지 한민통 활동에 점점 더 빠져들었다. 납치 당일 진하는 김대중 선생이 머무르던 호텔에서 택시를 타고 외출하는 김대중 선생을 배웅한 후 다카다노바바 아파트에서 대기하고 있었다고 한다. 아마도 애통한 마음에 민주화 운동에 더 몰두하게 되었을 것이다.

동인은 한민통이 발행하는 기관지의 필진으로 글을 쓰고 이와나미 출판사가 발행하는 잡지 《세카이》에 기고하는 등 활발한 언론 활동을 계속하면서 한민통이 주최하는 연수회 등에서 강연을 하게 되었다. 그러나 최근에는 자주 몸이 아프고, 어쩐 일인지 점점 말라갔다. 나와 진하는 동인에게 병원에서 검사를 한번 받아보라고 권했지만 괜찮다며 말을 듣지 않았다.

내가 진하와 동인처럼 한민통에 깊이 관여하지 못한 또 다른 이유가 있었다.

10월 제4차 중동전쟁으로 인한 오일쇼크의 여파로 새해가 밝자마자 용숙의 친정인 플라스틱 공장이 부도가 난 것이다. 또한 2월에는 부도로 인해 사돈어른이 협심증에 걸려 심장마비로 급사하셨다.

우리 가족이 종명이의 소학교 입학을 앞두고 신주쿠구 오쿠보에서 시나가와구 에하로로 이사한 직후였다. 2층짜리 단독주택은 아파트보다 넓었다. 종명이는 자기 방이 생겼다고 좋아했다.

오이마치에 있는 용숙의 친정집은 집을 저당잡히고, 공장도 남의 손에 넘어가기 직전이었다. 가재도구도 빼앗기고 장인어른이 치시던 오르간도 없어졌다.

그런데 장남인 용해는 아버지가 돌아가신 슬픔에 빠져 정신을 놓고 있을 뿐, 아무 도움이 되지 않았다. 애초부터 용해에게 사업수완이 없었다고는 해도 한심해서 보고 있을 수가 없어서 좀 따져보려고 했지만, 장인어른을 생각해 참았다.

"당신이 어떻게 좀 해주세요."

장인어른 납골을 끝내고 돌아오는 길에 용숙이 울면서 말했다.

"나도 돈이 없어."

"운동자금을 모으러 전국을 헤매고 돌아다닌 사람이 우리 친정은 못 도와주겠다는 건가요?"

"그건 그거고, 이건 이거지. 대체 당신 오빠는 뭐하는 사람이야?"

분노로 인해 나도 모르게 역정을 냈다.

부모님과 떨어져 살아온 나는 겉으로는 티 내지 않았지만 장인어른을 아버지처럼 생각하고 따랐다. 장인어른은 온화하고 따뜻한 분으로 함께 이야기를 하면 항상 마음이 편안해졌다. 그래서 더욱 장인어른을 힘들게 한 용해를 용서할 수 없었다. 오르간을 빼앗기고, 된장국을 끓여주던 장모님을 당혹스럽게 만들고, 둘도 없이 소중한 처자식을 길거리에 나앉게 한 용해는 두말할 나위 없이 나쁜 자식이다.

"아빠, 무서워."

종명이가 질질 짜기 시작하자 나는 비로소 정신이 번쩍 들었다. 용숙이 종명이를 토닥였다.

어떻게든 해결해야겠다는 생각이 머릿속을 떠나지 않았다.

누군가 돈을 꿔줄 사람이 없을까?

서랍을 열고 명함을 꺼내 하나씩 확인했다.

한 사람, 한 사람 얼굴을 떠올리며 무리일 것 같다, 가능성이 있을 것 같다, 로 명함을 두 갈래로 나누다가 고구연의 명함을 찾았다. 교토에서 떵떵거리며 사는 것 같던 고구연의 모습이 떠올랐다.

나는 곧장 고구연에게 전화를 걸었다.

약속 시간에 맞춰 아카사카의 한국 클럽을 찾아가자 곱게 화장을 하고 화려한 한복을 입은 요란스러운 호스티스들이 있었다. 한국 클럽은 처음이었는데 그 현란함에 현기증이 날 것 같았다. 호스티스가 손님에게 술을 따르고 교태를 부리는 모습을 보니, 오일쇼크는 다 거짓말이고 실은 경기가 좋은 게 아닌가 싶은 착각이 들 정도였다.

가게는 초록, 빨강 등 색색의 벽지에 화려한 금도금까지 더해, 호화찬란하게 장식되어 있었다. 왕궁을 본떠 만들었는지 빨갛고 굵은 기둥, 대리석을 조각해 만든 용과 사자 등이 한국적인 분위기를 풍기고 있었다. 모든 대화를 한국어로 하고 있어 마치 일본이 아닌 것 같았다.

"야, 여기. 여기."

손을 흔드는 사람은 고구연이었다. 양쪽에 호스티스가 앉아 있었다.

지난 밤 고구연에게 전화를 걸었더니 흔쾌히 돈을 빌려주겠다고 했다.

"대마도에서 벌거숭이로 살아남은 동지 아니냐. 어떻게 안 도와줄 수가 있겠냐."

그 말을 듣고 나는 전화기에 대고 몇 번이고 머리를 숙였다.

"용건이 있어서 내일 동경에 간다. 은행은 오후에 갈 거야. 그러니까 밤에 만나자."

그러고는 고구연이 그 가게를 지정했다.

호스티스를 양쪽에 끼고 앉은 고구연의 옆에 자리를 잡았다. 달콤한 향수 냄새에 숨이 멎을 것 같았다.

"드세요."

위스키에 물을 탄 '미즈와리'를 만들어주길래 그냥 받았는데 빨간 립스틱이 눈에 들어와 위스키를 쏟을 뻔했다.

"너희들, 잠깐 자리 좀 피해줘."

고구연이 말하자 두 명의 호스티스가 자리에서 일어나 치마 옆자락을 잡고 나갔다.

"이런 곳은 처음이에요. 제가 술도 잘 못하고."

나는 술잔을 테이블 위에 놓았다.

"네가 아주 고지식한 놈이었구나."

고구연은 안쪽 주머니에 손을 넣고 흰 봉투를 꺼냈다.

"수표가 들어 있다."

그렇게 말하고 나에게 건넸다.

나는 봉투를 받고, 내 주머니에서 갈색 봉투를 꺼내 고구연에게 줬다.

"차용증입니다."

구연은 봉투 안을 확인하더니 안쪽 주머니에 넣고, "자" 하며 술잔을 들었다.

"이걸로 일 얘기는 끝이다. 건배!"

우리가 술잔을 기울여 건배할 때 한 남자가 다가왔다.

"나도 좀 껴주라."

안철수였다.

내가 의아한 표정을 지은 것을 놓치지 않은 안철수가 호기롭게 웃었다.

"왜, 놀랐냐?"

"아니, 어쩐 일로……?"

"여기가 내 가게다."

'아, 그렇구나.'

그제야 이해가 되었다.

"셋이 만나는 거니까 여기가 좋을 것 같아서."

고구연도 점잖게 미소지었다.

내 옆에 앉은 안철수가 "오늘은 너한테 필히 가르쳐줄 게 있어서 일부러 왔다"고 말했다.

"근데 너는 어머니한테 전화는 했냐?"

나는 대답을 못 하고 가만히 있었다.

"혹시 안 걸었어? 만나러도 안 가고? 뭘 하고 지내는 거냐?"

"이런저런 일 때문에."

안철수는 "이 바보 자식아!" 하며 큰 소리를 낸 후, 얼굴을 들이밀며 "야, 임마. 잘 들어" 하고 목소리를 낮췄다.

"저쪽 테이블을 슬쩍 한번 보렴."

그가 턱으로 가리킨 곳에 양복을 빼입은 중년남자가 호스티스 한 명에게 시중을 들게 하며 술을 마시고 있었다. 이쪽에서 좀 떨어진 자리인 데다 옆을 보고 있어서 얼굴이 잘 보이지 않았다.

"저 새끼, 대사관 놈이다. 너를 미행하고 여기까지 따라온 거야."

"네에?"

나는 한 번 더 그 남자 쪽을 봤다.

"그러니까 중앙정보부원이라는 겁니까?"

입가를 손으로 가리고 안철수의 귀에 대고 속삭이자 그는 말없이 고개만 끄덕였다.

등골이 서늘했다. 다시 한번 눈을 크게 뜨고 양복을 입은 남자를 봤다. 은테 안경을 쓴 각진 얼굴의 남자였다.

"그리고 말이야."

안철수는 숨을 쉬고 들릴 듯 말 듯한 목소리로 말했다.

"나는 저놈에게 김대중을 죽여달란 부탁을 받았다."

"설마……. 형님, 농담이 과하십니다."

안철수의 얼굴을 봤는데 그의 표정은 진지함 그 자체였다.

"내가 이 바닥에 살아도 그런 거물을 죽이는 건 위험하니까 싫다고 했다. 그랬더니 자기들이 직접 착수한 거야. 운 좋게 김대중은 살아남 았지만 네가 생각하는 것 이상으로 아주 무서운 놈들이다."

안철수는 위스키를 한 모금 마시고 "그러니까" 하며 말을 이었다.

"바보 같은 짓은 그만둬. 반항만 안 하면 표적이 되지도 않아. 놈들 의 동지는 어디에든 있어. 예를 들어 여기 호스티스 중에도 있다는 말 이다."

나는 가게를 빙 둘러보았다. 수많은 호스티스가 손님 접대를 하고 있었다. 슬쩍 보면 즐겁게 술을 마시는 것 같은데, 얼마나 많은 손님이 첩보 활동의 표적이 되고 있을까?

그중 한 사람, 낯익은 남자의 얼굴이 보였다. 우리들과 두 테이블 쯤 지난 자리에서 호스티스와 누구보다도 신나게 떠들고 있었다.

박태구였다. 그 경박한 분위기는 여전했다. 그러나 그는 조선총련 에 가까운 그룹을 만들어 한청을 떠났다. 그런데 왜 이 가게에 있는 것 일까?

"아는 놈이냐?"

내가 박태구를 보고 있는 것을 눈치챈 안철수가 물었다.

"아뇨. 그냥 좀."

"저 자식은 단골이야. 저 여자한테 홀딱 반해서. 저놈은 이전엔 민 단과 웬수였지만, 지금은 완벽한 우리 편이다."

나는 다시 박태구 쪽을 봤다. 그는 내가 있는 것을 눈치채지 못했는지 칠칠치 못한 얼굴로 호스티스와 떠들어댔다.

"아무튼."

안철수가 나를 응시했다.

"다 널 위해서 하는 말이니까 새겨들어. 당장이라도 활동을 그만둬라. 그러면 당당하게 어머니를 만나러 갈 수도 있어."

약점을 치고 들어온 안철수에게 대답도 못 하고 있을 때 그때까지 입을 다물고 있던 고구연이 화제를 바꿔보려고 "나는 곧 한국에 간다"며 끼어들었다.

"또 삼천포에 갈 거니까 니네 어머니 소식 듣고 와서 다 전해줄게."

나는 잘 부탁드린다며 고구연에게 깊이 머리를 조아렸다.

제7장

1

4월, 종명이가 드디어 소학교에 입학했다.

비쩍 마른 몸에 란도셀이 묘하게 커 보였지만, 그 모습도 내 눈에는 눈부시게 비쳤다.

처음에는 몸을 생각해 체육 시간에 참관만 하게 했는데 여름 즈음부터 심한 운동 이외에는 참가할 수 있게 되었다. 친구도 생기고 매일 즐겁게 학교에 다니는 모습을 보고 우리는 안심했다. 용숙이 눈에 보일 만큼 밝아져 나도 기분이 좋았다.

그러나 그렇게 수영장에 가고 싶어 하던 종명이는 수영 수업에 참가하지 않겠다고 떼를 썼다. 선생님이 물에 들어오기만 해도 된다고 했지만 완고히 거절했다. 뿐만 아니라 내가 여름방학에 바다나 수영장에 가자고 해도 싫다고 했다.

용숙에게 들으니 가슴에 남은 수술 자국 때문에 수영복을 입기 싫어하는 거였다. 학교에서 건강검진을 받으려고 윗옷을 벗은 종명이를 보고 친구들이 둘쑥날쑥한 치열과 수술 자국을 연결 지어 "프랑켄슈타인 같다"고 놀린 것이 원인이었다. 그날은 너무 울어 눈이 퉁퉁 부어서 집에 왔다고 한다. 그 이야기를 듣고 나는 두 번 다시 종명이에게 바다나 수영장에 가자고 조르지 않았다.

종명이는 지금도 경과를 관찰하기 위해 통원 중이다. 여전히 몸이 약하고 감기도 자주 걸리는 데다 열도 자주 났지만, 수술 예후는 양호했다. 병세가 호전되면서 용숙도 내가 한민통에 가서 일을 해도 더 이상 시끄럽게 바가지를 긁지 않았다.

8월 15일 광복절 행사 때 재일 한국인 문세광이 박정희 대통령을 저격하는 사건이 벌어졌다. 대통령은 무사했지만 그로 인해 부인인 육영수 여사가 사망했다.

한민통이 의심을 받았지만 문세광은 한민통과 접점이 없는 남자로, 수수께끼 속 인물이었다. 범행에 사용한 권총이 오사카 경찰서에서 훔친 것이란 사실도 놀라웠다. 사건 이후 우리는 여기저기서 나오는 수많은 정보에 우왕좌왕했다.

나는 진하와 함께 동인을 만나러 갔다.

언론 활동 중인 동인에게는 정보를 얻는 몇 가지 방법이 있으니 사태를 파악하려면 동인에게서 듣는 게 최선이라고 생각했다.

동인을 만났는데 그새 또 부쩍 마른 데다 안색도 안 좋고 빈번하게 기침을 해대서 걱정이 앞섰다.

"이번 사건에 총련이 얽혀 있다는 소문도 있던데 나도 잘은 모르겠다."

동인의 말에 진하는 "역시나" 하며 이렇게 말했다.

"거봐, 기억나? 한청을 그만둔 최진산. 그 자식 총련에 흡수되어 북에도 갔다 왔대. 저쪽에서 여자도 붙여줘서 푹 빠진 모양이더라. 요즘은 툭하면 북한에 간다던데."

진하는 양 손바닥을 보이며 어깨를 들어 올렸다가 놓았다.

호스티스와 붙어 놀던 박태구의 모습이 떠올랐다. 방향성은 다르지만 둘 다 여자라는 미끼에 빠진 것일까?

"한민통에도 총련 지지자가 있는 모양이야. 신 군도 좀 위험인물이지."

진하가 덧붙였다.

"무슨 소리야?"

내가 놀라서 물었다. 신 군은 김대중 납치사건 당일, 나한테 사정을 설명해준 성실한 청년이다.

"신 군이 총련 인간들이랑 툭 하면 만난다는 소문이야. 그 자식 조청이랑 공동대회 할 때 만난 여자한테 반해서 얼마 전에 결혼했는데, 새색시의 영향을 받았나 봐."

그러고 보니 황선남한테 가끔 연락이 와서 자꾸 만나자고 하는데 종명이의 입원 수술과 그 밖의 일로 바쁜 탓에 타이밍이 안 맞아 공동대회 이후 한 번도 만나지 못했다. 자꾸 불러내는 이유가 어쩌면 나를 자기들 쪽으로 끌어들이려는 꿍꿍이일까?

나는 이전에 내가 가르쳤던 제자인 황선남에게 보통 이상의 친근함을 느끼고 있었다. 그런 만큼 그가 나를 끌어들이려고 했다면 실망이다. 그게 아니라고 믿고 싶다. 순수하게 조국통일을 위해서 손을 잡는다면 몰라도 나를 끌어들이려는 꿍꿍이라면 당치도 않다. 세력 싸움이나 쌍방을 매도하는 일에는 아무런 의미도 없다. 재일 동포끼리 반목하다니 지나치게 어리석은 일 아닌가.

진하가 머리를 좌우로 크게 흔들었다.

"총련 놈들도 우리들도 통일을 이루고 싶다는 마음은 똑같아. 그런데 말이다. 김일성도 아들 김정일을 당서기로 삼고, 세습을 하려고 하고 있잖아. 이상하지 않아? 거기도 독재인데. 근데 그놈들은 그걸 전혀 비판하지 않아. 그리고 북송사업으로 북으로 간 사람들이 가난하게 살고 있다는 소문도 있어. 지상 낙원이라고 그렇게 떠들어대더니 다 사기였다고……. 그러니까 우리들이 총련에 갈 일은 없을 거다. 그보다 먼저 한국을 민주화해야지."

나는 진하의 말에 깊게 동의했다.

동인이 "재일 동포 세계도" 하고 입을 열었다.

"이매망량, 온갖 도깨비가 날뛰는구나. 이번 사건도 일본 공안이 관여했다, 미국이 한 짓이다 등등 말이 많아. 박정희 정권의 자작극이다, 북한이 한 거다 등등 말이지. 여하튼 정확한 건 아무도 몰라."

"참 누구를, 무엇을 믿어야 할지 모르겠다."

내가 나지막이 말하자 두 사람은 말없이 생각에 잠겼다. 동인의 마른기침 소리만 터무니없이 크게 울렸다.

1년이 지났다. 나는 어머니를 걱정하면서도 지금까지와 똑같이 활동을 계속해왔다.

한국에서는 5월에 반정부운동 금지를 엄명한 대통령 긴급조치령이 발령되어 이미 공포정치 같은 분위기였다.

10월도 중순이 지나 달이 몹시 밝은 밤이었다. 아침 일찍부터 외출해 하루 종일 업자와 사람들과 만나 피곤에 지친 나는, 그날 밤 드물게 11시에 집으로 돌아와 바로 이불 속으로 들어갔다.

그러자 용숙이 할 얘기가 있다며 신묘한 얼굴로 말했다.

"내일 하면 안 돼?"

"당신, 매일 바쁘게 돌아다녀서 말할 시간도 없잖아요."

"뭔데? 그럼 빨리 말해."

내가 옷을 갈아입으려고 셔츠 단추를 풀기 시작했다.

"종명이가……."

"종명이가 뭐? 또 어디가 아파?"

"아니, 그게 아니라."

"그럼 학교에서 무슨 일이 있었어?"

용숙이 고개를 저은 후, 작게 숨을 들이쉬었다.

"종명이가 오빠가 됩니다."

"그렇지. 이제 아홉 살이니까 좀 어른스러워졌지.

나는 그렇게 말한 후, 그제야 눈치를 챘다.

"혹시, 생긴 거야?"

용숙은 고개를 까닥인 후, 3개월이라고 대답했다. 부끄러운지 나와 눈을 마주치려고 하지 않았다.

"3개월이면 언제 태어나는데?"

"내년 5월이요."

"그래?"

더 이상 말이 나오지 않았다. 그렇게 오래 소식이 없던 아이가 태어난다니 현실적이지 않았다.

"별로 기쁘지 않군요."

"아니 그게."

기쁘기는 하지만 지금까지 일을 생각하면 불안도 그만큼 컸다. 게다가 내년이면 용숙도 벌써 서른여덟이다. 고령 출산이 아닌가.

용숙은 입술을 깨물며 "그래서"라고 말했다.

"부탁이 있어요."

"뭔데?"

"뱃속에 있는 아기를 위해서라도 이제 한민통 활동을 그만두세요. 국가에 자꾸 대항하려고 하지 말아요. 당신한테 무슨 일이라도 생길까 봐 두려워요. 우리가 길거리에 나앉게 된다고요."

용숙은 부탁한다며 궁지에 몰린 사람처럼 애원했다.

"갑자기 그러면 어떡해? 그 일이 그렇게 간단하게 그만둘 수 있는 일이야?"

말은 그렇게 했지만 나는 흔들렸다. 대화는 더 이상 이어지지 않았고, 그렇다고 자리를 뜰 수도 없어서 서로 얼굴을 보지 않으려고 애쓰며 그냥 마주 앉아 있었다.

때마침 전화벨이 울렸다. 이 답답한 상황에서 나를 구해주는 소리였다.

수화기를 들자 국제전화 교환수가 한국에서 온 전화라며 연결하겠다고 했다. 밤늦게 한국에서 전화가 걸려 온 이유를 알 수 없어 머릿속이 혼란스러웠다. 간신히 수화기 저편의 음성에 집중을 했다.

금세 한국어로 "여보세요" 소리가 들렸다. 그런데 들어본 적 없는 목소리여서 경계하며 대답도 하지 않았다.

"여보세요? 상주 형님입니까? 접니다. 동생, 홍주예요."

"홍주……."

놀란 나머지 말이 나오지 않았다.

"고구연 형님한테 전화번호를 얻었습니다."

그러고 보니 고구연에게 준 차용서에 집 주소와 전화번호를 적은 게 떠올랐다.

"형님, 어머니가 입원하셨어요. 이제 얼마 못 사십니다. 어머니가 형님 생각만 하고 계세요. 그러니까 당장……."

힘이 빠지면서 수화기가 손에서 미끄러져 떨어질 뻔해서 홍주가 하는 말을 제대로 듣지 못했다.

2

비행기에서 창문 아래를 내려다보자 시퍼런 망망대해가 펼쳐져 있었다.

작은 어선으로 저 바다를 건넌 것이 벌써 28년 전이다. 그때는 더 빨리 고향에 돌아갈 수 있으리라 믿었다. 한동안 일본으로 도망쳤다가 사정이 좀 나아지면 곧장 돌아갈 생각이었다.

그런데 이런 형태로 일시 귀국하게 될 줄은 몰랐다.

조국에 돌아가는 길이라 조금쯤 감개무량하리라 생각했는데 기쁨도 감동도 없었다. 태어나서 처음으로 비행기에 탔다는 긴장감과 함께 바윗돌 같은 것이 내 마음을 짓눌렀다.

내 여권을 펼쳤다.

문덕윤.

이 가짜 이름으로 조국 땅을 밟을 수밖에 없는 것일까? 생일도 모두 가짜인데.

홍주한테서 전화를 받은 밤이 떠올랐다.

나는 국제전화를 끊고 바로 안철수에게 전화를 걸었다.

"여권이 필요합니다. 한국에 가고 싶어요."

그런 다음 어머니의 상태에 대해 설명했다.

"드디어 결심했구나. 알겠다. 나한테 맡겨라. 내일 밤에 내가 연락하마."

전화를 끊고 나니 용숙이 불안한 얼굴로 나를 쳐다보고 있었다.

"괜찮아요? 당신, 한국에 가면 체포되는 거 아니에요?"

"그건 걱정 안 해도 될 거 같아……. 아마."

"시어머니가 많이 편찮으신가 봐요. 지금까지 연락 한번 안 하시던 분인데. 저도 따라가야겠지요."

"아니, 당신은 몸도 무거우니까 그냥 있어."

이유는 그것만이 아니었다. 함께 가면 가짜 이름을 쓴다는 것도 탄로가 날 테니 여러모로 나에게 좋을 게 없었다.

며칠 후 안철수한테 임혁모라는 대사관 직원을 소개받았다. 그가 편의를 봐주어 여권을 발행받았다. 임혁모는 아카사카 한국 클럽까지 나를 미행했다는 남자였다. 각진 얼굴, 쌍꺼풀이 없는 눈에 안경을 쓰고 있어서 눈이 더 작아 보였다. 흔한 한국인다운 외모였는데 절대 웃지 않는 눈동자가 머리가 비상한 사람이란 인상을 남겼다.

"다시는 한민통 같은 조직 활동을 하지 않겠다고 약속하고 몇 자좀 적어주십쇼."

나는 받아들이는 수밖에 없어 고개를 떨구고 "네" 하고 대답했다.

"앞으로 절대로 동지들과 만나지 마십쇼. 그리고 지금까지 있었던 일은 절대 입 밖에 내선 안 됩니다. 아시겠습니까?"

동지와 만나지 말란 소리는 진하와 동인과도 만나지 말란 말인가? 그들은 동고동락한 평생의 벗이다. 진하와 동인과 함께 보낸 날들이 주마등처럼 눈꺼풀 속에서 되살아나, 대답을 주저했다.

"약속을 못 하면 여권도 드릴 수 없겠군요."

임혁모는 짜증이 나는지 은테 안경다리를 손가락으로 집고 위아래로 움직이고 있었다.

기억 저편에서 꺼내 온 어머니의 얼굴이 내 머릿속에 떠올랐다. 고통으로 일그러진 표정의 어머니가 보였다.

"당신한테 정말 특별하게 여권을 마련한 겁니다. 아시겠습니까?"

다짐을 받으려는 듯 나를 응시했다. 알겠다고 대답하는 수밖에 별 도리가 없었다.

나는 진하와 동인의 얼굴을 보면 마음이 약해질 것을 알고 있었던 데다 시간도 없었기에 두 친구에게 편지를 써서 보냈다.

안철수가 그날 조폭의 두목이었다는 사실부터 지금까지 있었던 일, 어머니가 병에 걸린 사실 등을 남김없이 정직하게 쓰고, 한민통, 즉 민주화 운동에서 빠지겠다고 적은 후 고맙다는 말도 빼곡히 써 넣었다. 진하에게는 함께해온 일을 그만두는 수밖에 없다고 말하고 사과했다. 그리고 밀항 후 지금까지 항상 곁에 있어줘서 고맙다고 깊이 감사하는 마음을 전했다. 동인에게는 대마도 앞바다에서 목숨을 건져준 일에 다시금 감사를 표했다.

대한항공 비행기가 착륙한 곳은 부산 공항이었다.

한국어가 오가는 것을 보니 이곳은 일본이 아니라 조국이다. 그런데 가슴이 뛰지도 않았고 낯익은 분위기도 없었다. 이제껏 나는 부산에는 한 번도 와본 적이 없었다. 아니 한국에 살 때 고향인 삼천포 밖으로 나가본 적이 없었다.

공항은 살벌한 공기가 지배하고 있었다. 입국 심사를 담당하는 직원은 태도가 거만한 데다 질문도 많아서 불쾌했다. 세관에서는 짐을 구석구석 샅샅이 조사했다. 가슴이 두근거렸다. 아무리 대사관 직원이 여권을 주었다 한들 신분을 속인 것은 분명한 사실이다. 혹시나 체포가 될까 봐 걱정했는데 다행히도 그런 일은 일어나지 않았다.

공항 로비를 나오자 군복은 입은 군인들이 정렬을 하고 내 앞을 지나갔다. 삼엄한 분위기에 오가는 사람들의 얼굴도 어두워 보여 나도 침통한 기분이 되었다.

"상주 형님!"

뒤를 돌아보자 나와 똑같은 얼굴을 한 피부색이 까무잡잡한 남자가 서 있었다. 전화를 걸어 온 아랫동생 홍주다. 내가 밀항했을 때 홍주는 중학생이었다.

나는 홍주를 끌어안았다. 목소리도 눈물도 나오지 않았지만, 마음속에선 이미 통곡하고 있었다.

"무사히 돌아오셨군요."

홍주는 내 마음을 안다는 듯 등을 쓰다듬었다. 우리는 택시로 공항에서 부산 시내 병원으로 향했다.

병실 앞 복도에는 가족 모두가 모여 있었는데, 거기에도 친숙함은 없었다. 홍주 이외의 형제들은 헤어질 때 모두 몹시 나이가 어렸다. 극적인 만남을 예상했지만 모르는 사람과 다를 바 없었다. 내가 밀항한 후에 태어난 여동생 덕옥도, 조카들도 말 그대로 첫 만남이었다. 나는 그들과 어색하게 인사를 나눴다. 특히나 덕옥이 나를 보는 시선이 날카로웠다. 어딘가 나를 나무라는 것처럼 느껴졌다. 대주 형님이 없길래 홍주에게 물었더니 육이오 때 돌아가셨다고 했다. 그래서 실질적으로 홍주가 장남 역할을 맡아왔다고 한다.

흰 턱수염에 굽은 어깨, 한복을 입고 말없이 복도 의자에 앉아 있는 노인을 보니 아버지였다. 아버지는 나보다 한 뼘쯤 체구가 작았다. 짧은 머리는 모두 백발이고, 가는 눈은 깊은 주름으로 뒤덮여 있었다.

나는 늙은이가 되어버린 아버지의 모습에 충격을 받았다. 이것이 30년이란 세월의 무게란 말인가.

나를 본 아버지의 입에서 "아아" 하는 소리가 새어 나왔다. 아버지가 내 곁으로 다가왔다.

"살아 있었구나."

그 한마디만 한 후, 아버지는 손바닥으로 내 등을 여러 번 두드린 후 바닥을 보고 오열했다. 나는 아버지를 만나고 상처 위에 생긴 두꺼운 딱지가 떨어지는 것 같은 아픔을 느꼈다.

홍주와 함께 병실로 들어가자 어머니는 침대 위에서 산소마스크를 착용한 채 눈을 감고 잠들어 있었다. 수액을 맞는 어머니 옆에는 심박을 체크하는 모니터가 놓여 있었다. 종명이의 병실에서 본 것과 같았다.

비쩍 말라 더 작아진 모습의, 이전과 다른 어머니를 보고 나는 가슴이 미어터질 것 같았다. 슬픔이 복받쳐 오르고 말 그대로 단장의 아픔을 실감했다.

그럼에도 수많은 기미와 주름을 덜어내고, 백발을 흑발로 바꿔 상상해보니 의심할 여지 없이 사랑스러운 우리 어머니였다.

"의식이 없으십니다."

홍주는 나에게 그렇게 말한 후 어머니의 귓가에 얼굴을 들이댔다.

"어머니가 보고 싶어 하던 상주 형님이 왔어요."

홍주가 정확하고 큰 목소리로 말했지만 어머니의 모습에는 변화가 없었다.

나는 어머니의 손을 쥐었다.

"상주가 왔습니다. 어머니를 보려고 왔습니다."

눈물을 참으며 목소리를 쥐어짜자 어머니가 손에 힘을 주고 있는 듯한 느낌이 들었다.

"어머니, 아시겠습니까? 제가 상주입니다. 걱정만 시켜드려 죄송합니다."

손을 더 강하게 쥐며 말했더니, 어머니가 눈꺼풀을 살짝 움직였다.

"어머니! 어머니!"

나는 거의 외치듯 어머니를 불러댔다.

그러자 어머니의 눈에서 눈물이 흘러나와 주름을 타고 떨어졌다.

이틀간 곁에서 지켰지만 어머니는 의식을 되찾지 못했다. 나는 아쉬움을 한가득 안고 일본으로 돌아가려고 공항으로 갔다. 막내 덕옥도 홍주와 함께 배웅을 나와주었다.

덕옥은 내내 화가 난 표정이었다. 덕옥은 내가 비행기에 오르려고 했을 때 나에게 다가와 "오빠" 하며 안쓰러운 표정으로 소리를 죽이고 속삭였다.

"우리 형제들은 오빠 때문에 출세도 못 하고, 가고 싶은 학교에도 못 들어갔어요. 오빠 본적지가 북한에 있다고 하더라고요. 그래서 우리 가족 모두 감시당하면서 살아왔다고요."

덕옥은 내 귓가에 대고 단숨에 퍼부은 후 발길을 돌려 내 곁을 떠났다.

그 후 기내에서도 집으로 돌아온 후에도 길을 걷다가도 일을 하다가도 덕옥이 한 말이 떠올랐다.

"어제 박영옥 씨한테서 전화가 여러 번 왔어요. 무슨 일인지 몹시 초조하고 정신이 다 나간 것 같았는데."

박영옥은 진하의 가명이다. 아마 내 편지를 받은 게 분명하다는 생각에 가슴이 아팠다.

용숙에게도 자세한 설명을 하지 않았는데 그녀도 뭔가 짐작이 가는지 내가 가만히 있자 더 이상은 묻지 않았다.

그때 전화가 울려 우리는 서로의 얼굴을 봤다.

"또 박영옥이면 나 없다고 해."

용숙은 고개를 끄덕이고 수화기를 들었다. 역시나 진하 같았는데, 내 얼굴을 살피고는 지금 집에 없다고 말했다. 그런데 그다음 "네에?" 하고 수화기를 귀에서 뗐다. 그러고는 새파랗게 질린 얼굴로 수화기를 나에게 건네주었다.

"그래, 나다."

그리고 헛기침을 했다.

"그 자식이, 그 자식이…… 동인이가 붙잡혔다."

"뭐라고? 무슨 소리야?"

진하는 밀항 때문에 입국관리국에서 동인을 한국으로 강제송환했다고 말했다.

"이제 와서 설마 그런 일이?"

"그놈은 신문, 잡지 같은 데 글을 썼으니까 눈에 뜨이는 데다가 영향력도 컸다. 그 녀석 글을 한국에서도 몰래 읽는 사람들이 있었대. 그래서 특히나 위험시된 거 같아. 중앙정보부가 한 짓이지. 딱 찍힌 거다."

"근데 그걸 어떻게 알았지? 밀항 말이야."

"너 나한테 보낸 편지, 그거 동인이한테도 보냈지?"

"헉."

나는 넋이 나가, 수화기를 붙든 채 그 자리에 털썩 주저앉았다.

"우편을 조사했겠지. 도청도 했을 테고."

숨이 콱 막혔다.

"경귀랑 미영이는?"

그 얘기만 간신히 물었다.

"다부지게 잘하고 있어. 미영이한테는 아빠가 잠깐 일로 멀리 갔다고만 했다더라."

두 사람 옆으로 뛰어가고 싶었지만 나에게 그럴 자격은 없을 것이다.

"또 뭔가 알게 되면 연락해줘."

기껏해야 그 말밖에 나오지 않았다.

11월이 되자 한국에 유학 중인 스무 명 가까운 재일 동포 학생들이 국가보안법 위반으로 중앙정보부에 체포되는 '학원 침투 간첩단 사건'[31]이 일어났다.

진하에 따르면 동인도 국가보안법 위반으로 체포되어 구속된 상태라고 한다. 고문이라도 받았다면 큰일이었다. 그렇잖아도 요즘 몸도 안 좋던데 무사할지 걱정이 되었다. 동인을 생각하지 않는 날이 없었다.

같은 시기에 홍주로부터 어머니가 돌아가셨다는 소식을 들었다. 당장 날아가고 싶었지만 용숙의 반대가 완고했다.

"지금 한국에 가겠다는 건 자살행위예요."

"이봐, 나는 이제 운동도 그만뒀고, 지난번에도 잘 갔다 왔잖아."

"지난번엔 운이 좋았던 거죠. 이번에 붙잡힌 동포 학생들도 자기가

---

31 1975년 11월 서울대학교 등에 유학 중이던 재일 동포 학생 스무 명이 김기춘 당시 중앙정보부 대공수사국 부장이 이끈 국가안보법 위반으로 체포 기소된 사건으로, '학원 침투 북괴 간첩단 사건', '재일 동포 유학생 간첩단 사건' 등으로 불리기도 했다. 이 중 열여섯 명이 사형을 포함한 유죄 판결을 받았다. 2012년에는 사형선고를 받은 이들이 재심을 청구해 일부가 무죄를 확정받았다. 2016년, 이 사건을 다룬 〈자백〉이란 영화가 개봉되었다. 2020년에는 44년 만에 무죄를 받은 70대 재일 동포가 10억 원대 형사 보상을 받게 되었다.

한 일이 아니라잖아요. 김태룡 씨 일도 있고. 당최 당국을 믿을 수가 있어야죠. 시어머니는 안타깝지만 제발 좀 참아주세요. 종명이랑 뱃속 아기를 위해서라도."

용숙의 말에도 일리가 있었다. 어떤 누명을 씌울지 모른다. 게다가 나는 남모르는 약점도 있는 놈이다.

나는 어머니의 장례식에 참석하는 것을 포기했다. 어머니 장례식에도 가지 못하는 불효자인 나 자신을 용서할 수 없었지만, 어쩔 수 없는 일이었다.

그날 밤, 종명이와 용숙이 잠들었을 즈음, 나는 복주머니와 어머니의 편지를 가슴에 품고 우산도 없이 빗속을 걸었다.

"수탉처럼 영리하고, 인내심이 강하고, 신뢰받는 강인한 남자가 되거라."

복주머니에 자수바늘을 넣으며 말씀하시던 어머니의 모습이 눈앞에 떠올랐다.

걷는 도중, 하염없이 눈물이 나왔다. 얼굴을 때리는 빗방울과 눈물이 섞여 볼을 타고 흘렀다. "어머니, 어머니!" 하고 불러봐도 그 소리는 빗소리에 파묻혔다. 나는 있는 대로 악을 쓰며 울었다. 그리고 주먹으로 끊임없이 가슴을 힘껏 내리쳤다.

1976년 5월 용숙의 막달이었다.

이번 임신은 별 문제없이 순조로웠다. 종명이도 동생이 태어나는 것을 이제나저제나 은근히 기다리는 눈치였다.

나는 도큐선 주변 무사시고야마 역 앞에서 마음에 드는 토지를 발견했다. 그런데 어느 금융기관도 한국인인 나에게는 돈을 빌려주지 않았다. 곤경에 빠진 나는 고구연에게 부탁해 민단계 금융기관에서 융자를 받았다. 그리고 내 파친코 가게를 시작했다. 운동에서 이미 발을 뺐기 때문에 무슨 일이든 다시 시작할 수 있었지만, 동인을 생각하면 나 자신의 비열함에 치가 떨렸다.

지금까지는 한국을 민주화하겠다는 거대한 사명을 위해 살아왔기에 어떤 직업을 가져도 신경이 쓰이지 않았다. 그런데 운동을 그만두고 난 후, 삶의 목적이 오로지 일과 가족 부양으로 바뀌었다. 그리되자 과연 파친코라는 장사에 평생을 걸어도 될지 주저하는 마음이 들었다. 실은 더 의미 있는 일을 하고 싶었다. 하지만 그것은 사치일 뿐이었다. 한국인인 나에게는 다른 선택지가 없었기 때문에 일본인이 경멸하는 장사에 손을 대는 수밖에 없었다. 게다가 나에게는 다른 일을 해본 경험도 없었다.

무엇보다도 몸이 무거운 아내와 병약한 아들 놈을 먹여 살려야 했다. 곧 태어날 아이에게도 힘겨운 생활을 시키고 싶지 않았다.

운동에서 발을 뺀 이후엔 막막한 감정만 끌어안고 지냈다. 운동에 들이던 에너지가 남아돌았지만 뭘 해야 할지 알 수 없었다.

그러던 중 용숙네 친정에서 제사가 있었다. 제사음식도 절하는 방식도 모든 것이 예법에 맞지 않았다. 그런 것이 내 눈에는 사돈어른을, 또 조국을 욕보이는 행위처럼 비쳤다.

"이게 뭐냐?"

내가 언성을 높이자 조카들도 종명이도 몸을 움츠렸다. 장모님은 눈물을 글썽이며 바닥만 보셨다. 용해는 흠칫 겁먹은 표정으로 눈도 못 맞추고 실실 웃고 있었는데 그런 모습에 나는 신경이 더 거슬렸다.

용숙이 큰소리를 내지 말라고 나를 타일렀지만 마치 나 혼자만 나쁜 놈을 만드는 것 같은 그런 태도가 내 분노에 박차를 가했다.

집으로 돌아온 후에도 험악한 분위기를 떨치지 못하고, 나와 용숙은 말 한마디 나누지 않았다. 팽팽한 긴장감이 감도는 가운데 갑자기 용숙이 배를 감싸며 웅크렸다.

"엄마, 괜찮아?"

종명이가 불안한 얼굴로 용숙이 얼굴을 들여다보았다.

"진통이⋯⋯. 진통이 왔다고 아빠한테 말해, 종명아."

그다지 넓지도 않은 거실이었다. 다 들리는데도 용숙은 일부러 종명이한테 그렇게 전하라고 했다. 긴급사태인 게 분명한데, 이런 상황에서 대체 무슨 짓을 하고 있는 걸까? 나도 똥고집이지만 용숙도 보통이 아니었다.

종명이가 말을 전하려고 내 쪽을 봤다. 나는 급히 택시를 불렀다.

그리고 세 시간의 진통 후, 용숙은 3킬로가 넘는 통통한 여자아이를 무사히 출산했다.

배내옷에 쌓인, 모락모락 김이라도 날 것 같은 갓 태어난 딸아이를 안은 나는, 지금까지 느껴본 적 없는 달콤한 감각에 가슴이 설렜다. 사랑스러워 견딜 수가 없었다. 종명이도 연신 귀엽다는 말을 반복했다.

우리 부부는 딸아이를 이애梨愛, 일본식으론 리에라고 이름 붙였다. 어머니 이름인 이란梨蘭에서 '이梨' 자를 따왔다. '애愛'라는 한자는 용숙이 골랐다.

그 후 일주일이 지나 용숙과 이애가 퇴원했다. 가족이 느니 집안이 떠들썩했다.

퇴원을 축하하려고 초밥을 배달시켰는데 15분도 안 되어 초인종이 울렸다. 나는 생각보다 배달이 빠르다고 느끼며 현관문을 열었다. 그런데 눈앞에는 초밥집 배달부가 아닌 진하가 서 있었다. 나는 양심의 가책 때문에 얼굴도 제대로 쳐다볼 수 없었다.

"할 얘기가 있어서 왔다."

진하의 말은 그것뿐이었다.

잠시 주저했지만 아무리 그래도 진하를 이대로 돌려보낼 수는 없는 일이었다. 게다가 여기까지 찾아온 걸 보면 중요한 일임이 분명했다.

"들어와."

진하가 거실로 들어서자 용숙이 인상을 찌푸렸다. 그러다 금세 안녕하셨냐며 억지스러운 미소를 입가에 가져다 붙였다.

진하도 안녕하시냐고 물은 후, 아기 침대에 누워 있는 이애를 보고 "몰랐다"며 미안해했다.

"축하 선물도 못 가지고 왔다."

"뭐 그런 걸. 와준 것만으로 고맙다. 그것보다 급히 할 말이 있어서 온 거 아니야?"

"어, 그건 나중에."

진하가 머뭇거리고 있을 때 또 한 번 초인종이 울렸다.

"지금 초밥 왔어. 먹고 가라."

진하에게 그렇게 말한 후, 현관으로 가서 다시 문을 열었다.

"오랜만입니다."

꽃다발을 안고 한국어로 말한 사람은 다름 아닌 대사관 직원 임혁모였다.

내가 의아한 표정을 지은 걸 놓치지 않은 임혁모는 "출산을 축하드립니다. 따님이라고요?" 하고 말을 이어갔다.

"아, 네, 뭐 이런 걸 다……."

진하가 있는 집안에 들일 수 없어서 당혹스러워하고 있는데, 임혁모는 이것만 전하고 가겠다며 분홍색 꽃다발을 안기고는 바로 사라졌다.

꽃다발 속에는 태극기가 그려진 카드까지 들어 있었다. 꽃다발에 손을 넣어 카드를 꺼내려다 검지에 장미 가시가 박혀 피가 번졌다. 아픔을 참으며 꺼낸 카드에는 '한국 대사관 서기관 임혁모'라고 한글로 적혀 있었다. 카드 모퉁이에 내 피가 묻어버렸다. 나는 곧장 카드를 뒤집어 꽃다발 속에 넣었다.

이것은 운동에서 발을 뺀 지금도 나를 감시하고 있다는 임혁모의 메시지일까?

나와 가족의 행동이 모두 누출되고 있을지도 모른다는 생각에 흠칫했다.

아니, 이건 내가 잘못 짚은 것이 아닐까? 우연히 어딘가에서 출산 소식을 듣고 단순히 축하하러 와준 게 아닐까?

현관에서 꽃다발을 손에 들고 이런저런 생각을 하고 있을 때 진하가 다가왔다.

"초밥은 됐고, 이만 갈게."

그렇게 말하고 진하는 축하 선물이라며 꼭 접은 1만 엔짜리를 건넸다.

"이러지 마."

내가 돌려주려고 하자 진하는 "그냥 기분이다. 됐다 써"라며 웃었다.

"그래, 그럼 사양 안 하고 받는다."

지폐를 받아 주머니에 넣었다. 그리고 또 만나자고 하려다가 그만 두었다.

운동을 계속하는 진하와 접촉하는 일은 금지되어 있었기 때문이다.

"실은 너한테 해야 할 말이 있다."

진하가 침통한 표정을 지었다. 나는 도무지 들을 용기가 나지 않았다. 분명히 좋은 일은 아닐 것이다.

"동인이가…… 죽었다."

"뭐? 너 지금 거짓말, 하는 거지?"

나는 고개를 절레절레 흔들었다.

"옥중에서 병사했다. 일주일 전이래."

하필이면 이애가 태어난 날 아닌가.

동인은 대마도 앞바다에서 내가 물에 빠졌을 때 목숨을 구해준 은인이다. 나는 내 자신과 가족만을 생각하고 동인을 도울 노력도 하지 않았다. 이 얼마나 이기적이며, 가혹한 처사인가. 게다가 내 편지 때문에 동인이 붙잡혔다고 생각하니, 죄책감이 무겁게 나를 사로잡았다.

"이거" 하며 진하가 주머니에서 무언가를 꺼내, 꽃다발을 들지 않은 내 손에 쥐어주었다.

그것은 동인이 애용하던 몽블랑 만년필이었다.

"경귀한테 받았다. 동인이 유품이야. 내가 사진을 좋아한다고 나한테는 카메라를 주더라."

나는 만년필을 받으면서 꽃다발을 그만 놓치고 말았다. 그 바람에 카드가 튀어나왔다. 태극기가 그려진 카드를 주운 진하는 오래도록 멍하니 보고 있었다.

"나도 운동에서 발을 뺄 거다. 동인이 얘기를 들은 마누라랑 딸내미가 하도 징징대서 말이지. 이번에는 정말⋯⋯."

진하는 거기서 입을 다물었다. 그리고 나에게 카드를 건네고는 현관을 나섰다.

나는 꽃다발과 카드를 현관에 두고 만년필을 가슴에 품고 거실로 돌아와 아기 침대로 다가갔다. 이애는 입술을 오물거리며 천진난만한 얼굴로 잠들어 있었다. 그 모습을 종명이가 지켜보고 있었다.

이 아이들과 용숙을 위해서만 살아갈 것이다!

종명이의 머리에 오른손을, 이애의 머리에 왼손을 올렸다. 나는 두 사람의 체온을 느끼며 갈가리 찢어지는 아픈 가슴을 부여잡고 조용히 눈을 감았다.

3

리에는 스무 권이나 되는 노트를 다 읽었다. 마지막 페이지에 편지지가 한 장 끼어 있었다. 그것은 할머니가 아버지에게 보낸 편지였다.

상주야,
밥은 먹고 다니느냐?

살아 있어서 다행이다.

빨리 보고 싶구나.

어서 돌아오렴.

네가 돌아오기까지 이 에미는 죽을 수도 없다.

어서 돌아오려무나.

밥은 꼭 챙겨 먹고 다녀라.

　가만히 있을 수가 없어 아버지의 아파트로 찾아갔다. 그런데 혼자 온 것이 잘못이었다. 아버지가 살아 계셨을 때와 똑같은 방을 보자 마음이 한없이 복잡해졌다.

　소파를 보니 하나를 안고 "문하나야, 우리 귀여운 문하나야" 하며 이름을 불러주시던 아버지의 모습이 되살아났다. 그리고 어느 날은 "이하나야"라고 했다가 "할아버지, 아니야" 하는 소리에 미안하다고 얼버무리던 일도 떠올랐다.

　아버지는 문덕윤이 아니라 이상주였던 것이다. 어떤 심정으로 "이하나야" 하고 하나의 이름을 불렀던 것일까?

　더 거슬러 올라가, 리에가 뉴커머 한국인과 결혼하겠다고 했을 때 아버지가 기뻐하시면서도 동시에 걱정스러운 표정을 보인 것도 머릿속에 떠올랐다.

　그 시절에는 한류가 인기가 있었고, 한국인을 보는 눈도 지금처럼 모나지 않은 시절이었다. 그때 아버지는 "지금은 괜찮지만 어떤 시대가 올지 모른다"고 하셨다.

　재일 동포가 한국에서 온 사람과 결혼을 하면 고생할지도 모른다며 난색을 표하던 어머니에게 "애 소원인데 들어줘"라고 한 사람도 아버지였다. 어머니는 2세인 자신과 1세인 아버지와는 감각이 다르다, 젊었을 때는 특히 아버지가 한국 본토만 바라보는 것이 싫었다고 리에에게 불만을 털어놓곤 했다. 어머니의 고생이 적지 않았던 것은 이해할 수 있었다. 하지만 그런 어머니도 아버지의 진정한 마음을 알았더라면 아버지와 그렇게 어긋난 인생을 살아오지 않았을지도 모른다는 생각이 들었다.

살아 있는 동안 가족들에게만큼은 진실을 고백해주었더라면……. 하지만 아버지는 자신의 지나온 시간을 말하고 싶어도 말할 수 없었을 것이다.

노트는 비밀로 할 생각이었던 것일까? 아니면 우리 남매에게 보여주려고 쓴 것일까?

머릿속을 물음표로 가득 채운 채 거실에서 나와 아버지의 침실로 갔다.

옷장을 천천히 살펴보았다.

위 칸에는 작은 짐가방이 있었는데 안이 텅 비어 있고 꼬리표도 없었다. 옷장에 걸려 있는 몇 벌의 양복 중 아버지가 리에의 결혼식에 입고 온 남색 양복을 찾았다. 그 옆에는 항상 입고 다니던 회색 점퍼가 걸려 있었다. 산책할 때 애용하던 빨간 운동복도 옷걸이에 그대로 걸려 있었다.

의류는 아파트로 이사할 때 거의 정리를 했는지 얼마 되지 않았다. 낯익은 옷을 보니 생전의 아버지 모습이 떠올랐다. 만감이 교차해 리에는 가만히 옷장을 닫았다.

침대 옆에 있는 2단짜리 서랍이 달린 책상 위에 파일이 나란히 놓여 있었는데, 그 파일에는 한국과 관련된 신문기사가 깔끔하게 스크랩되어 있었다. 가장 많은 기사는 김대중 씨가 대통령이 되었다는 기사로 전국 일간지가 총망라되어 있었다.

리에는 숨이 턱 막혀, 크게 한 번 심호흡을 했다.

서랍을 열자 맨 윗서랍에서 몽블랑 만년필이 나왔다. 그것은 검은 바탕에 은색 뚜껑이 달린 세련된 디자인이었다. 펜 본체에는 은색으로 'Han'이라고 새겨져 있었다. 김태룡이라 불린 한동인 씨는 본명으로 이니셜을 새긴 펜으로 기사를 썼던 것이다.

만년필 뚜껑을 빼서 책상 위에 있던 메모장에 이상주라고 휘갈겨 썼다. 파란색 잉크가 나왔다.

리에는 하나가 아버지에게 받은 세뱃돈 봉투에 항상 파란색으로 '하나'라고 한글로 적혀 있던 것을 기억해냈다. 리에는 만년필을 꼭 쥐고 아버지의 침실을 나왔다.

집으로 돌아온 리에는 오빠에게 전화를 걸었다.

"오빠, 미영 씨하고 깊은 인연이 있었구나."

미영의 얘기를 꺼내도 더 이상 마음이 혼란스럽지 않았다.

"나도 그 노트 읽기 전까지 다 잊고 있었다. 그 종이학 얘기도."

"오빠가 심장병이었단 것도 몰랐어."

"네가 태어났을 때는 이미 다 나았지. 나도 어머니도 아팠던 시절은 되도록이면 생각하지 않으려고 했던 것도 있고. 아버지도 그러셨을 거라고 생각해."

오빠가 절대로 바다, 수영장, 온천 등에 가지 않은 이유는 가슴에 또렷하게 남은 수술 자국 때문이었던 것이다.

리에는 오빠와 나이 차이가 많이 나서 같이 목욕을 한 적도 없었고, 같이 옷을 갈아입은 적도 없었다. 그래서 오빠 가슴에 수술 자국이 있다는 것을 모르고 지냈다.

가족 여행을 가는 장소는 항상 바닷가가 아닌 고원이나 지방 도시, 관광지였다. 리에네 집에서는 언제나 몸이 약한 오빠 중심으로 모든 것이 돌아갔다. 리에는 여름에 수영장이나 바다에 가족과 함께 놀러 가지 못하는 것이 불만이었다. 그래서 그날도 아버지와 둘이 즈시 바닷가로 놀러 가게 된 것이 무척 기뻤다.

"이전에 아버지가 또래 배우가 죽었다는 소식을 듣고 '나는 아무것도 이루지 못한 인생을 살아왔다. 가슴을 펴고 당당하게 내세울 게 하나도 없다'고 하셨거든. 그때는 아버지가 잘난 척하는 걸로만 보였어. 난 아버지가 제멋대로 살아오셨다고 생각했거든. 우리 집이 그래도 살만했으니 아버지도 자기 인생에 만족하실 거라고 생각했지. 그래서 그 말이 의외로 들렸어. 근데 이름도 나이도 다 가짜였다니 얼마나 답답하셨을까. 운동도 계속하고 싶으셨을 텐데. 자기 뜻을 굽히는 것도 억울하셨을 거야."

"응. 그래서 건강한 너한테 워낙 기대가 컸으니 그렇게 엄하게 구셨던 것 같다. 너한테 의사나 변호사가 되라고 했지? 나도 아버지가 그러실 때마다 마음이 무거웠는데. 내가 하지 못하는 걸 다 너한테 떠맡기는 것 같았어. 게다가 아버지한테 '파친코나 하는 주제에'라고 심한 말을 했다가 맞기도 했다. 아버지를 나를 때린 건 그게 처음이자 마지막이었어."

오빠의 목소리가 점점 침울해졌다.

"몰랐어. 오빠가 아버지한테 맞았다니. 오빠만 특별대우 해준다고 생각하며 컸는데, 나는."

리에도 실은 아버지가 파친코 사업을 하는 것이 부끄러워서 친구들과 주변 사람들에게 내내 감춰왔기 때문에 그런 면에서는 오빠와 동등한 죄인이었다. 전 남편에게는 아버지의 사업에 대해 솔직하게 실토했다. 시아버지가 대학교수에다 아주버니가 대학 교원인 시집은 리에의 집안을 깔보면서도 일이 생길 때마다 돈을 요구했다. 졸부인 주제에 예단비가 적다고도 했는데, 그 말은 리에에게 깊은 상처를 남겼다.

"나도 오빠도 엄마도 누구 하나 아버지를 이해하지 못했어. 아버지 성격 때문이기도 하지만. 근데 그래도 마음이 아프다."

"리에야, 아버지 노트, 다 읽었지? 그럼 너도 한국에 납골하러 갈 거지?"

"물론 그래야지. 오빠도 진짜 갈 거야?"

"어, 그러려고."

아무리 이런 상황이지만 오빠의 변화가 놀라웠다. 그렇게 한국을 싫어하고 피하면서 살아왔는데. 한국인이란 과거를 봉인하고 싶어 했으면서.

"근데, 우리 하나는 어쩌지?"

"하나는 우리 준코가 봐주겠대."

오빠는 대강의 일정을 말했다. 준코 언니가 우리 가족의 상황을 이해해주고 오빠의 한국행에도 찬성을 해줬다니 그 또한 놀라웠다. 그리고 오빠가 리에에게 이러한 이야기를 해주는 것도 고마웠다. 오빠가 앞으로도 리에를 피하지 않는다면 오빠네 가족과도 사이좋은 관계로 지낼 수 있을 것 같았다.

"하나를 봐주면 나야 정말 고맙지. 근데 오빠, 미영 씨가 간다고 할까? 그 뒤로 연락해봤어?"

"전화해봤는데 염치없는 것 같다고 안 가겠대."

"아쉽다."

리에는 미영과 천천히 이야기를 나눠보고 싶었다. 아버지 얘기도 하고 싶었다.

"네가 미영 씨한테 전화 한번 해봐."

"그래, 연락해볼게."

"그럼 자세한 건 나중에 다시 얘기하자. 미영 씨랑 얘기해보고 연락해줘."

오빠는 그렇게 말한 후 전화를 끊었다.

리에는 미영과 그녀가 근무하는 요코하마 병원 근처로 약속을 잡았다.

미영에게 전화를 걸어 한국에 같이 가자고 부탁했는데 안 된다기에 그럼 한번 만나서 얘기라도 좀 들어달라고 했다. 그러자 미영은 한국 음식점으로 약속 장소를 잡았다.

이곳은 아버지와 몇 번 와본 적이 있는 장소라고 했다. 이 가게에서 파는 곰탕을 아버지가 좋아하셔서 미영에게도 사주셨다기에 리에는 곰탕을 주문했다. 미영도 같은 것을 주문했다.

"언니는 소아과 선생님이군요. 왜 의사가 되려고 했나요?"

리에는 하고 싶은 말을 잠시 가슴에 묻고, 딴 얘기부터 시작했다.

"내 시절엔 재일 동포들은 취업이 어려웠어요. 그래서 전문직밖에 없다고 생각했죠. 그리고 우리 어머니도 고생을 많이 하셔서 여자가 혼자 자립해서 살아갈 수 있는 직업을 찾으라고 입만 열면 말씀을 하시길래. 근데 그 첫 번째 동기는……."

미영은 리에한테서 시선을 뗐다.

"실은 소학교 1학년 때, 종명이 병문안으로 동경여자의대 병원에 갔을 때 그때부터 의사가 되고 싶었어요. 저는 매우 건강한 아이였는데 종명이의 수술 자국을 보고 좀 충격을 받아서……. 아픈 아이를 살리고 싶다고, 그런 건방진 생각을 가지게 된 거죠."

미영이 우리 남매와 인연이 깊다는 사실을 다시금 느꼈다.

"저는 우리 오빠가 아픈 것도 몰랐어요. 아니, 아버지 일도 전혀 몰랐고요. 그래서 아버지가 남긴 노트를 읽고서 아버지의 인생을 알고 깜짝 놀랐습니다. 미영 언니는 아버지의 과거를 잘 아시죠?"

미영은 리에를 다시 한번 쳐다보고는 고개를 끄덕였다.

"삼촌은 역시나 글로 남기고 싶으셨던 건지도 몰라요. 한국이 민주화가 되어 드디어 쓸 수 있게 된 건지도요. 저희 아버지가 남긴 만년필로 쓰셨다고 종명 씨한테 들었어요."

미영이가 아버지를 삼촌이라고 불러도 더 이상 불만스럽지 않았다. 오히려 친근감 있게 들려 고마울 정도였다.

"그 만년필 말인데."

리에가 가방에서 몽블랑 만년필을 꺼내 미영의 앞에 놓았다.

"이거 전해드리려고 가져왔어요."

미영은 만년필을 받고는 손가락으로 살짝 어루만졌다.

"'Han'이라고 적혀 있네요."

미영이 자기 아버지의 이름이 가짜였단 사실을 알게 된 것은 어머니가 돌아가신 뒤였는데, 진하 아저씨가 가르쳐주셨다고 한다.

"어머니는 아버지가 김태룡이란 사실을 의심하지 않으셨어요. 밀항한 사실은 알고 계셨지만 가명인지는 몰랐던 거죠."

미영은 만년필을 꼭 쥐었다.

"아마 언니네 아버지에 대한 깊은 마음을 담아서 이 글을 쓰셨을 거예요. 아버지의 생명의 은인이자 둘도 없는 친구였던……."

"그 노트에 우리 아버지가 살아 계셨던 증거가 남아 있는 것 같아 몹시 기뻐요."

"노트엔 제가 태어난 이후의 이야기는 없었어요. 노트에 없는 그 후의 아버지 인생은 아마 부록 같은 것이었겠죠. 당신이 원한 바가 아닌……."

거기까지 말한 리에는 목이 메었다.

미영이 고개를 저었다.

"삼촌은 저한테 이런저런 옛날이야기, 운동한 얘기를 해주셨어요. 그건 우리 어머니가 계셨기 때문이라고 생각해요."

아버지가 자기 가족보다도 미영과 미영이 어머니한테 마음을 주고 있었다니, 좀 허무하게 느껴졌다.

"그런데, 리에 씨"하고 미영은 말을 이어갔다.

"삼촌은 리에 씨가 일도 야무지게 잘하고 하나도 아주 똑똑하다고 항상 자랑하셨어요. 고타가 대학에 합격했을 때도 무척 기뻐하셨고요. 가족 얘기를 할 때 삼촌의 얼굴에서는 반짝반짝 빛이 나면서 만족스러워 보였어요. 삼촌은 가족들에게 둘러싸여서 행복해 하셨어요. 그 후의 인생이 부록이었을 리가 없어요. 게다가 삼촌은 리에 씨가 태어난 다음에 담배를 끊었다고 어머니한테 들었어요."

그렇게 말하는 미영의 아버지가 일찍 돌아가셨단 사실을 생각하면 뭐라고 대답하면 좋을지 알 수 없었다. 게다가 미영이 아는지 모르는지는 모르겠지만, 미영의 아버지가 한국으로 강제송환된 이유는 리에 아버지가 쓴 편지 때문인지도 모른다.

두 사람 사이에 침묵이 흐르기 시작했을 때 곰탕이 나왔다. 미영은 국에 밥을 넣어 숟가락으로 저으며 "리에 씨" 하고 불렀다. 국에 밥을 말아 먹는 방식이 아버지와 같아서 리에는 조금 동요했다.

"우리 아버지는 당신의 뜻을 굽히지 않아 돌아가셨습니다. 저는 아버지를 자랑스럽게 생각해요. 하지만 항상 외로웠고 고생도 많이 했어요. 그런 저와 어머니에게 삼촌은 행복을 나누어주셨어요."

미영의 눈시울이 젖어 있는 것을 보고 가슴이 무너질 것 같았다. 똑같이 부모를 여의었는데 자기에게는 오빠도 딸도 있다. 그런데 미영은 혼자다.

"그런데 제가 만든 송편 때문에……. 삼촌한테도 가족분들한테도 면목이 없어요. 장례식이랑 납골에는 따라갔지만, 아무리 그래도 한국까지 따라가는 건 염치없는 짓이라고 생각합니다."

미영이 눈시울을 닦으며 말했다.

"송편 일은 이제 자책하지 마세요. 그냥 사고였을 뿐이에요. 아버지가 원래 음식을 잘 안 씹고 삼키는 버릇이 있으셔서. 나이 드신 아버지를 혼자 살게 내버려둔 저희 남매의 책임도 있습니다. 여하튼 같이 가요. 언니랑 우리 남매랑 같이 한국에 가면 아버지가 참 좋아하실 거예요."

리에도 국을 떠서 한 입 먹었다. 그 맛은 어머니가 만들어주시던 곰탕과 비슷했다. 오빠가 몸이 안 좋을 때나 리에의 시험 전날 등 중요한 날이면 아버지는 꼭 소꼬리를 사 오셨고, 그다음 날에는 곰탕이 나왔다. 아버지는 곰탕이 몸에 좋다고 믿고 계셨다.

"그리고 저도 언니랑 같이 아버지랑 언니 아버지의 고향에 가보고 싶어요. 오빠도 같은 생각입니다."

리에는 국에 쌀밥을 넣으며 넌지시 권해보았다.

"고마워요, 리에 씨."

미영은 조심스럽게 콧물을 훌쩍였다.

리에는 오빠한테 들은 한국 일정을 전했다.

"아마 괜찮을 거예요."

수첩을 꺼내 확인한 미영이 말했다.

4

아버지의 고향인 삼천포에 가기 전에 미영과 서울에서 가봐야 할 곳이 있어서 오빠와는 부산에서 만나기로 했다.

전 남편의 가족이 서울에 살아서 지금까지 김포공항에 내린 횟수는 열 손가락에 꼽고도 남았다. 그래서 낯익을 법도 한데 리에에게는 신선하게 다가왔다. 그것은 미영과 함께이기 때문만은 아니었다.

기내의 작은 창으로 보이는 바다도 아버지가 저 바다를 목숨을 걸고 건너왔다고 생각하니 특별하게 느껴져서 리에는 비행하는 시간 대부분을 창밖만 보면서 보냈다. 한국에 가는 게 처음이라는 미영은 리에 옆에서 곰곰이 생각에 빠져 있었다.

공항에서 택시를 타고 서울 시내에 있는 서대문형무소를 찾아갔다. 이곳은 미영의 아버지인 '한동인'이 투옥되어 사망한 장소다.

보슬비가 내리기 시작했다. 빗방울은 11월 공기를 차갑게 만들고, 외롭고 무거운 분위기를 더하는 데 한몫했다. 넓디넓은 부지 안에는 튼튼한 붉은 벽돌을 쌓아 만든 건물이 여기저기 있었는데 사람이 거의 없었다. 오늘은 방문자가 그다지 많지 않은 것 같았다.

전시관에는 주로 일제 시절 독립운동가들이 수감된 사실을 알 수 있는 자료와 고문 도구를 비롯한 전시물이 전시되어 있었는데, 민주화 운동가와 관련된 것은 드물었다.

전시물을 둘러본 다음 지하로 내려가 고문실과 구속실을 견학했다. 리에는 미영에게 말을 걸 수가 없었다. 미영은 변함없이 담담한 표정이었는데 그런 모습이 그녀의 아픈 마음을 대변하는 것처럼 보였다.

이어서 옥사로 갔다. 높은 천장에 콘크리트 통로를 끼고 두꺼운 철문으로 나뉜 방이 줄을 서 있었다. 그곳은 텔레비전 드라마와 영화에서도 본 적이 있는 바로 그 형무소였다. 고요한 옥사는 수많은 사람들의 고통과 절규, 억울함을 그대로 흡수한 새하얀 벽으로 둘러싸여 있었고, 그런 안타까운 마음이 중천을 떠돌며 리에에게 자신들의 결백함을 애절하게 호소하는 듯했다.

철창살이 있는 감방에 죄수복을 입은 실제 인물 크기의 마네킹이 놓여 있었다. 미영은 벽을 보고 있는 마네킹이 놓인 감방 앞에 서서 움직이지 않고 조심스레 안을 들여다보았다. 등 뒤에서 리에는 미영의 어깨에 손을 얹으려다 그만두었다.

미영의 아버지는 이 형무소 안에서 리에가 태어난 날 사망했다. 그런 생각이 들자 미영에게 말도 걸 수 없었다. 리에는 그저 미영의 등만 애처롭게 바라봤다.

부지 안에는 사형장도 있었는데 둘이 미리 입을 맞춘 것처럼 들르지 않았다. 옥사에서 나온 리에와 미영은 그대로 서대문형무소를 뒤로 했다.

서울역에서 KTX를 타고 부산으로 향했다.

"같이 가줘서 고마워요, 리에 씨."

열차 좌석에 앉자 그제야 미영이 입을 열었다. 그때까지 미영이 입을 꼭 다물고 있어서 리에도 말을 걸지 못했다.

"지금까지 저 형무소에 갈 용기가 나지 않았어요."

리에는 괜찮다며 서울역 편의점에서 산 페트병에 든 옥수수차와 초콜릿 과자를 꺼내 미영에게 건넸다.

"한국에 오는 걸 오랫동안 망설였어요. 어머니도 그랬고요. 저는……, 오고 싶었어요. 근데 올 수가 없었어요. 일본에 있는 아버지 묘에 가는 것만으로도 사실 마음이 무거웠거든요."

미영은 페트병 뚜껑을 열어 옥수수차를 한 모금 마시고 초콜릿 과자를 지긋이 바라보았다.

"이 초콜릿 만드는 회사가 어머니 친척이 하는 회사라는데 인연을 끊은 지 오래됐어요."

"어머, 이 회사는 일본에서도 유명한 회사잖아요."

"어머니 말씀이 아버지가 돌아가시고 정말 힘들었을 때 도움을 청했는데 가차 없이 잘랐다고 하셨어요. 형무소에서 죽은 범죄자랑 결혼한 사람은 이제 가족이 아니라고 욕을 먹었대요."

"저런……."

"그렇게 힘들 때 우리 모녀에게 누구보다도 먼저 가족처럼 손을 내밀어준 사람이 삼촌이었다고 어머니가 늘 말씀하셨어요. 감사를 해도 해도 부족하다고. 그래서 삼촌 납골하는 날 저도 참여할 수 있어서 참 다행이었어요. 고맙습니다."

리에는 고개를 저으며 당연히 해야 할 일이었다고 덧붙였다.

"미영이 언니는 저희 아버지에게 딸 같은 존재였을 거예요."

그 말에 미영은 공허한 웃음을 지어 보였다.

5

부산 호텔에서 오빠와 진하 아저씨를 만났다.

"너희들, 오느라 수고했다."

진하 아저씨는 오빠, 리에, 미영의 어깨를 교대로 두드리고는 "저녁은 먹었느냐?"고 물었다. 만나자마자 밥 얘기부터 하는 게 아버지와 다를 게 없어, 리에는 진하 아저씨에게 친근감이 들었다.

오빠와 미영은 아직 어색했지만 재회를 기뻐하는 듯 서로 부드러운 시선을 주고받았다.

진하 아저씨를 따라 장어구이 집으로 갔다. 철판에서 구운 장어를 무 초절임과 상추에 싸서 먹는 요리로 아버지가 생전에 아주 좋아했던 음식이라고 한다. 아버지가 부산에 올 때마다 진하 아저씨와 항상 이 식당에 왔다고 한다.

아버지는 쉴 새 없이 장어를 입안에 넣다가 사레들리는 일이 많았다고 하는데, 그 모습을 충분히 상상할 수 있었다. 리에는 피식 웃음이 나왔다.

갓 구운 신선한 장어에 양념을 발라 쌈을 싸 먹으니 담백하고 깔끔하면서 몸에도 좋을 것 같았다. 자꾸 손이 가서 리에와 오빠와 미영은 잠시 말없이 먹는 데만 열중했다. 아마 셋 다 무슨 말부터 해야 할지 생각이 나지 않았기 때문인지도 모른다.

"저희 아버지가 얼마나 자주 한국에 오셨나요? 불효자라 부끄럽습니다만, 아버지 생전엔 정월에만 찾아뵈었지 거의 교류가 없어서⋯⋯."

오빠가 젓가락을 내려놓고 몸을 움츠리며 물었다.

"그게, 내가 한국에 온 후에는 상주도 자주 왔지. 민주화가 된 후로는 제사 때마다 온 것 같다."

진하 아저씨는 오빠를 나무라지 않고 온화한 목소리로 대답했다.

그러고 보니 어머니가 아버지 혼자 한국에 가는 시기에 맞춰 친구들과 여행을 간 일이 떠올랐다. 매년 서너 번이었던 걸로 기억한다.

"요즘은 다리가 아파서 자주 못 온다고 아쉬워하셨지."

"아저씨는 언제부터 한국에 살고 계시는 건가요?"

오빠가 묻자 진하 아저씨는 15년쯤 된다고 손가락을 세며 말씀하셨다.

"나보다 나이가 위인 아내가 먼저 저세상으로 간 후에 여기로 왔지. 딸자식만 있어서 거기 얹혀살기도 뭐하고 해서. 그래서 큰맘 먹고 한국으로 왔다. 자식들에게 부담을 주긴 싫었어. 일본 사업은 일부는 접고 나머지는 사위들한테 나눠줬지. 지금은 여기서 돌봐주는 사람을 고용했어. 우리 가족들은 모두 진주로 이사를 해버렸고 부모님은 돌아가셨고 형제도 다 저세상으로 갔거나 나이를 먹었지. 그렇다고 잘 모르는 조카들한테 도움을 받는 것도 미안하고. 그리고 나는 삼천포가 좋다. 고향이니까. 상주가 오면 다 모여서 동창회 같았지. 살아 있는 동창들이랑 신나게 놀다가 그렇게 살다 가고 싶어, 나는. 이제 동창들도 점점 줄어서 쓸쓸하지만."

"근데 아버지는 문덕윤으로 놔두어도 되는 걸까요? 강 씨 아저씨는 본명을 찾으셨나요?"

리에는 계속 맘에 걸리던 일에 대해 물었다.

"나는 여기 와서 여러 수단을 써서 간신히 본명을 쓸 수 있게 되었다. 상주도 죽을 때는 본명으로 죽고 싶다고 했어. 물론 동인이도 그랬을 게다."

그 말에 리에, 오빠, 미영 셋은 다시 침묵에 빠졌다.

다음 날 아침 미리 예약한 차를 타고 삼천포로 갔다. 가는 길에 진하 아저씨는 "민주화가 되었는데 우리가 저항했던 독재자의 딸이 대통령이 되다니 이럴 수가 있나" 하시며 한국의 정권에 대해 한숨을 내

쉬웠다. 아버지도 독재자의 딸이 대통령이 된다니 말도 안 된다고 했던 일이 기억났다. 진하 아저씨와 아버지가 민주화 운동 동지였던 사실을 실감했다.

"근데 스캔들이 터졌으니 오래가진 못할 거야. 이제 끝날 텐데. 상주도 조금만 더 살아 있었으면……."

진하 아저씨는 한숨과 함께 "아이고" 하며 탄식했다.

한 시간 반 정도 지나 아버지 친가에 도착했다. 차 속에서 진하 아저씨가 이 집은 아직 할아버지가 살아 계셨을 때, 그러니까 30년 전쯤에 아버지가 세운 집이라고 하셨다. 벽돌로 지은 집에는 정원도 있고, 상상 이상으로 아름다웠다. 고향 가족에 대한 아버지의 애틋한 마음이 이 집에 서려 있는 것 같았다.

거기에는 아버지 바로 아랫동생인 홍주 삼촌 부부가 살고 있다고 했다. 홍주 삼촌은 동네 여학교 교장 선생님이었다는데 아버지와 똑같이 생기셨다.

홍주 삼촌은 먼저 "밥은 먹었느냐?"고 묻고는 아구찜을 비롯해 해산물로 가득한 호화로운 점심식사를 대접해주셨다. 서울과 부산에 사는 사촌들도 삼천포로 내려와 리에를 맞이해주었다. 게다가 근처에 살고 있다는 아버지 막내 여동생, 덕옥이 고모도 함께였다. 진하 아저씨 얘기를 듣고 아버지 초등학교 동창생이라는 노인 셋도 식탁에 자리를 잡고 앉았다. 왁자지껄 활기찬 분위기가 잔칫집 같았다.

미영은 아버지 동급생이란 어르신들과 일본어로 이야기했다. 남자가 둘, 여자가 하나였는데 노익장을 과시하는 그분들은 일본어도 제대로 구사했다.

"동인이는 인기가 좋았지."

"나도 마음에 담아두고 있었지."

"아이고, 자네는 아버지를 닮아 미인이로군."

대화가 활기를 띠었다.

"아버지는 어떤 어린이였나요?"

신이 나 이것저것 질문을 했다.

오빠는 처음 만난 사촌들과 스마트폰 번역기를 이용해 대화를 나누고 있었는데 매우 즐거워 보였다. SNS도 공유하는 중이었다. 오빠의 의외의 면을 보고 있으니 입가에 미소가 번졌다.

오빠는 앞으로도 일본 국적을 유지한 채 한국인이란 사실을 숨기고 살아갈 것이다. 오빠에게는 오빠 나름의 사는 방식이 있다. 하지만 한국인이란 사실을 조금쯤 받아들이며 살아갈 수 있다면 좋을 것 같다.

리에는 한국어를 어느 정도 할 수 있어서 홍주 삼촌과 덕옥 고모와 한국어로 이야기를 나눴다.

"우리 형님이 거리에 나가면 내가 근무하던 여학교 졸업생들이 나라고 착각을 하고 인사를 했다고 하더라고. 근데 그걸 형님이 또 매우 좋아하시며 나에게 알려줬지."

삼촌은 신이 나서 얘기를 하셨다. 홍주 삼촌은 아버지와 판박이었다. 마치 눈앞에 아버지가 살아 돌아온 것처럼 느껴졌다.

삼촌도 고모도, 리에뿐만 아니라 그녀의 딸인 하나에 대해서도 잘 알고 있었다. 아버지가 여기 올 때마다 자식들과 손주들 얘기를 하신 모양이었다.

이혼한 후 하나를 귀여워해줄 친척이 줄어든 것이 리에는 항상 마음에 걸렸다. 전 남편 가족과는 인연을 완전히 끊게 되어 하나에게도 미안했다. 부모님도 안 계시고, 지금은 어머니 친척과도 연락이 닿지 않는다. 그리고 오빠는 일본 국적이다. 결국 하나도 리에 자신도 일본 사회 속에서 한국인으로서, 동포들과는 딱히 인연을 맺지 못하고 살아가야 한다고 포기하고 있었다.

물론 하나를 돌봐주는 하나 친구 엄마들을 비롯해 일본인 친구들이 몇 명 있긴 하지만 그래도 왠지 불안하고 외로웠다. 자신들 모녀가 어디에도 발붙일 곳 없는 존재처럼 여겨졌다.

그런데 이렇게 많은 피붙이가 있었던 게 아닌가.

홍주 삼촌은 식사가 끝나자, 건넌방에서 족보라는 것을 가져와서 리에와 오빠에게 보여주었다. A4 크기로 사전처럼 두꺼운 책자였다. 거기에는 몇 대에 걸친 가족의 이름이 적혀 있었다.

"여기다."

삼촌이 펼친 페이지에는 19대부터 22대까지 이름이 꼼꼼히 적혀 있었다. 삼촌은 여기를 보라며 손가락으로 가리켰다.

오빠가 훔쳐보듯 그 부분을 봤다.

"아버지 이름 밑에 제 이름도 있군요. 이제 한국 국적은 아니지만……"

감동한 오빠는 "고타 이름도 있네" 하며 손가락으로 글자를 만졌다.

"우리 대는 이름에 금 금金 자를 변으로 쓰고 있지. 아버지 대는 주洲, 고타의 대는 모두 물 수水 변을 쓰지. 예를 들어 호浩나 연潤 자 말이다. 그렇게 다 이어져 있던 거였어. 나도 이 집안사람이었던 거구나."

그렇게 오빠는 족보를 들여다보고 있었다.

"5년 전에 다시 쓸 때, 형님 얘기를 듣고 너희들 이름도 족보에 올렸다."

홍주 삼촌은 오빠를 위해 일본어로 말씀하셨다.

"이거, 고타에게도 꼭 보여줘야겠어요. 나중에 고타도 꼭 데리고 올게요. 여기 너도 한번 봐봐."

오빠의 말에 리에도 족보에 얼굴을 들이밀고 가계도를 확인했다.

19대를 보니 '자 상주'라고 한자로 적혀 있고, 작은 글자로 생일도 적혀 있었다. 오빠 말대로 같은 대 남자아이들 이름에는 공통된 변이 사용되고 있었는데, 아버지 대는 모두 '주周'였다. 그런데 아버지 동생 홍주 삼촌 아래 두 동생은 일본식 성명 강요 이후에 태어나 '주' 대신 다케오, 사다오라는 일본식 이름으로 표기되어 있었다. 족보를 통해 한국이 식민지였다는 서글픈 사실도 읽어낼 수 있었다.

아버지 이름 아래편으로 시선을 돌리자 20대에는 '자 종명', 그리고 '여 이애'라고 적혀 있었다. 바로 그 아래 21대에는 자 호태, 조금 떨어진 곳에 '여 하나'라고 한글로 딸아이 이름도 적혀 있었다. 하나 이름만 파란색 만년필로 손으로 쓴 글씨였다.

리에는 놀라서 홍주 삼촌 얼굴을 봤다. 아직 유교색이 강한 한국 사회에서 족보에는 남자 이름만 오르는 게 아닌가? 그것도 이혼한 딸에 대한 눈총은 더 따가울 것이다. 하나 이름까지 올려도 되는 걸까?

"하나도 올려주셨군요."

"하나도 이씨 집안 자손이니까 꼭 올려야 한다고 형님이 직접 쓰셨다."

리에는 몸 깊은 곳에서 뜨거운 감정이 치솟아 오르는 것을 숨을 가다듬으며 억눌렀다.

리에는 진하 아저씨 쪽으로 가서 묻고 싶은 게 있다고 말했다.

"그래, 뭔데, 얘기해보렴."

"저랑 제 딸의 성을 '문'에서 '이'로 바꿀 수 있나요? 그러니까 진짜
성으로 바꾸고 싶은데 가능한가요?"

진하 아저씨는 리에의 손을 톡톡 두드리며 고개를 끄덕였다.

"쉽지는 않을 테지만 희망은 있다. 내가 도울게. 아까 미영이도 같
은 소리를 하더라. '김'에서 '한'으로 성을 되돌리고 싶다고. 이런, 내가
더 오래 살아야겠구나."

하얀 이를 드러내며 진하 아저씨가 웃었다.

리에는 '리에'에서 '이애'로 이름도 바꾸고 싶다고 생각했다. 지금은
한국어 읽기로도 등록이 가능할 것이다. '이이애'로 살아가고 싶었다.

"그럼 산소로 가자."

진하 아저씨의 재촉에 집을 나섰다. 홍주 삼촌도 산소까지 동행
했다.

가는 도중 뒷좌석 리에 옆에 앉은 미영이 "친척을 만나서 좋겠어
요. 부러워요"라고 말했다.

"우리 남매를 친척이라고 생각해주세요. 우리도 미영 언니를 친척
이라고 생각할게요."

리에가 대답하자 미영은 좀 의외라는 듯한 표정을 지었다. 리에는
쑥스러워 얼른 창밖으로 시선을 돌렸다.

하지만 그건 진심 어린 말이었다. 일본으로 돌아가도 하나와 함께

즈시에 있는 미영에게 놀러 가고 싶었다. 이건 아버지가 새롭게 이어 준 인연이었다.

아버지의 산소는 논두렁을 헤쳐나간 후, 산기슭에서 산짐승 길을 따라 올라간 경사진 곳에 있었다. 둥근 형태의 묘지가 잔디에 덮여 있었다. 근처에 할머니, 할아버지 묘지도 있었다.

"너희 아버지는 할머니뿐만 아니라 할아버지 돌아가신 것도 보지 못해서 무척 후회하셨다. 할머니 병문안을 온 후 민주화가 될 때까지 이 땅을 밟지 못했지. 자기 돈으로 지은 집에서 할아버지가 사시는 모습도 직접 보지 못했단다."

홍주 삼촌이 할아버지는 할머니가 돌아가시고 10년 후, 전두환 대통령 시절에 돌아가셨다고 했다. 교통사고였다고 한다.

복주머니에 넣어 온 아버지 유골 일부를 오빠와 함께 땅에 묻었다. 이 복주머니를 달라고 했을 때 서운해 하던 하나의 모습이 떠올랐다.

"할아버지한테 돌려드리자."

"싫어. 이건 하나가 할아버지한테 받은 거라고."

"이건 할아버지가 할아버지 엄마한테 받은 거란다."

리에는 하나가 잘 알아들을 수 있게 차분하게 타일렀다.

"그래도……."

하나는 복주머니를 꼭 쥐었다.

"하나가 소중히 해온 이 주머니에 할아버지 유골을 넣어드리면 할아버지도 할아버지 엄마랑 그리고 또 하나랑도 같이 있는 것 같아서 기뻐하지 않으실까?"

하나는 잠시 곰곰이 생각하는 것 같았다. 그러다 결국 입을 꼭 다물고 어쩔 수 없다는 듯 리에에게 복주머니를 건네주었다.

"고맙다."

리에는 하나를 꼭 끌어안았다.

복주머니를 묻은 후, 다 같이 묘지 앞에서 합장했다. 그리고 오빠와 미영과 함께 한국식으로 손을 이마에 대고 무릎을 꿇고 땅에 머리를 대는 큰절을 올렸다.

아버지는 수탉처럼 영리하고, 인내심이 강하고, 신뢰받는, 강인한 남자였던 게 아니었을까.

리에는 가슴속에 '고향의 봄'이란 노래가 떠올랐다.

나의 살던 고향은 꽃 피는 산골

복숭아 꽃 살구 꽃 아기 진달래

울긋불긋 꽃 대궐 차린 동네

그 속에서 놀던 때가 그립습니다.

꽃 동네 새 동네 나의 옛 고향

파란 들 남쪽에서 바람이 불면

냇가에 수양버들 춤추는 동네

그 속에서 놀던 때가 그립습니다.

리에는 더 이상 슬프지 않았다. 이제야 어깨의 짐을 덜어낸 것 같았다. 오빠를 보자 오빠도 속 시원한 표정이었다.

"이제 왔니, 상주야."

진하 아저씨가 산소를 향해 소리쳤다.

진하 아저씨는 "산책이라도 가보자"며 오빠와 리에, 미영을 데리고 걷기 시작했고, 홍주 삼촌과는 거기서 잠시 헤어졌다.

삼천포 거리는 일본의 시골 마을처럼 사람도 적었고 시장도 한가했다. 논밭 사이로는 띄엄띄엄 인가가 보였다. 차이가 있다면 규모가 작은 마늘밭이 여기저기 있다는 점이었다. 땅에서 굳게 뻗은 잎이 줄지어 서 있는 밭에는 저녁에도 사람 모습이 보이지 않아 더욱 쓸쓸하게 느껴졌다.

진하 아저씨를 따라 곳곳에 포장이 벗겨진 길을 걸어갔다. 어느새 강가가 나오고 강을 따라 바다 쪽으로 걷고 있었다.

문득 뒤를 돌아 산을 본 진하 아저씨가 "저 산이" 하고 멈춰서서 눈을 감았다.

"빨갱이를 잡아가던 곳이다."

나무들이 빽빽히 들어선 산에 저녁 햇살이 쏟아졌다. 부드러운 산등성이 더 아름답게 보였다. 오빠와 미영도 묵묵히 산을 바라보고 있었다. 무슨 생각을 하는지 그 딱딱한 표정에서는 읽어낼 수 없었다.

갑자기 진하 아저씨의 표정이 일그러지더니, 그 주변에 난 울퉁불퉁한 도로 옆 한곳만 쭉 바라봤다.

"동인이 유골 일부를 여기 묻었다. 여기가 우리의 출발점이었지. 싸움의 시작이었단다. 그래서 이 주변에 눈에 뜨이지 않는 곳을 찾아서 묘표를 세웠는데 어느새 콘크리트 포장이 되어버려서 흔적도 남지 않았어. 더 제대로 된 곳에 묻어줬어야 했는데."

미영 쪽을 보고 미안하다고 말했다.

"아닙니다. 여기서 바다도 보이고 산도 보이고 아버지도 기뻐하셨을 겁니다."

미영이 눈을 감고 합장했다. 그러자 모두 미영을 따라 합장했다.

강을 따라 내려가던 일행은 어느새 바다에 도착했다. 그곳은 작은 항구 마을이었다. 진하 아저씨가 갑자기 심각한 표정을 지었다.

"매일 여기까지 산책을 나온다. 그때는 지금처럼 콘크리트 바닥이 아니고 그냥 바위들만 있었는데."

진하 아저씨가 선착장을 가리켰다.

"저기서 떠났지."

그렇게 말하고 다시 걷기 시작했다. 셋 다 말없이 진하 아저씨를 따라갔다.

정박해 있는 정원 열 명 크기의 낚싯배 앞에서 발길을 멈췄다.

"배 크기도 딱 이 정도였을 거야."

그 말을 끝으로 진하 아저씨는 입을 꾹 다물고 바다 저편을 바라보았다.

오빠도 미영도 그 자리에 서서 바다를 바라보았다. 리에는 배에서 바다 저편으로 시선을 옮겼다.

바다 저편 어두워진 하늘에 희고 둥근 달이 하나 떠 있었다.

운명의 소용돌이 속에서 가슴에 꼭 숨겨온
'나는 누구인가'라는 최초의 질문

1945년 해방 후, 한반도 출신으로 일본에서 살던 사람들은 쉽게 한반도로 돌아가지 못했다. 그때는 지금처럼 비행기에 몸만 실으면 갈 수 있는 곳이 아니었다. 가재도구를 정리해 간신히 배에 올라탄 이들도 있었다. 1945년 8월 24일 한반도 출신 약 4천 명을 실은 우키시마마루호가 그대로 가라앉아 500명이 넘는 이들이 목숨을 잃었다.

한반도는 해방 후 좌우의 충돌이 극심해지고 남한과 북한에 다른 정권이 들어서는 혼란기를 맞이한다. 육이오가 터지고, 남북이 전혀 다른 길을 걷게 되면서 재일 동포는 더욱 돌아갈 곳을 찾지 못했다. 한일 국교 정상화가 해방 후 20년이 지난 1965년이 되어서야 실현되었기 때문에 그사이 일본에 이방인으로 남겨져 있었던 것이다.

해방 후 일본에 남은 한반도 출신은 약 200만 명, 그중 140만 명이 귀국했고 약 60만 명이 일본에 남았다. 그들은 일본의 식민 통치 아래 일본 국적을 강제로 떠안았는데, 1952년 샌프란시스코 조약이 발효되자 일본 국적을 강탈당하고 이번에는 이미 사라진, 식민지가 되기 이전의 조선 국적으로 돌아가게 되었다. 그 후 1965년 한일 국교 정상화 이후 한국 대사관을 찾아가 한국 국적으로 등록하는 이들이 크게 증가했지만, 2021년인 지금도 한국 국적을 취득하지 않고, 과거 조선의 국적을 지키는 이들이 남아 있다. 그들의 대부분은 남북이 하나이던 시절로 돌아가기를 소망한다.

재일 동포는 한국과 일본 사이의 역사에 휘말린 사람들이다. 제2차 세계대전으로 인해 일본으로 건너왔고, 전쟁 당시 값싼 전력이자 노동력이었으며, 해방 후 한반도의 혼란 속에서 잊힌 존재였다. 한반도의 이념 싸움에 목숨을 부지하기 위해 건너온 이들도 있었다. 해방 직후 제주도 등지의 폭력적인 시위 진압을 피해 일본까지 도망쳐 온 사람들도 재일 동포로 편입되었다. 그러나 그들은 자발적으로 육이오 전쟁에 참전하고, 남한의 민주화 운동에 기여했으며, 제주 감귤 산업의 시초를 닦았고, 올림픽 때도 성금 540억 원을 보냈다.

남북의 갈등은 일본 내에서도 이어졌다. 누군가는 재일본 대한민국 거류단(민단) 소속으로, 누군가는 조선총련 소속으로 살아갔다. 일본 내에서 동포들끼리 힘을 모아 살아가려면 어느 한쪽을 선택하는 수밖에 없었던 것이다.

후카자와 우시오의 《바다를 안고 달에 잠들다》는 일본 내의 제도적·사회적 차별, 남북 갈등, 한국의 민주화 운동이 얽히고설킨, 해방 후 동포 사회의 고민과 고뇌를 담은 걸작이다.

최소 두 개 이상의 이름을 가지고 살아야 했던 이들이 이 책의 주인공이다.

체격이 작고 무뚝뚝한 성격의 이상주, 큰 키에 머리가 비상한 김동인, 근육질에 다혈질인 강진하 등 열여섯의 삼총사는 1947년 대구의 우익과 좌익 간 충돌에 말려들었다가 목숨을 건져보고자 일본으로 밀항을 택한다. 겨우 일본에 도착한 후, 삼총사는 당시 신분증이던 미곡통장을 구해서 이상주-문덕윤, 김동인-김태룡, 강진하-박영옥으로 살아가게 된다. 가짜 호적 격인 미곡통장은 신분을 유지하는 기초 수단이지만, 해방 후 극심한 차별 속에서 살아남기 위해 그들은 세 번째 이름을 가지게 된다. 이상주-문덕윤-후미야마 도쿠노부, 김동인-김태룡-가네다, 강진하-박영옥-기노시타, 즉 일본 이름을 쓰게 된 것이다. 마치 한반도가 일본에 남은 동포들의 존재를 잊은 것처럼, 그들은 자신들이 한국에서 쓰던 이름을 버리고 살아가는 처지에 놓이게 된다.

청년 삼총사는 일본에서 막노동을 하다가 제 갈 길을 찾는다. 이상주-문덕윤-후미야마 도쿠노부는 파친코 가게에서 일하고, 김동인-김태룡-가네다는 대학을 졸업하고 결혼한 후 기사를 쓰고, 강진하-박영옥-기노시타도 파친코 가게를 연다. 학벌도 인맥도 없고 한반도 출신이라는 사실을 들키면 취업도 어려운 상황에 파친코는 그들이 할 수 있는 거의 유일한 직업이었다. 각기 다른 길을 가면서도 세 사람은 한반도에 대한 뜨거운 마음을 안고 살아가면서 남한의 민주화 운동을 적극 지지하고, 김대중 전 대통령이 일본에 와서 납치당하기 직전까지 보좌, 보필한다. 그러나 김대중 전 대통령은 군사정권의 라이벌이자 눈엣가시였던 까닭에 세 사람도 위험에 처하게 된다. 소설에는 그들이 중앙정보부 첩보원에게 쫓기며 감시를 받는 내용도 담겨 있다. 당시 상황에서 유추해볼 때 후카자와 우시오의 이러한 상상은 충분히 일어날 법한 상황이다.

작가는 이상주-문덕윤-후미야마 도쿠노부를 중심으로 한 해방 이후의 일본 내 동포들의 생활과 투쟁을 일기 형식으로, 그리고 현재를 살아가는 그의 딸 문이애-분리에, 아들 문종명-후미야마 가네아키의 생활과 생각을 삼인칭 소설로 표현했다. 과거와 현재가 공존하는 액자 소설 형태로, 딸과 아들이 아버지의 일생을 알아가는 방식을 채용해 재일 동포의 역사를 몰랐던 이들에게 조금이나마 이해를 도울 수 있게 구성했다.

번역하는 내내 많이 울었다. 일본에 온 이후 지난 30년간 일본 이름을 써본 적은 없지만, 아이를 낳은 후엔 일본 이름으로 개명을 할까도 고민했었다. 일본 이름을 쉽게 얻지 못한 이유는, 다른 이름으로 불릴 때 다가올 어색함이 꺼림칙했기 때문이다. 어쩌면 오랜 기간 일본에서 차별과 싸워온 재일 동포 당사자들보다 절실함이 부족했던 것인지도 모른다.

영화 〈미나리〉가 세계 각국에서 각광을 받고 있다. 소설《파친코》도 큰 반향을 불러일으켰다. 어떤 의미에서 '이민'은 문학과 예술의 '핫'한 소재다. 코로나 19로 인해 당분간 해외 이주는 어렵겠지만 그럼에도 앞으로도 수많은 이민자들의 스토리가 주목을 받을 것이다.

《바다를 안고 달에 잠들다》는 또 하나의 〈미나리〉이고 또 하나의 《파친코》다. 소설 속 이상주는 문덕윤으로, 후미야마 도쿠노부로 살아가면서 가짜가 아닌 진짜 자신이 누구인지를 스스로 확인하고 자식들에게 알리기 위해 일기를 쓴다.

목숨을 부지하기 위해 고향을 등져야 했던 사람들 앞에 나타난 것은 유토피아가 아닌 광야였다. 그 광야의 뜨거운 태양과 살을 에는 추위를 모두 견디고 끝까지 달려간 사람들이 머물 곳 없어 헤매지 않고, 큰 바다를 꼭 끌어안고 달에서나마 편히 쉬기를 소망하는 후카자와 우시오의 기도와 같은 소설이다. 한국 현대사의 숨겨진 부분을 고스란히 담았다. 우리는 이상주-문덕윤-후미야마 도쿠노부, 김동인-김태룡-가네다, 강진하-박영옥-기노시타의 삶의 목격자로 그들을 기억하고 되새기고 이야기해야 한다. 일본에겐 잊고 싶은 과거이고 한국에선 몰라도 그만인 역사로 남은, 이 책의 주인공들 같은 이민자들의 이름을 불러주고 위로하고, 또 다른 세상을 위해 전진해야 한다. 기억하고 기록하는 일이 내일의 문을 열 것이다. 후카자와와 우시오가 기억하고 기록한 동포들의 이야기가 더 많은 사람들의 손에 쥐어지고, 읽히기를 바란다.

도쿄에서 김민정

누벨솔레이3

바다를 안고 달에 잠들다

1판 1쇄 찍은 날 | 2021년 8월 5일
1판 1쇄 펴낸 날 | 2021년 8월 15일

지은이   후카자와 우시오
옮긴이   김민정
펴낸이   김병수
책임편집   정소연
디자인   정계수
펴낸곳   아르띠잔
출판등록   2013년 7월 15일 제396-2013-000120호
주소   (10390) 경기도 고양시 일산서구 킨텍스로 217-21 힐스테이트 오피스텔 101동 1901호
전화   031-912-8384
홈페이지   www.ArtizanBooks.com
이메일   artizanbooks@daum.net

ISBN   979-11-971378-3-9 (04830)
            979-11-963738-2-5 (세트)

이 도서의 국립중앙도서관 출판시도서목록(CIP)은 서지정보유통지원시스템
홈페이지(http://seoji.nl.go.kr)와 국가자료공동목록시스템(http://www.nl.go.kr/kolisnet)에서
이용하실 수 있습니다. (CIP제어번호: CIP)